羅華炎 著

高行健流亡

小說裡的

聲音

謹以此書獻予曾因我小學時逃學而「鞭策」我努
力向學以至改變我一生命運的偉大先父；勤勞簡
樸、寬厚仁慈的先母；性情溫婉的愛妻美珠；
四個懂事乖巧的兒女，即慧嫻、賢達、慧穎與慧
婷；以及所有嚮往自由、幸福的人士。

序羅華炎著
《高行健小說裡的流亡聲音》

南方大學資深副校長　王潤華

一、流亡者、移民、難民建構了今日邊緣思想、文化與文學

　　2009年馬來亞大學請我擔任校外高級學學位考委，評審一篇博士論文，題目為〈Suara Buangan Dalam Novel Gao Xingjian〉，我一看，原來是論述高行健小說中的流亡話語，這是我喜歡而有趣的學術課題，而且作者對中國與西方文學、社會與政治有完整的認識，用在高行健的自我與文學作品中的流亡論述，相當妥切與透徹。我花了很多時間細讀，受益不淺。這個論題，有學者只從西方的如薩伊德（Edward Said）的流亡理論剖析，或者高行健反共的行為來解讀，都是只看到一面。羅華炎從中西古今的的流亡作家與文學出發，再以社會政治的拒絕，甚至高行健對婚姻的逃避來解讀，深入淺出，令我佩服。結果我給這篇論文最高的等級。但是論文是用馬來文撰寫，當時就覺得可惜，中文學界很少人能閱讀，高行健2010年訪問元智大學，羅華炎博士特地從馬來西亞飛來，他與我親手送高行健這一冊博士論文，他驚訝萬分，

可惜看不懂。現在作者自己用中文重寫，而且在台灣出版，這是
令學術界興奮的事。

左圖：2010年羅華炎（左）在元智大學，在王潤華引見下初遇高行健與女友西零（中）及
彭宗平校長；右圖：高行健與王潤華合影於成功大學。王潤華攝影，2010.4.19。

　　我在《越界跨國‧文學解讀》的一章〈越界與跨國──世
界華文文學的詮釋模式〉指出，作家以流亡話語，尤其今日的作
家，建構了最好的文學，學者以流亡話語透視現代世界文學。自
古以來，尤其今天，這是一個全球作家自我放逐與流亡的大時
代，多少作家移民到陌生與遙遠的土地。這些作家與鄉土，自我
與真正家園的嚴重割裂，作家企圖擁抱本土文化傳統與域外文化
或西方中心文化的衝擊，給今日世界文學製造了巨大的創造力。
現代西方文化主要是流亡者、移民、難民的著作所構成。美國今
天的學術、知識與美學界的思想所以如此，因為它是出自法西斯
與共產主義的難民與其他政權異議分子。整個二十世紀的西方文
學，簡直就是ET（extraterritorial）文學，這些邊緣文學作品的作
家與主題都與流亡、難民、移民、放逐、邊緣人有關。這些外來

人及其作品正象徵我們正處在一個難民的時代。

今日的中文文學、華文文學或華人文學也多出自流亡者、自我放逐者、移民、難民之筆。所謂知識分子或作家之流亡，其流亡情境有時是隱喻性的。屬於一個國家社會的人，可以成為局外人（outsider）或局內人（insider），前者屬於精神上的流亡，後者屬於地理／精神上的流亡。其實所有一流前衛的知識分子或作家，永遠都在流亡，不管身在國內或國外，因為知識分子原本就位居社會邊緣，遠離政治權力，置身於正統文化之外，這樣知識分子／作家便可以誠實的捍衛與批評社會，擁有令人歎為觀止的觀察力，遠在他人發現之前，他已覺察出潮流與問題。古往今來，流亡者都有跨文化與跨國族的視野。流亡作家可分成五類：（一）從殖民或鄉下地流亡到文化中心去寫作；（二）遠離自己的國土，但沒有放棄自己的語言，目前在北美與歐洲的華文作家便是這一類；（三）失去國土與語言的作家，世界各國的華人英文作家越來越多；（四）華人散居族群，原殖民地移民及非華文作家，東南亞最多這類作家；（五）身體與地理上沒有離開國土，但精神上他是異鄉人。高行健離開中國前便是這種作家。

無論出於自身願意還是強逼，思想上的流亡還是真正流亡，不管是移民、華裔（離散族群）、流亡、難民、華僑，在政治或文化上有所不同，他們都是置身邊緣，拒絕被同化。在思想上流亡的作家，他們生存在中間地帶（median state），永遠處在漂移狀態中，他們即拒絕認同新環境，又沒有完全與舊的切斷開，尷尬的困擾在半參與半遊移狀態中。他們一方面懷舊傷感，另一方面又善於應變或成為被放逐的人。遊移於局內人與局外人之

間，他們焦慮不安、孤獨、四處探索，無所置身。這種流亡與邊緣的作家，就像漂泊不定的旅人或客人，愛感受新奇的，當邊緣作家看世界，他以過去的與目前互相參考比較，因此他不但不把問題孤立起來看，他有雙重的透視力（double perspective）。每種出現在新國家的景物，都會引起故國同樣景物的思考。因此任何思想與經驗都會用另一套來平衡思考，使到新舊的都用另一種全新，難以意料的眼光來審視。流亡作家／知識分子喜歡反語諷刺、懷疑、幽默有趣。

我閱讀《靈山》與《一個人的聖經》，正如羅華炎博士所指出。處處都有這樣的啟示。

二、高行健：永遠的自我放逐，處在邊緣地帶

2010年4月16至21日，《21世紀世界華文文學高峰會議》在台灣舉行，特邀高行健為專題主講人，會議分別在臺北的台灣大學大學，中壢的元智大學、台中的中興大學、台南成功大學及花蓮的東華大學等學府舉行。其中2010年4月19日下午，我與元智大學的桂冠文學獎委員，邀請高行健與參與大會的學者作家訪問元智大學，校長彭宗平代表學校，頒給高行健桂冠文學獎。還邀請他手植一棵桂冠樹，然後安排鄭愁予、劉再復與高行健對談。高行健在這些典禮中，處處表現低調。無論言論或是舉止行為，絕無高談闊論的姿態，但與人接觸互動時，和藹親切。從來沒有顯示自己在中心，反而顯示出自己在邊緣地帶。

（右）桂冠文學獎；右圖：高行
健手植桂冠樹，與彭校長、西零
合影。王潤華攝影。2010.4.19。

　　在《21世紀世界華文文學高峰會議》的六天裡，高行健積極
參加演講，無論在台灣大學，元智大學或成功大學，但是多人的
集會，喝酒聊天，集體的生活，他似乎有恐懼感，盡量避免。所
以在那六天流動的會場地點，他完成任務後，都靜悄悄的回返臺
北住宿。這是很明顯的，他要保持他的流亡感，自我放逐。身體
在流浪，他的心靈也跟著在流浪。在台南成大的〈走出二十世紀
的陰影〉專題演講，高行健首先指出，二十世紀的中國現代文學
受政治介入，形成一種革命文學，另一方面，作家本身受意識型
態影響，以文學鼓吹革命，但這類文學很多只是停留在歷史性文
獻，沒有多大的文學價值。因此他反對文學受政治介入，作家應
該要保持思想獨立，不要讓文學變成政治的附庸。其次，高行健
也認為文學的出發點應該要回到沒有預設意識型態的前提之下，
這樣的文學才是真實的反應，唐詩、宋詞、元曲等等，都沒有意
識型態，莎士比亞也沒有，以致於到曹雪芹的紅樓夢，都沒有意
識型態，這才是文學真正的價值。而我們所關心的是一種什麼文

學呢？文學要冷靜關注人類的生存背景，只陳述而不涉及是非及倫理判斷；這種文學不追求時尚，不投奔市場趣味，以個人的聲音對世界發言；這種文學努力在新聞媒體和政黨政治之外，尋求的是個人自由思想的空間

　　所以高行健解釋，作家得不斷逃亡，當法西斯狂潮來了趕快逃，共產主義來不逃，不是要被關進集中營了嗎？他還說，他得了諾貝爾獎之後，趕快尋找第二次逃亡。

三、從社會文化與政治、形體、精神的逃亡

　　羅華炎博士從高行健的社會文化與政治、形體漫遊、精神漫遊、及其他形式的逃亡，如從諾貝爾文學獎逃亡、從市場壓力中逃亡，多方面的解剖《靈山》與《一個人的聖經》，他發現他的小說主題事實上都與流亡有關，其內容無疑地亦互相有關連。通過在《靈山》所陳述的在國內流亡，以及在《一個人的聖經》自我強迫式國外流亡，可以間接或直接地聽到高行健的流亡聲音。其流亡聲音與眾不同之處是它不代表其他人的聲音，相反的，它只那怕獨處也總自言自語，這內心的聲音成了對自身存在的確認單單是代表個人所發出的聲音。我們可以間接直接地聽到高行健的以下流亡聲音：

　　1.它只是個人的聲音而不代表別人的聲音；
　　2.反對極權專制政治對於言論自由的桎梏；
　　3.呼籲文學領域遠離政治與主義的干預；
　　4.通過形體與精神逃亡自救以獲得形體與精神自由；

5.主張一種遠離政治幹預以及對社會不負有任何義務的冷的
　文學。

　　閱讀高行健的小說，細心傾聽他的不同的流亡聲音，就是最
重要的秘訣。羅華炎這本博士論文，深入淺出的，以多方法，多
途徑的到我們走進高行健的小說世界。最後我引用羅華炎自己的
結論作為我的結論：

　　　總而言之，通過《靈山》與《一個人的聖經》將能直接或間
　　接地聽到高行健個人的流亡聲音。他所要傳達的唯一訊息就
　　是自我強迫式放逐甚至逃亡以自救的重要性，以確保聳立於
　　內心中的靈山永遠屹立不倒。據劉再復謂，高行健贏取了諾
　　貝爾獎後，就進行第二次逃亡。誠如他在《高行健論》所指
　　出的：「作家必須退回到他自己的角色中，而要完成這種退
　　回，就必須逃亡，從『主義』逃亡，從『集團』中逃亡，從
　　政治陰影中逃亡，從他人窒息中逃亡。」

創傷經驗：從流放到流亡

天狼星詩社社長　溫任平

羅華炎是語法專家，已編著出版《現代漢語語法》，他目前與潛默等人正在忙著把《紅樓夢》翻譯成國文（馬來文）。這是一項十分龐大的翻譯工程。《紅樓夢》如果中譯巫成功，整個馬來社群（馬來西亞的兩千萬馬來人與鄰國人口二億五千萬的印尼人）將受惠無窮。跨語際翻譯呈現另一種現代性，受惠的是廣義的語言文化，這是我的看法。美國柏克萊加州大學比較文學系劉禾教授有更具體的說明：主方語言（host language）被譯成客方語言（guest language）的歷史，其實就是新詞語、新概念、新思想以致於新文化生產的歷史。與劉若愚教授當年只談「語言之間」（interlingual），我們領會後之學者確乎可以超越前賢。當然，這些都是題外話。

就在這時間岔口，羅華炎要我為他的博士論文《高行健小說裡的流亡聲音》寫序。三月迄今，我正面對心靈與身體的煎熬，心情複雜，手上的書不多，參考的資料有限。這種逆境有點像1972年我被調去彭亨州直涼埠華僑中學當副校長，那年我手上緊緊抓住的只有十餘冊由香港文藝書屋印行的《純文學》月刊（港臺兩地發售），但那也是我前半生現代主義覺醒，創作萌長茁壯得最快速與充滿騷動能量的一年。

2002年的諾貝爾經濟獎得主丹尼・卡內曼（Daniel Kahneman）是位心理學家，他提出面對／處理自我的三個程式：一是活在當下的自己（experiencing self），二是記憶自己，三是敘述自己。而高行健是通過「記憶自己」（remembering self），進而「敘述自己」（narrating self），用他自己的經歷反映同時代中國知識份子、作家、藝術家與整個國家在文革時期驚心動魄的災難。他的《靈山》與《一個人的聖經》雖然不是嚴格意義的「見證文學」，卻是迂迴側擊的「抗議文學」。

回想在70年代中期，我眼看著當時天狼星詩社的中堅份子溫瑞安、方娥真、李宗舜、周清嘯、廖雁平⋯⋯蘊釀著準備赴台深造，「流放」的態勢已成，「自我放逐」甚至成為詩社內部日愈澎湃的暗流，連較年輕的張樹林、殷建波也佈署著要走。其實我也想赴台，就此事我曾與柔佛巴魯的老友賴瑞和（他目前在新竹清華大學教唐史），不止一次在書信往返中透露過心跡。寫到這兒，敏感的讀者可能已發覺「流放」「自我放逐」，與羅華炎提的「流亡」語義有別，它們指的是不同層次痛楚的創傷經驗。「流亡」其實是「逃難」，它把流放、放逐的意思都統攝在裡頭。

就在那時，我寫成了34行的〈流放是一種傷〉，流露了我對「流放」欲拒還迎的情緒。我最終選擇留在馬來西亞有兩個原因：一、我已成家，二、我放不下這裡的天狼星。1975年杪瑞安、娥真、宗舜、建波一干人走了之後，樹林選擇留下來與我並肩作戰。個人心情的苦悶，除了樹林，先後住在我家書房的徐若雲（安哥爵）、洪錦坤、陳川興、謝川成等四位詩社成員無不知曉。1978年，我選擇在馬來西亞國慶日（8月31日）在台出版

印行詩集《流放是一傷》，書裡的詩用上了不少飄泊意象，以及與飄泊流放有關的明暗喻。謝川成先後寫成了兩篇論文：〈論溫任平詩中的屈原情意結〉，與〈現代屈原的悲劇：溫任平詩中的航行意象與流放意識〉。可以那麼說，流放意識肇始於「認同危機」（identity crisis），這危機源自文化認同的轉移，60-80年代的我，覺得那時台灣所代表的中國文化可以滿足我的文化鄉愁，這種鄉愁的心理創傷還沒升溫成「民族-國家」的認同糾結。至於溫瑞安、方娥真赴台之後，擁抱台灣的文化實體，「回歸」到主流去，那是他們的認同抉擇。

我無意比附諾貝爾文學獎得主高行健，高行健與我的共同點是，我們都曾長時期在自己的國土流放。他的處境遠比我危殆，他不僅面對心靈的流放同時遭逢肉體的流亡，不僅是精神的放逐，也是地理上真實的遷徙。這些年來，馬來西亞歷屆政府可謂相對開明、民主，能接受一些抗議與逆耳之聲。詩用的是暗示、象徵手法，政府也就一隻眼開一隻眼閉。既使如此，〈流放是一種傷〉雖然得到華文國中新教材重訂委員會的推薦，呈上教育部仍給駁回。

這首詩不見用於朝，卻見用於野。獨立中學華文課本以它為教材。拉曼大學中文系的學生曾以詩劇方式表演過這首詩。已故音樂家陳徽崇老師，於1980年把它譜寫成曲。在半島之南的柔佛柔佛巴魯，百囀合唱團與寬柔中學合唱團，曾在不同場合，以眾聲喧嘩的藝術歌曲方式，演唱過這首詩，並錄製成卡帶以便傳播。

在80年代初到80年代中葉，高行健可沒我那麼「幸運」。里

安一組人於1976年另立神州社所造成的挫傷，到了1980年天狼星可說已完全恢復元氣。1980年我與藍啟元、謝川成聯手編輯《憤怒的回顧——馬華現代文學廿一週年回顧專號》，除刊載現代主義論述外，還訪問了國內十位作家／學者。1982年，我以大馬文化協會語言文學組主任的身分，邀請台灣現代派詩人余光中來馬演講，場面轟動，間接為國內現代主義文學打氣。

反觀高行健，他於1982年出版《現代小說技巧初探》，竟飽受批判，新聞檢查機關認定他與西方文學同流合污。於此同時，高行健身體不適，被醫生誤判為患上肺癌。於是，他決定在當局逮捕他送去勞改之前（高行健的母親在反右傾運動送去勞改致死），離開北京自我放逐到四川的大熊貓保護區的原始森林，如是乎高行健流浪了半年。我們今日回看《現代小說的技巧初探》，高行健的那部書不涉政治，並無社會批判，他被當時的文化頭子賀敬之盯上，真的有點冤，這也反映鄧小平在1979年重掌政權之後，中國高層左右兩派傾軋，文藝政策時鬆時緊，1982-85年是肅殺的文藝緊縮時期。

1982-83年，我與樹林商討以「借殼上市」的方式把國內天狼星的班底貫注到大馬華人文化協會裏去。在總會我是語言文學組主任，在霹靂州分會，我是分會主席，張樹林是秘書長。1983年，文協霹靂州分會在邦咯島成功舉辦第一屆文學工作營；1984年，我們在怡保怡東大酒店主辦「第一屆全國現代文學會議」，邀請詩人、散文家、小說家各20位參與對話。1984年由我擔任主編、馬崙編輯的《馬華當代文學選（小說）》出版，翌年（1985）由我擔任主編、張樹林編輯的《馬華當代文學選

（散文）》相繼面世。1985年6月文協吡州分會在安順安碩佳酒店會議主辦文學研討會，邀得方娥真、傅承得、謝川成發表有關現代主義的專題演講。同年6月的詩人節，天狼星詩社出版了由潛默、張錦良、陳石川負責翻譯的中英巫三語詩集《多變的繆斯／The Muse: His many faces》。現代主義在馬華文壇風風火火，如烈燄燎原。1986年8月我個人出版了演講錄《文學‧教育‧文化》，這年開始，馬華文壇開始掀起第一波實驗意圖強烈的後現代主義風潮。

　　同時期的高行健的際遇窘迫。1983年大陸掀起所謂「反精神污染運動」，抨擊的對象正是高行健與他的戲劇《車站》，《車站》被批模仿貝克特（Samuel Beckett）的《等待果陀》。高的話劇《絕對信號》，引起現實主義與現代主義的論爭，在政治正確的大前提下，《絕對信號》被斥為現代主義的敗筆。1986年，高行健的《彼岸》禁演，形勢更是惡劣。從80年代初便開始流亡生涯的高行健於1983年在山西插隊，耗了5年半時間，其間偷偷寫作，把稿本深埋地底，形勢逼人（妻子向當局告發），他終於把所有文稿，大約30公斤重的各類文稿含淚付之一炬。這些年他在中國大陸大概走了一萬五千公里的路，穿越八個省，那是多孤獨、漫長的流亡之旅啊。

　　馬來西亞華裔作家面對的壓力，與中國迥然大異。大陸作家的作品，既使如何離經叛道，仍是大陸的智慧財，而馬華文學在馬來西亞只能算是「邊緣文學」。華人的人口僅佔我國總人口的四分之一，官方語言是馬來語文，只有用馬來文創作才有資格問鼎國家文學獎。所謂馬華文壇的實際情況只有星洲日報每週一期

「文藝春秋」，加上南洋商報每週兩小版的「南洋文藝」。兩年一度的花蹤文學獎，近年來愈辦公式化，愈辦愈無精打采，這現象一方面是華社對這類文學獎普遍不關注，另一方面歷屆詩、散文、小說的主獎與優異獎得主，大多見好就收，或擱筆不寫，或「有空才寫」。馬華文學成了可有可無的文藝／人文活動。我們很難打破馬華文學的邊緣性，我們也沒有資源挑戰馬來文學這塊中心。

相較之下，中國大陸十分在意作家與知識份子的表現，留意作家對人民的影響。周揚、胡風掌控中共中央宣傳部期間對異議份子、對可疑份子的監督、打壓近乎殘暴，這就愈法顯出作家、文學家、評論家在共產中國的重要性，當局對這些「臭老九」是真的忌憚，因此不惜鼓動群眾批鬥，指示文化打手進行圍剿。

鄧拓、吳晗、熊十力、老舍、傅雷、田漢、楊朔、聞捷、陳夢家、趙樹理、儲安平、李廣田、馬連良……至少150位文化精英在文革期間被迫害致死。錢鍾書楊絳被剃陰陽頭，遭人羞辱。沈從文與艾青在文革期間洗廁所，遭遇不算最壞，惟前者寫的《中國服裝史》，30多萬字，被紅衛兵扣住，丟了，文革風潮平息後，沈先生重新蒐尋資料再寫，這是多麼可怕的人力犧牲與時間虛耗。高行健、老木、北島、楊煉、貝嶺、顧城、多多、張郎郎、蘇曉康、劉再復、趙毅衡、哈金、虹影、張棗、阿城等一大群的詩人作家藝術家知識份子在80年代，尤其是六四事件發生之後，不得不流放他鄉，是不作無謂的犧牲。

羅華炎在他的博論裡提到「流亡」、「逃離」、「逃避」、「流放」、「放逐」、「逃難」，在第四章才提「漫遊」而且還

是「精神漫遊」。高行健的精神漫遊可以說是他逃亡避難意想不到的收穫或心理補償。他沿著長江走，在流亡一萬五千里的過程裡歷經名山古蹟，他接觸到以吳楚文化為背景的羌族、苗族、彝族、侗族、土家族的神話、器物、節日、儀式、歌謠、舞蹈與生活方式。高行健的形體漫遊與精神超越同步。古老原始的長江沿岸的各種事物與地方素材成了《靈山》的內涵，無形中加強了《靈山》的文化縱深度，凸顯其「神聖性」（sacredness）與「中國性」（Chinese-ness），為崇拜沈從文湘西書寫的馬悅然教授所喜。

　　文學的邊緣性源自華文教育整體的弱化，這方面的細節我就不贅述了。「邊緣」（marginality）雖然沒有什麼資源與條件挑戰中心，但卻不等於施碧娃（Gayatri C. Spivak）所言：「從屬者不准發言」（the subalterns cannot speak），秉持這種挑戰意識的作家大可在精神上放逐自己，在作品裡建構烏托邦與神話。從1970-1990年我大抵依循這條寫作路線，經常把自己想像成當年徜徉於汨羅江畔的屈原，並以靈均的堅貞執著為精神信念。這些年來，我寫了多闋端午詩。我個人倡議「再漢化」（resinolization），走「策略性本質主義」（strategic essentialism）文化民族主義，深化自己文學知識，把興趣擴大到對中華文化的各學科去。你多認識一個漢字，你的漢族特徵便多加了一分；你去研究敦煌文化，故且不論你的研析之深淺，你的漢族特徵可能又多加了五分。

　　我大概在1977年，瑞安回歸「文學中國」的台灣不久，便開始緊跟王孝廉教授於中國的神話與傳說的論述。我也留意李永

平在他的小說裡，以古僻漢字代替一般漢語的美學企圖。2016年6月4日在天狼星詩社的全年會員大會上，我致詞要求社員嘗試「把漢語陌生化，在當前的漢語裡注入新元素，改變其章法，讓它成為一種嶄新的語文。試驗漢語的可塑性，把漢語魅力發揮出來」（大意）。呼籲歸呼籲，不是每位天狼星詩社成員會跟著我那麼做，但只要有三幾位詩社同仁聽進去了，集腋成裘，效應仍然可觀。

我並沒有像高行健那樣，有機緣在神州大陸的八個省跑透透，瞭解《山海經》其實是古代的地理書。高行健與滇黔苗猺及粵西原住民的認識與交往，無形中擴大了小說家的視野，是vision與insight的那種視野，而不僅僅是一大堆怪石奇山峻嶺的堆砌。高的經歷是我有生之年做不到的。他走過的土地，他面對的詭異奇幻的大自然與長江流域一帶的人情風俗，他的肉體與精神所受的煎熬，在靈山的追尋中得到禪的提升，與心靈的「洗滌」（cathars）。高行健的情緒怨毒，在《靈山》最後數章愈見紓解。劉再復特別喜歡《靈山》的禪意，顯然是個識貨的人。

我在6月18日接獲羅華炎的邀序函，讀畢論文，才開始找《水經注》與《山海經》來看。人生總不免有錯失，好書太多，時間有限，機會成本的問題出現。可以瞭解《靈山》的某些片斷的禪意與禪境，也可以體會高行健的道家傾向。羅華炎的筆觸難掩他對高行健的戾氣漸消內心之喜。這方面的句子，羅華炎在博論末節引例甚多，那是作者在他的博論裏最能流露其個人感性與審美觀的片斷。我喜歡沈從文那種從容，豐子愷那種禪境，茲抄錄以下兩段，與讀者一起共賞。我的序寫到這裡，也交代得差不

多，應該打住了：

> 我信步走去，細雨迷濛。我好久沒有在這種霧雨中漫步，經過路邊上的臥龍鄉衛生院，也清寂無人的樣子，林子裡非常寂靜。只有溪水總不遠不近在什麼地方嘩嘩流淌。我好久沒有得到過這種自在，不必再想什麼，讓思緒漫遊開去。公路上沒有一個人影，沒有一部車輛，滿目蒼翠，正是春天。

> 他獨自留在河這邊，烏伊鎮的河那邊，如今的問題是烏伊鎮究竟在河哪邊？他實在拿不定主意，只記起了一首數千年來的古謠諺：「有也回，無也回，莫在江邊冷風吹。」

目次

第一章

流亡話語產生在
中國流亡文學的背景

1.1

前言

　　高行健被視為一名精神流亡者。但是他的著作,即《靈山》《一個人的聖經》是否亦被視為兩部流亡文學作品?這是因為流亡與流亡文學的概念,不但在中國現代文學史[1]裡甚至在中國當代文學史[2]裡仍然隱晦不清。因此,上述兩個文學概念應先理解以及加以闡釋釐清,才決定上述兩部文學作品的類型並進一步探討。

---

[1] 指從1917年發起的文學革命至1949年7月持續30年這一時段的中國文學。詳見盧洪濤:《中國現代文學思潮史論》,北京:中國社會科學出版社,2005,頁1。

[2] 指從1949年至現今的中國文學,共分三個階段:第一階段:1949年－1978年;第二階段:1978年－1989年,第三階段－90年代。詳見陳思和主編:《中國當代文學史教程》,上海:復旦大學出版社,2001,頁5-13。

1.2

定義

在希臘語，流亡的定義是逃難，因恐懼而逃避、放逐、尋求庇護等。[3]

根據《現代漢語詞典》的解釋：流亡，因災害、戰亂或政治原因被迫離開家鄉或祖國，[4]而「放逐」則是「古時把犯罪的人驅逐到邊遠的地方。」[5]

根據維基百科全書的解釋：流亡或逃亡；指任何人或團體，因為自然災害、受到侵略、迫害、或其他負面因素而離開出生或定居的國家、地區。流亡未必在國外流亡，如唐玄宗幸蜀，也可以稱作流亡。[6]

強迫他人流亡的刑罰稱為流放。世界各地都有流放的刑罰，地點通常是離島或極為偏遠的地方，使被流放的罪犯等難以返回原定居或活動的地方。如大英帝國時常流放罪犯到澳大利亞、俄羅斯帝國則多將異議分子遷徙西伯利亞，日本幕府將軍則多流放

---

[3]　劉小楓：《流亡話語與意識形態》，見http:www.renyu.net/xdwx/g/gaoxingjian/xg/oi2.htm., 15 July 2004，頁2。

[4]　呂叔湘主編：《現代漢語詞典》，北京：中國社會科學出版社，2012，頁812。

[5]　同上，頁310。

[6]　http://zh.wikipedia.org/wiki/流亡，2015年9月27日，p.1。

公卿、武士到北海道或佐渡島。中國，清初多流放罪犯至東北盛京、甯古塔、尚陽堡、中葉以後則常常是伊犁或烏魯木齊。[7]新中國成立後，則把罪犯流放到甘肅、新疆、北大荒、青海和寧夏等地區。[8]在馬來西亞，于1959年施行一種可以把罪犯驅逐出境的國內流放法令，其中有一項所謂縣內流放的法律條款，[9]即把一些輕微罪犯流放到某州的某縣內，限制他們居住在該州或縣內某市鎮並需定月如每個星期都須向該區警局報到幾次。

關於中國古代的流亡記載，其實由來已久，《尚書》〈堯典〉稱：「流宥五刑」、「流共工於幽州，放歡兜於崇山，竄三苗于三危，殛鯀於羽山」。《尚書》又稱：「成湯伐桀，放于南巢」。[10]

無論如何，雖然流放和流亡都是距離上放逐，但後者卻有著「在被迫遠離的情況下，與故土間形成一種距離美感和惆悵之情，在文學與意識形態上形成雙重視角。」前者卻沒有。[11]

另一方面，英文「diaspora」（流散／離散）一詞源自希臘動詞即「*diaspeirō*」，可解釋為「散居」或「散佈」，它也可指某人口從原居地遷移至一個新居地。流散／離散此處指大量地非自願性質歷史性散居，就如猶太人大批從古羅馬所統治的巴勒斯

---

[7] 同上，頁1。

[8] 貝嶺：《作為見證的文學》，臺北：自由文化出版社，2009，頁203。

[9] 詳見lubokkawah.blokspot.my/2013/07/apa-erti-dibuang-daerah-atau tahanan. html., 28 September 2015.

[10] 同注6，頁1。

[11] 見廖炳惠：《關鍵字2000》，南京：江蘇教育出版社，2006，頁72、97、98。

坦南部裘蒂亞地區被驅逐；隨著土耳其西北部港市伊士坦布爾淪陷後大批希臘人逃難；非洲跨大西洋奴隸販賣貿易；南亞的南中國和印度的苦力貿易；20世紀巴勒斯坦難民的位移；切爾克斯人的驅逐流放。[12]

　　最近，學者根據流散／離散原因區別各類流散／離散及其具有的特徵如帝國統治；貿易；工人遷徙；一些流散／離散社群維持與祖國的政治聯繫；流散／離散社群之間仍維持與祖國那種凝聚力。其他流散／離散社群的特徵是具有回歸祖國的思想，保持與流散／離散者的聯繫和缺乏與新居國的融合。[13]

　　根據《牛津高價英漢雙解詞典》裡的中文解釋，「Diaspora」指（猶太人的）大流散。[14]其實，「流散」與「流亡」是一組意義相近的近義詞。兩個詞都有一個「流」字，因此意義基本相同，但另一個字「散」和「亡」導致意義上有細微差別，「散」有「散居」的含義，「亡」則有「逃亡」的含義。一般上，流亡者先流亡後才散居各地，故「流散」的含義涵蓋「流亡」，其含義範疇比「流亡」更廣。故「流散文學」的範疇顯然比「流亡文學」更廣闊。

　　一位英國著名的社會學家塔柏裡（Tabori）在其著名的《放逐的解剖》中將放逐者定義為：

---

[12] http://en.wikipedia.org/wiki/Diaspora. 2016年9月16日，p.1.

[13] ibid.

[14] A. S. Hornby, *Oxford Advanced Learner's English-Chinese Dictionary*, Shi XiaoZhu ed.,石孝殊編譯Niujing Gaojia Yinghan Shuangjie Cidian 《牛津高價英漢雙解詞典》香港：牛津大學出版社，2009，p. 550.

> 一個人被迫離開家國，雖然迫使他如此可能來自政治、經
> 濟，甚至完全純粹是精神因素，但是這是否是肉體上所感受
> 的壓力，抑或在沒有受到任何壓力下自己做出的決定，兩者
> 在本質上是沒有什麼差別的。[15]

　　塔柏裡以遠離家國作為放逐的定義基礎尚需商榷，這是因為
有些國內放逐者並沒有涉及離開自己的國家。[16] 就如印尼著名作

---

[15] Paul Tabori, *The Anatomy of Exile* （London: George Cr Harrap & Co. Ltd., 1972），頁 37。

[16] 1917年，在蘇聯沙皇統治下，那些反政權者不需被放逐國外但只須放逐國內即西伯利亞或中亞就夠了，這種放逐類型叫做「國內放逐」。他們沒有言論或行動自由。這類國內放逐比較像政治式放逐，這和涉及把某個人放逐國外的國家放逐概念有點迥異。劉再復在其文裡，認為屈原被國家放逐，如果國家可以放逐作家，為什麼作家不可以放逐國家？所以應另創「放逐國家」一詞。筆者不大贊同他的看法，理由有二：第一，根據《現代漢語詞典》解釋，「放逐」的意思是「古代把有罪的人驅逐邊遠地區」，重點是在「驅逐」，在這方面，一般上只有國家當局才有權力把某人驅逐出境或出國，這就是所謂的國內放逐或國外放逐。這種情況尤其是國內放逐比較多發生在古代。無論如何，不論國內放逐還是國外放逐多數涉及有關當局。當然劉再復認為作家也可以「放逐國家」意味著個人也有權力把國家驅逐出去，就如高行健在走投無路之際，尋求法國的政治庇護，這可說是一種形式上的「放逐國家」，但是由高行健的個案，顯然的放逐國家並不是件容易的事，最重要的條件是你必須獲得另一個你逃難去的國家給予政治庇護。就如現在有數以萬計的中東國家的難民由於不滿國內動盪不安的政治局勢而「放逐國家」，紛紛逃到西方國家去，但有多少個西方國家肯收留他們或給予他們政治庇護？由此可見，知識份子包括文人要「放逐國家」談何容易？誠然，在古代沒有國外放逐的情形發生，最多只有國內放逐，如屈原就遭受國內放逐，根本不可能發生「國家放逐」這回事。只有在現代，才發生「國家放逐」這回事，如中國1989年六四天安門事件的學生領袖王丹就藉醫病理由中國間接把他放逐到美國去的情況可說是近似國家放逐的例子。接下來劉再復又區別「放逐國家」和「自我放逐」在含義上的相同點和不同點。相同點是主體皆「我」，不同點在於前者「放逐國家」客體是

家普拉姆迪亞‧阿南達‧杜爾（Pramudya Ananta Tur）被判罰國內放逐到印尼的普魯島[17]去，當然這多少符合塔柏裡對於放逐的釋義，即政治是促成作家被放逐的主要因素。

誠然，鑑於上述一些術語概念尤其是「流亡」與「放逐」之間在意義與應用方面的細微差別往往會令人感到多少混淆，因此有必要厘清其區別。美籍阿拉伯裔學者愛德華‧薩義德（1935-2003）在其一篇題為《關於流亡的省思》的文章裡曾對這兩個術語概念的區別多少闡釋：

> 流亡起源於古老的放逐。一旦被放逐，流亡者便要過一種異常而悲慘的生活，帶著局外人的烙印。[18]……

由此可見，「放逐」這個字眼多用在古代，而在現今這個全球化潮流無遠弗屆的時代裡，則習慣用「流亡」這個術語。同樣的，在劉小楓的一篇題為《流亡話語與意識形態》也提及：

國家，而後者「自我放逐」的客體是個體。其實「自我放逐」在意義上的涵蓋面比較廣，它其實已含有「放逐國家」的含義在內，主要原因是「自我放逐」的含義涵蓋兩種形式，即「自我被迫國內或國外放逐」以及「自我自願放逐」，若加以分析，這兩者都含有「放逐國家」的含義。因此，筆者認為不需要另創「放逐國家」來與「自我放逐」區別。就現代情況來看，不論古代或現代，除了「國家放逐」外，在很多情況作家涉及的不是「自我被迫流亡」如高行健，就是「自我自願流亡」。見劉再復著，楊春時編〈自我放逐與放逐國家〉，載《書園思緒》，香港：天地圖書有限公司，2002，頁243-244。

[17] A. Wahab Ali. *Kritikan Estetik Sastera.*（Kuala Lumpur: Dewan Bahasa dan Pustaka, 2000）pp. 37-38.

[18] 詳見www.21ccom.net/articles/sxwh/ddwx/2012/0428/58681_z.html. 2015年9月28日，p.2.

　　流亡就是被放逐，被迫離開出身之地，流亡話語就是一種不
在家的話語，而全權話語是在家的。[19]

---

[19] 依筆者看，這兩個概念其實有相通的地方，在現代的情況，兩者有時可
以通用，不過針對現代情況，本論文多用「流亡」。這兩者唯一稍微不
同之處在於「放逐」含有「驅逐」之一，它比較多用在古代中國或蘇俄
等國，當時比較流行放逐國內但甚少放逐國外，而在現代，有些知識份
子如作家並沒有被驅逐而自願長期移居至國外，有些則被迫流亡國外，
如高行健就是一例，因此說「流亡國外」比較恰當。見同注3，p.5。

1.3

流亡因素

　　無論如何，一般上，促成放逐的社會現象與塔柏裡在其對放逐的釋義裡所謂的政治與精神因素有關，這可從那些涉及1989年天安門事件[20]而被迫自我國內或國外逃亡的那批民主鬥士的不幸遭遇窺見一斑。他們所涉及的流亡類型共有兩種，即形體流亡與精神流亡。[21]

　　無可否認，導致20世紀流亡這一現象相當普遍的原因是極權政治迫害的結果。20世紀四個主要的流亡文學形態是發生在俄國（蘇聯）、德國、東歐（以波蘭和捷克為主）以及中國這四個主要的共產國家。[22]

　　誠然，每次發生政治大迫害運動如中國的「反右運動」和文化大革命浩劫，遭殃的是大批的知識菁英分子被國家放逐或自我被迫流亡，這也意味著大批的國家人才流失。難怪乎臺灣著名作

---

[20] 它是由北京大學生在1989年6月4日發起，旨在爭取民主自由。在6月13日，由北京公安局對學生領袖王丹等21名反革命首犯發出通緝令，嚴禁他們逃到國外。詳見鄭義主編：《不死的流亡者》，臺北：INK印刻出版有限公司，2005，頁89-90。

[21] 同上，頁261。

[22] 自20世紀以來，曾先後發生四波的流亡浪潮：第二波流亡浪潮產生自沙俄崩潰和二戰德國；第三波流亡浪潮則從二戰結束到蘇聯、東歐共產主義帝國崩塌的1991年近半個世紀裡；第四波的流亡浪潮則發生在1989年「六四」事件後的中國。詳見同注8，頁211-213。

家龍應台在「六四」過後17年在其一篇文章慨歎道：

> ……回首五十年，一整代菁英被「反右」所吞噬；又一整代
> 被「文革」所折斷；「六四」，又清除掉一代。[23]

　　對於流亡者來說，流亡是一種特殊的生活狀態，它迫使人們
在他不情願的情形下，在完全陌生的世界裡開始全新的生活。[24]
流亡在二十世紀以前是以被動性的流放，放逐來面向世人的，至
少在中國、俄羅斯這樣龐大的帝國，流放命令都是由皇帝直接下
達的。[25]由此可見，流放和放逐可說是最早的一種專制政權對犯
錯人民懲罰的方式。據悉，自「新中國」成立後的第一次浩大運
動中，就集體流放了五十五萬所謂的「右派」知識份子到上述荒
漠苦寒地帶。[26]就如愛德華・薩義德在《知識份子的流亡──放
逐者與邊緣人》一文裡指出流亡的隱喻意義：

> 流亡是最悲慘的命運之一。在古代，流放是特別恐怖的懲
> 罰，因為不只意味著遠離家庭和熟悉的地方，多年漫無目的
> 的遊蕩，而且意味著成為永遠的流浪人，永遠離鄉背井，一
> 直與環境衝突，對於過去難以釋懷，對於現在和未來滿懷悲
> 苦。[27]

---

[23] 龍應台：〈誰，不是天安門的母親？獻給丁子霖〉，載《請用文明來說
服我》，臺北：時報文化出版社，2006。也見同注8，頁206-207。

[24] 同注8，203。

[25] 同上。

[26] 同上。

[27] 愛德華・薩義德（Edward W. Said）著，單德興譯《知識份子論》

1.4

中國流亡文學的概念與情況

　　一般上，古代那些涉及國內流放的中國文人或知識份子皆直接或間接牽涉政治。由於他們喜歡自我表現或直率的性格，往往他們容易得罪皇帝或權貴或是引起他人的嫉妒，以致導致皇帝或權貴的不滿而被貶職放逐國內。若加以研究，我們可以在中國文學發展史裡發覺很多文人的仕途十之八九都坎坷的例子，就以唐朝的一些詩人為例，其中包括著名的詩仙李白（701-762），在天寶元年豐詔入京，供奉翰林，因傲岸不羈，得罪了權貴，僅一年多就被排擠離開長安。更嚴重的是在安史之亂因參加永王李璘幕府獲罪，被捕下獄，在流放夜郎途中遇赦。晚年漂泊困苦，死於當塗。[28]除了詩仙，就連詩聖杜甫（712-770）[29]也不能倖免。此外，也包括唐宋八大家之三，即柳宗元（773-819）、[30]韓愈

（Representations of the Intellectual）北京：生活・讀書・新知，2002，頁44。

[28] 《簡明中國古典文學辭典》編寫組：《簡明中國古典文學辭典》南昌：江西人民出版社，1983，頁32。

[29] 他曾在長安寓居十年，未能施展政治抱負。曾任肅宗左拾遺，因直言犯上，貶為華州司功參軍。同上，頁33-34。

[30] 唐朝文學家、政治家。他是王叔文政治革新集團成員，革新失敗後被貶為永州司馬。同上，頁42。

（768-824）、[31]蘇軾（1037-1101）[32]也屬於流放文人。[33]

根據台灣著名詩人余光中指出：「我們有最早放逐詩人的記錄。」[34]

根據太史公[35]在《史記》[36]裡的序言謂：「屈原[37]因遭判罰放逐，才撰寫《離騷》。」[38]

相反的，現今有一些文人或知識份子包括那些涉及放逐的皆間接或直接參與政治。例如一位中國著名的作家王蒙（1934-）曾在80年代受委為文化部長，即使高行健本身在還未被迫流亡之前也于1973年曾加入中國共產黨為會員。他們通過各種方式自我

---

[31] 唐朝文學家。元和14年（819）正月，他上書唐憲宗諫迎佛骨，觸怒皇帝，因而由刑部侍郎貶至潮州。見孟慶文：《新唐詩三百首賞析》，海口：南海出版公司，1995，頁327。

[32] 北宋詩人，詞人。政治上不滿王安石新法，和舊黨意見也有分歧，故新、舊兩黨執政時期，均自請離開朝廷，任地方官多年，最後被貶至惠州、儋州。同注25，55。

[33] 同注8，頁209。

[34] 指楚國的愛國詩人屈原。早年因學識淵博，「明於治亂，嫻於辭令」，深得懷王的信任。主張舉賢授能，修明法度，聯齊抗秦。由於貴族保守集團的反對，終遭失敗，被懷王疏遠放逐漢北。頃襄王時，他又被流放到沅，湘流域。他在彷徨苦悶，悲憤憂鬱的心情中，寫了這首在古典文學中最長的抒情詩，即《離騷》，表達了他熱愛祖國的深切情懷。《離騷》可視為第一部漢語流亡文學作品。參見餘光中：《敲打樂》，臺北：君文學出版社，1969，頁56，也詳見同注28，頁2，以及同注11，頁205。

[35] 指漢朝史學家司馬遷（西元前145–西元前90），武帝時任太史令，後因為戰敗投降匈奴的李陵仗義直言而觸怒武帝遭宮刑，因此忍辱含垢，發憤著書，撰寫《史記》。詳見同上，頁5。

[36] 中國歷史上第一部紀傳體通史，記載了從傳說中的黃帝至漢武帝時代三千年間的歷史。同上。

[37] 劉建生主編：《史記精解》北京：海潮出版社，2012，頁646。

[38] 同上。

放逐或流亡，如移居，旅遊，逃難，工作，潛入等。

　　無可否認，縱觀二十世紀以來東西方流亡作家們，無論是西方的索忍尼辛（Aleksandr I.Solzhenitsyn），[39]米蘭・昆德拉（Milan Kundera）[40]等，還是高行健、劉賓雁，王若望等，他們都在作品裡發出捍衛著人類社會時代的真實流亡聲音的權利和尊嚴，無疑的間接給世界文學留下豐富的遺產，華文流亡作家方面則直接給世界華文文學史作出巨大的貢獻。

　　丹麥文學評論家喬治・勃蘭德斯（George Brandes）在《十九世紀文學主流》一書中意味深長地總結「流亡文學」：

> 是一種表現出深刻不安的文學……而我們彷彿看到流亡文學的作家和作品現在一道顫動的亮光之中。這些人站立在新世紀的曙光中。[41]

　　可是，令人遺憾的是長久以來，流亡文學不曾被視為中國現代或當代文學的一種文學類型，雖然自20世紀以來，很多由外國流亡作家所撰寫的文學作品皆以流亡為主題。[42]其中一個原因

---

[39] 前蘇聯作家，1970年諾貝爾文學獎得主。於1973年出版一部題為《古拉格群島》（The Gulag Archipelago）的長篇紀實文學，用以揭露10月革命以來蘇聯共產黨統治者所實行的非人的殘暴統治，轟動一時。同注8，頁202。

[40] 捷克著名作家。年輕時，不能見容于他的祖國，遠離故土，定居於舉目無親的法國。李思屈：《昆德拉》，臺北：生智文化事業有限公司，2003，頁vi、vii。

[41] 同注8，頁210。

[42] 趙遐秋：馬相武：《海外華文文學綜論》，山西：山西教育出版社，1995，頁52。

是他們多數不是中國公民，他們只是被視為居住在外國的中國人
民。這也是為什麼這些流亡作家的作品不被視為中國文學作品，
長期以來，它們只被視為邊緣文學，但筆者認為它們應被歸類為
世界華文文學範疇內。[43]就如公仲主指出：

「世界華文文學研究的對象，主要是中國大陸以外的中國文
學（包括香港，澳門，臺灣文學）與海外華文文學。」[44]

這也是為什麼它不被歸類在中國現當代文學範疇的原因，甚
至在世界華文文學範疇，流亡文學也甚少提及。其實，若加以研
究，不止中國大陸以外的流亡作家的文學作品不被納入各個階段
編撰的正統的中國文學史的範疇內，就連外國的流亡作家如索忍
尼辛、米沃什、布羅茨基、昆德拉等第三波流亡國外的作家在同
時期也從來沒有被各自的祖國文學史記錄是一樣的。[45]事實上，
在這些流亡文學作品裡具有其獨特的價值。鑑於它反映流亡作家
欲回歸中國文化的根，即中國民族文化歷史的心願，它理應納入
中國現代文學或中國當代文學整體範疇內，以供學者系統性地進
行研究。[46]無論如何，隨著高行健榮獲諾貝爾文學獎後，這些流
亡作家的命運開始受到關注，流亡文學的概念也越來越清晰。就
如劉再復指出：

---

[43] 本來，中國人所寫的文學作品就是中國文學，但現在似乎只有中國政府
所管轄的地區人民所寫的作品才配稱中國文學，那麼世界其他地方「華
人」所寫的只能成為「世界華文文學」。詳見龔鵬程：《異議份子》，
臺北INK印刻出版有限公司，2004，頁342。

[44] 同上，頁342-343。

[45] 同注8，頁214。

[46] 同注42，頁54。

> ……總的來說，10多年來，流亡文學很有成就。高行健的小
> 說可說是典型的流亡文學。[47]……

這就是為什麼「六四」事件後，流亡西方的中國作家中，高
行健被視為最早提出「流亡語境」意識的中國作家。[48]甚至《靈
山》也被視為一部流亡話語空間的建構。

隨著一部有關流亡作家的文集，即《不死的流亡者》在2005
年出版後，有關流亡文學的概念及流亡作家所經歷的不幸命運越
來越引起關注。就如在其後記指出：

> ……由流亡者或自我放逐者集體自述其生活與感受的書，這
> 恐怕還是天下第一本。[49]

同樣的，劉再復給予流亡文學與流亡文化極高的評價如下：

> ……高行健的出現就很了不起，是中國流亡文學，也可以說
> 是流亡文化的勝利，很有成就。[50]……

諾貝爾文學評獎委員會馬悅然於2000年在諾貝爾文學獎上所
給予高行健的祝詞說：

---

[47] 劉再復：《思想者十八題》，香港：明報出版社，2007，頁200。
[48] 同注8，頁217。
[49] 同注20，頁454。
[50] 同注47，頁448。

> 你不是兩手空空離開祖國的，你帶著你的母語離開祖國，而
> 從此以後母語也成為你的祖國。[51]

關於中國人移民至西方國家並在海外形成華人作家群的歷
史，美籍作家李黎指出：

> 中國人遠渡大洋僑居西方（主要是美洲）的歷史，如果從比
> 較具規模的移民開始計算，至少也有一百多年了。早期的移
> 民幾乎全是勞工或生意人，直到二十世紀中期，才漸有新移
> 民去的知識分子和有受高等教育的第二代華僑，於是才有了
> 華人作家的作品出現。[52]

隨著海外華人作家的作品面世，作為中國文學支流的海外華
文文學得以在二十世紀中期開始萌芽[53]並日趨成熟，當然放逐或
流亡便成了海外華人作家寫作的主題，無疑的，放逐主題也就成
為區別海外華人文學與中國本土文學的根本特徵。

無庸置疑，在這些流亡文學作品裡，難免會不乏表現羈旅之
思與思鄉懷國之情。不論是自我放逐或被迫放逐，他們或多或少
都懷有背棄家國的負疚感，無時無刻都在折磨著這些離鄉背井的
遊子。這也意味著形體的放逐或流亡並沒有帶來心靈的放逐。就
如臺灣著名作家白先勇所謂的「去國日久，對自己國家的文化鄉

---

[51] 同注8，頁210。
[52] 同注42，頁51。
[53] 同上。

愁日深。」[54]由於長期過著毫無著落的無根生活，難免會在心靈
深處產生了回歸母體文化的強烈欲望，畢竟他們的根還在中國。
這與所謂的文化情結，不無關係。

這一百年來，中國知識份子前後共涉及三次群體流亡。第
一次發生在清末期間，其中包括康有為（1858-1927），[55]梁啟超
（1873-1929）。[56]第二次發生在1949年，有很多知識份子從中國
大陸逃到臺灣或國外。第三次發生在1989年，即在天安門事件爆
發後。[57]

若從中國知識份子或作家涉及的兩種流亡類型，即國內流亡
和自我自願或被迫流亡來看，高行健則屬於後者。但他雖逃離祖
國到法國，他仍用自己的語言繼續寫小說或戲劇。其他同類型作
家包括劉賓雁等。在西方，則包括美國的俄羅斯籍詩人布羅茨基
（Joseph Alexandrovich Brodsky），索忍尼辛（Aleksandr Isaevich
Solzhenitsyn）與住在美國的波蘭籍作家艾爵巴施維斯星哥（Isaac
Bashevis Singer），但是他仍用依地語寫作。[58]這是從文學意義

---

[54] 同上，頁53。

[55] 一名清朝著名的思想家，政治家。由於他在1898年展開的變法維新運動
失敗，迫得逃到外國去。詳見陳高華編：《中學歷史辭典》，北京：中
國國寶典史出版社，2004，頁149。

[56] 一名清朝學者。他也是變法維新運動的其中一名支持者，失敗後，他也
趕緊逃到日本避難。同上。

[57] 同注47，頁252。

[58] 另外三種作家類型是：第一類型是他們來自殖民地但在歐洲揚名的如英
國詩人T.S艾略特，千里達的奈波爾，澳洲的彼特波特等。第二類型作
家不但失去自己國家但也失去自己的語言，包括華裔的美籍作家哈金、
俄羅斯小說家納博科夫；第三類型作家或知識份子雖然沒有離開自己國
家，但感覺到自己是外國人。詳見Bruce Bennett , ed. *Rasa Terbuang, Esei
Kesusasteraan Rantau Asia Pasifik*, trans.Umar Junus（Kuala Lumpur：

上給流亡作家分類。據學者宋國誠指出,從文學意義上(不同於自願性遷徙或移民)看,流亡可分為三種形式:第一種是身體的,地理的,作家的流亡,如俄國文學家索忍尼辛(Aleksandr Isaevich Solzhenitsyn),布羅茨基(Joseph Brodsky),中國作家高行健、袁紅冰、哈金與詩人貝嶺屬於第一種;第二種是作品,文本與創作的流亡,作家本身也許並未離開祖國故鄉,但作品被本國禁止或銷毀而被迫在境外出版,巴斯特納克(Boris Leonidovich Pasternak)屬於這一種;第三種則是「隱喻的流亡」或稱「形上的流亡」,它是一種生命態度與思想風格,這種思想主張世界沒有家,人的存在就是在世間的漂泊與流離。就此意義上,高行健可以說兼屬於上述三種形態的流亡。[59]

若是從「流亡」這個術語來看,可以做出總結即流亡文學就是其作品是以流亡或放逐作為主題。它是流亡文學家通過語言所建構的寫作空間即流亡文學空間。[60]

關於流亡作家的含義,可從多禮懷曼(Torrey L. Whitman),即中國學院主席和高行健在2004年7月18日與高行健的訪談中看出:

> 問:所謂流亡或離散的作家或藝術家的意義是什麼?
>
> 高:在第一層次,我認為在這二十世紀,流亡或離群問題很
>   明顯發生在作家或藝術家群身上。在第二層次,它是針

Dewan Bahasa dan Pustaka,1991),pp.10-11。

[59] 宋國誠:〈苦吟與蟬蛻:中俄流亡文學的比較《靈山》與《齊瓦哥醫生》,詳見同注8,頁166-167。

[60] 同上,頁166。

　　對心靈層次而言，即流亡也意味著超越意識形態，態度
和流派。因此，流亡是一種追求沒有主義與超越意識形
的方式。在第三層次，藝術家比較傾向處於社會邊緣。
從這個角度來看，流亡就如一種適當的精神狀態。[61]

　　在一篇題為《中國流亡文學的困境》中，我們可知道高行健
已間接承認含有流亡成分的文學作品包括其作品都被視為中國流
亡文學。[62]因此，《靈山》與《一個人的聖經》無疑的是兩部流
亡文學作品。

　　總而言之，發生在文人或知識份子的流亡現象涉及三種類
型，即內在流亡，自我流亡，包括自願或被迫流亡，以及國家放
逐。一些人因犯錯而被處以國內放逐徒刑；另一種人基於政治壓
迫而自我國內或國外流亡，叫做被迫自我流亡；有者在沒有政治
壓迫的情況之下自己選擇流亡，叫做自願流亡。也有一些如王
丹[63]等基於政治壓迫而被國家放逐則叫做國家放逐。

　　簡單地歸納起來，流亡作家的三大特點是：受迫害感、用放
大鏡看待個人所受的苦難；優越感、覺得自己高於普通難民和移
民；懷舊感，念念不忘過去與母國。這樣的流亡形態下導致的寫

---

[61] Gao Xingjian,interview by Torrey L. Whitman, A Conversation with Gao Xingjian，見網址http://www.asiasource.org/ arts/gao.cfm. 18 July 2004.
[62] 高行健：《沒有主義》，臺北：聯經出版事業公司，2001，頁120-128。
[63] 在1989年天安門事件中，他曾是爭取中國民主自由的學生運動的領袖，過後他被逮捕而在1990年被判坐牢4年，後在1998年延長至11年。不過，後來基於醫病理由而在當年被國家放逐至美國的底特律。見網址http://zh.wikipedia.org. 3 June 2009。

作風格有著這樣烙印。[64]

　　在有關高行健流亡的論述中，他所涉及的流亡類型是自我被迫流亡。[65]通過自我流亡，由於內在和外在因素，他不得不以各種形式逃亡。他曾承認他被迫自我流亡是因為其作品不被中共接受或出版，其戲劇也不被演出。因此他不得不通過逃亡離開家國。[66]

---

[64] 同注8，頁237。

[65] 被醫生診出患上肺癆病後，以及其戲劇亦被批評，為了驅除寂寞，他只好自我流放至中國西南地區探索。見季默，陳袖：《依稀高行健》，臺北：文化事業有限公司，2003，頁93。

[66] 邱燮友、蔡宗陽、沈謙、金榮華編：《中國現代文學理論季刊》第20期，2000年12月，頁613。

第二章

從社會文化與政治背景
探討流亡現象

2.0

政治與文學思潮背景

2.1

中國現代文學發展的
第一個十年（1917-1927）與
第二個十年（1927-1937）時期

在八十年代初與九十年代末，高行健不得不被迫自我流亡兩次。第一次流亡是基於兩個原因，主要原因是逃避共產極權對形體與心靈自由的鉗制，這乃是源自共產極權對尤其是文藝方面的干涉所致。這也意味著自中華人民共和國于1949年成立以來，政治開始對文學領域施加諸多有形無形的幹預。

事實上，文學與政治的關係密切，在中國傳統文學中由來已久。儒家詩教有所謂的「溫柔敦厚」、「興觀群怨」、「思無邪」等等，莫不與政治教化有關。[1]若就現代文學來講，提倡文

---

[1] 柯芃宇：《高行健〈靈山〉研究》，臺灣：南華大學文學研究所，碩士

學為革命鬥爭服務不得不溯源自1921年已開始在中共實行的馬克思主義。[2]政治與文學之間的最早關係稍露端倪可以溯自中國現代文學發展的第一個10年[3]萌生的「五四」與無產階級文學新思潮，[4]但是文學受政治影響和間接幹預[5]則是從中國現代文學發展的第二個10年（1927-1937）開始，這可從當時興起的無產階級革命文學思潮及其發展而形成的左翼文學思潮窺見一斑，[6]當年即1930年3月2日崛起一批所謂的「左聯」革命作家群。[7]其中最著名的中國文學家魯迅對文學與政治之間的關係的解說如下：

學位論文，2003年6月，頁8。

[2]　1921年，中共在共產國際和蘇聯的指導下成立了。定位以馬克思、恩格斯、列寧、史達林等思想影響下，視文學為政治革命的工具。詳見宋如珊：《從傷痕文學到尋根文學：文革後十年的大陸文學流派》臺北：秀威資訊科技股份公司，2002，頁1。

[3]　中國現代文學思潮的發展和演進，大體上可以分為三個階段：中國現代文學第一個10年（1917-1927）；中國現代文學第二個10年（1927-1937）；中國現代文學第三個10年（1937-1949），詳見盧洪濤：《中國現代文學思潮史論》，北京：中國社會科學出版社，2005，頁6-9。

[4]　五四運動是指1919年5月4日發生在北京的一場以青年學生為主、廣大群眾、市民、工商人士等中下層共同參與的文化運動。五四時代是一個自覺地接納外來思想、學說進行文化革命的時代。這一時期的文學革命主要是引進西方文學理論與文學思潮。詳見許祖華：《五四文學思想論》，武漢：華中師範大學出版社，頁4，也見同上，頁7。「五四」文學革命思潮於1928年被無產階級革命文學思潮所取代，倡導革命的文學，提倡文學為革命鬥爭服務，為廣大受苦受難的群眾發言。因此，它是一個以平民為主的文學思潮，同注3，頁143-162。

[5]　同注3，頁8。

[6]　同上。

[7]　全名是「中國左翼作家聯盟」，它是30年代之後，活躍在中國文壇中最重要的無產階級文學派別。它包括魯迅、茅盾、田漢、鬱達夫、張天翼、柔石等。詳見殷國明：《中國現代文學流派發展史》，廣東：高等教育出版社，頁401。

　　　文學與政治關係有著複雜關係，一方面，「文藝和政治時時
　　　在衝突之中……惟政治是維持現狀，自然和不安於現狀的文
　　　藝處在不同方向。」另一方面，「文藝和革命原不是相反
　　　的，兩者之間，倒有安於現狀的同一。」[8]

　　此外，魯迅在《文藝與革命》《文壇掌故》中清晰地提出了
他的文學觀：

　　　文學與政治有密切的聯繫，是「最高政治鬥爭的一翼。」[9]

　　　魯迅也曾提出「民族革命戰爭的大眾文學」的口號。[10]

---

[8]　詳見《論20世紀早期初級形態的中國馬克思主義文學理論》www.cssn.cn/
　　　wx_wyx/201503/t20150317_150317.shtm, p.2.
[9]　同注3，頁151。
[10]　詳見吳秀明編：《中國當代文學史寫真》，杭州：浙江大學出版社，
　　　2003，頁6。

2.2

中國現代文學發展的第三個十年
（毛澤東延安時期1937-1949）

（1）中共文藝政策的形成期——延安時期

　　政治對文學的直接影響和真正幹預可從毛澤東於1942年5月發表的《在延安文藝座談會上的講話》越加顯現出來，這可說是中共文藝政策的形成期，即所謂的「延安時期」。其中兩項所強調的主要思想就是：第一，文學須為工人，農人與兵士階級服務。第二，文藝批評須根據兩項標準：即第一，政治標準；第二，文藝標準。這顯示著這份文件已經決定了未來新中國[11]文藝發展的方向，這也意味著中國現代文學思潮最終統一於以毛澤東文藝思想為指導的革命現實主義文學思潮。

（2）中共文藝政策的發展期（1949-1966）

　　隨著中華人民共和國於1949年10月1日成立，也標誌著中國

---

[11] 「新中國」是指於1949年9月1日成立的中華人民共和國。同上，頁3，也見同上，頁4。

當代文學伊始。從1949年至1978年是當代文學發展的第一階段，也可說是中共文藝政策的發展期，即中共建權後17年。但是其文藝政策仍延續著之前既定的，即為大眾服務。1956年，毛澤東提出一個以兩個口號為主的文化政策，即「百花齊放，百家爭鳴」，旨在給予人民思想自由，辯論自由，創作自由，批評自由，發表意見，堅持己見的自由等。與此同時，文壇也提出了「幹預生活」的口號，即對文藝工作者提出了新的要求：正視日益突出的人民內部矛盾以及工作中存在的缺點錯誤，充分發揮文藝的特殊功能效應。[12]這項開放的文藝方針好像給予中國文學發展帶來新氣息。誠然，在1956年一整年裡，文學創作生機勃勃，開始湧現大量文學作品。[13]但是，很不幸的從1956年到「文革」開始的1966年，這10年間，文藝政策還是受到主流意識形態即為階級鬥爭的指導與控制，而當權者就打著這個這個堂皇的改革政治思想的幌子以鞏固其政權的大前提下，便展開一波波大規模的文藝整風運動即所謂的反右運動，[14]這無形中導致中國當代文學發展遭到極大的挫折。在《一個人的聖經》的第七節裡，曾在一個早上大集會裡，一名首長大聲抨擊知識份子如下：

---

[12] 同上，頁8-9。

[13] 同上，頁9。

[14] 1957年夏，由於毛澤東認為共產黨有大批的知識份子新黨員（青年團員就更多）其中有一部分確實具有相當嚴重的修正主義思想即受到資產階級思潮影響。7月，《人民日報》發表毛澤東撰寫的《〈文匯報〉的資產階級方向應當批判》，因此，他們須通過接受無產階級教育，即下鄉或到工廠進行思想改造教育，於是一場波及廣泛的「反右」運動在全國範圍內開展起。同上，也參看巢峰：《文化大革命詞典》，香港：港隆出版社，1993，頁56。

……我不是說有知識就不好，這話我可沒說，我說的是要筆
杆子，接過我們革命的口號，打著紅旗反紅旗，說的是一
套，想的又是一套的反革命兩面派！公開跳出來反革命，我
量他也沒這膽子，這會場上有沒有？有沒有人敢站出來，說
他就反對共產黨，反對毛澤東思想，反對社會主義，哪一個
敢說這話？我請他上這臺上來講！[15]

　　從上述首長的嚴厲警告裡，顯而易見，在反右運動以及文革
期間知識份子包括文人已成了批判的主要對象，結果是總共有55
萬人被鑒定為右派份子[16]，而其中多數為所謂的知青。毛澤東擔
心這些青年缺乏革命精神，故於1962年9月，他下令展開一項社
會主義教育運動[17]，即指示安排一些官員和知青到農村向下層人
士學習和從事體力勞動。此外，在1962年和1964年，[18]先後展開

---

[15] 高行健：《一個人的聖經》，臺北：聯經出版社，2001，頁52。

[16] 隨著反右運動的展開，中國作家協會召開黨組擴大會議，批判丁玲、陳
企霞、馮雪峰「反黨集團」，拉開了文藝界反「右派」運動的序幕，一
大批作家、藝術家、理論家、編輯家被打成右派分子，他們的文章也被
定性為「大毒草」而遭公開批判。見同注10，頁9。

[17] 1962年下半年，隨著經濟形勢穩定，毛澤東結束了政治隱退而複出發動
了社會主義運動，旨在反對官僚化、糾正毛批判的「修正主義」，導致
新形式資本主義的社會政策，使黨和整個社會重新樹立集體主義精神。
其中一項社會主義運動就是「反右運動」。見Leung, Edwin Pak-wah:
Essentials of Modern Chinese History:1800 to the Present（United States:
Research & Education Association, 2006），pp.117，也見莫里斯‧邁斯納：
《毛澤東的中國及其後》，https://www.marxists.org/chinese/reference-
books/meisner/mao_china_and_after_18.htm, 2015年10月2日。

[18] 1962年9月，隨著社會主義運動的展開，也展開第二次的反右運動；1964
年6月，毛澤東號召按照1957年下半年開展的反右鬥爭路線進行一次「整

兩次的反右運動。他在1964年6月進行的「整風」運動中，他批評說：

> 做官當老爺，不去接近工農兵，不去反映社會主義的革命和
> 建設。最近幾年竟然跌到了修正主義的邊緣。如不認真改
> 造，勢必在將來的某一天，要變成匈牙利斐多菲俱樂部那樣
> 的團體。[19]

　　這種極端的反右運動可說是導致文化大革命爆發的主要原因。毛澤東警告說，中國共產黨不僅有變成修正主義的危險，而且還有變成「法西斯黨」的危險。毛用來描述社會主義運動的口氣，幾乎是對未來文化大革命的預言：

> 這一場鬥爭是重新教育人的鬥爭，是重新組織革命的階級隊
> 伍，向著正在對我們倡狂進攻的資本主義勢力和封建勢力作
> 尖銳的針鋒相對的鬥爭，把他們的反革命氣焰壓下去，把這
> 些勢力中間的絕大多數人改造成為新人的偉大的運動，又是
> 幹部和群眾一道參加生產勞動和科學實驗，使我們的黨進一
> 步成為更加光榮、更加偉大、更加正確的黨，使我們的幹部
> 成為既懂政治、又懂業務、又紅又專，不是浮在上面、做官
> 當老爺、脫離群眾，而是同群眾打成一片、受群眾擁護的真
> 正好幹部。[20]

風」運動，這可說是第三次的反右運動。同上。

[19] 同上。

[20] 同上。

2.3

1966-1976年期間：文化大革命
（毛澤東文革時期1966-1976）

（3）中共文藝的落實期

在1966年8月8日，中共八屆十一中全會通過《有關無產階級文化革命的決定》，正式確認了「文革」的「左」傾指導方針。這意味著一場長達十年（從8月18日至1976年）的文化批判運動一文化大革命[21]就這樣爆發了，這也意味著中國文學發展開始受到阻礙。

導致中國文學停滯發展的主要因素是在文革前即1966年2月開始在解放區[22]實施的更嚴格的文藝政策所致。該項政策是在上

---

[21] 1965年1965年5月，《中國共產黨中央委員會通知》獲得通過。1965年8月，在中共中央八屆十一中全會上，通過了《關於無產階級文化大革命的決定》。這兩個文件成了「文化大革命」的指導文件，也是「文化大革命」全面發動的標誌。8月18日，毛澤東在天安門廣場接見紅衛兵，從此一場空前浩劫席捲全國。同注9，頁12。

[22] 自日本在1945年8月投降後，國民黨在蔣介石領導之下控制的大城市名為國統區，而由毛澤東領導的鄉區則稱為解放區，各自有自己的文學思潮：國統區盛行批判現實主義文學思潮，而工農兵文學思潮則是解放區的主潮。直至中華人民共和國成立後，中國現代文學思潮最終統一於以毛澤東文藝思想為指導的革命現實主義文學思潮。詳見同注3，頁9。

海舉行的文藝工作座談會後由江青[23]並獲得林彪支持下實施。當時，在一份題為《部隊文藝工作座談會紀要》，提出所謂的「文藝黑線專政論」，抨擊中華人民共和國成立後十七年中，文藝界一直被資產階級的文藝思想這條黑線所主導，這顯然已違背了毛主席的思想，當務之急就是展開一場文化戰線上的社會主義大革命即1966年8月18日爆發的文化大革命徹底搞掉這條黑線。[24]由此可見，在由四人幫發起的文革主要領導人江青的指示下仍積極延續實行由毛澤東發起的反右鬥爭運動，主要原因是毛澤東讓其權力旁落予尤其妻領導的「四人幫」掌管著中宣部、文化部、解放軍總政治部、《人民日報》和《紅旗》雜誌這些領導、指導思想文化的重要機構所致。[25]

　　無庸置疑，文化大革命對文學發展帶來很不利的影響，其中一個主要原因是江青控制著一切文化運動。除了她的樣板戲之外不允許其他任何劇目，所有雜誌也基本上全部停刊，只有很少的短篇小說和長篇小說得以出版。書店裡只賣《毛澤東選集》、革命英雄故事、為數不多的教科書和少量的初級技術教材，書店門可羅雀。很多知識份子被下放到「五七幹校」接受改造，在那裡參加勞動，學習毛澤東思想，開展批評和自我批評，他們沒有機

---

[23] 毛澤東的妻子。她是發動文化大革命四人幫的首領。另外三個成員是張春橋，姚文元，王洪文。林彪乃是人民解放軍的將領，在中共九屆一中全會，他受委為中共副主席。見同注14，頁183-184。

[24] 同注10，頁12。

[25] 傅高義：〈文藝界的小百花齊放〉（1）、（2），詳見data.book.hexun.com.tw/chapter-18268-3-5.shtml.，2015年10月15日，p.1。

會讀小說和故事。[26]

　　在那個時期，有很多作家包括高行健都害怕被判處文字獄。[27]除了少數跟隨當權者外，幾乎所有作家、藝術家都受到不同程度的批鬥、打擊、勞改和迫害，倖存者也都遭受了巨大的身心摧殘[28]。結果是有很多作家如老舍[29]、田漢、楊朔、肖也牧、海默、聞捷、魏金枝、陳翔鶴等被迫害至死。其他也包括理論家葉以群、邵荃麟、侯金鏡、巴人、鄧拓等；翻譯家如傅雷；藝術家如馬連良、嚴鳳英、蔡楚生、鄭君裡等。[30]其實，其中一位30年代著名的女作家，即丁玲[31]同樣地早在1955和1956年遭遇類似的不幸命運。更嚴重的是於1964年和1965年，她的作品全部被燒掉，房子被查封、被送去勞改和迫害，最後她被流放到北大荒養雞為生。更嚴重的是在文革期間，她被囚禁在秦城的斗室中長達七年。[32]

---

[26] 同上。

[27] Gilbert C.F.Fong and Lee, Mable，trans. Gao Xingjian, *Cold Literature*. Hong Kong: The Chinese University Press, 2005，p. xix.文字獄這種冤獄可以追溯自春秋時代，即西元前548年。也參見王業霖：《中國文字獄》，廣州：皇城出版社，2007，頁2。

[28] 詳見陳思和編：《中國當代文學史教程》，上海：復旦大學出版社，1999，頁164。

[29] 於1966年8月23日，他與北京文藝界許多知名人士在成賢街被紅衛兵暴徒掛牌批鬥，施以皮帶、拳頭、皮靴、唾沫等毆辱，會後紅衛兵們又尾隨押解的汽車趕到當地派出所，將老人輪番毒打至深夜，以致於1966年8月24日，在北城自投太平湖自殺。同上。

[30] 同上。

[31] 雖然在文革期間她遭遇到身體與心靈的折磨，但她仍支持中共的極權政策。詳見王德威；《文學與政治》，臺北：《聯合文學》，第179期，1999，頁140。

[32] 同上。

事實上，在文革前，即自1949年中共極權統治中國以來，已有不少作家如丁玲在反右運動中遭受批判和折磨，在1957年的運動中，估計47萬人被抓，民主同盟的成員，幾乎無一倖免。[33]由於害怕受連累，很多作家停止寫作。其中包括沈從文曾嘗試自殺[34]不果而於1949年後直接停止寫作。[35]這也意味著他決定選擇默不出聲來表示對新極權統治的一種無聲抗議。[36]

已故巴金（1904-2008），一名著名的文壇宿將，他也遭遇到像其他作家一樣的折磨。就如在其《隨想錄》曾這麼寫道：

> ……我的作品出世以來挨的罵可謂多矣，尤其是在1966年以後，好像是因為我參加了由亞非作家緊急會議，有人生怕我擠進亞非作家的行列，特地來個摘帽運動似的。「四人幫」不但給我摘掉了「作家」的帽子，還「砸爛」（這是「四人幫」的術語了）「作家協會」，燒毀了我的作品。他們要做今天的秦始皇。他們用「火」、「棍」並舉、、「燒」、「罵」齊來，可是我的作品不曾燒絕。我也居然活到現在。[37]

高行健本身也是其中一位成為極權專制統治的受害者。他在

---

[33] 劉大任：《走出神話國》，臺北：皇冠文化有限公司，1997，頁180。

[34] Shen Congwen，http://people.cohums.ohio-stafe.edu/denton2/c503/scw.htm. 5 May 2009.

[35] 1950年，他曾在北京的歷史博物院擔任研究員長達30年之久，旨在專心研究中國傳統服裝。參見王亞蓉編：《從文口述晚年的沈從文》，北京：商務印書館，2002，頁5。

[36] 同注31，頁140。

[37] 巴金：《隨想錄》，北京：人民文學出版社，1980，頁34-35。

文革的慘痛經歷可從其兩部流亡小說，即《靈山》與《一個人的
聖經》反映出來。

2.4

70年代末至80年代
（鄧小平時期1976-1985）

　　1976年文革結束後，不但政治、經濟，就連文學領域也發生巨大變化。其中一個主要因素是中共在鄧小平領導之下實施的經濟改革開放政策[38]以及更開明的文藝方針所致。

　　緊隨著1976年9月毛澤東逝世後，中共新領導層華國鋒並沒有給文化政策帶來多大變化，他提出兩項毛澤東既定的政策作為他執政指引。[39]但是隨著1977年鄧小平[40]上臺執政後，並於1978年12

---

[38] 同注28，頁12。

[39] 指毛澤東既定的兩個「凡是」，即第一，凡是毛主席做出的決策，我們都堅決維護；第二，凡是毛主席的指示，我們都始終不渝地遵循。見《人民日報》，1977年2月7日。

[40] 1933年2月，因擁護毛澤東的正確主張，被黨內「左傾」領導人鬥爭、撤職，下放，是為鄧小平「三起三落」的「第一落」。同年6月，被臨時黨中央上調到中央軍委總政治部擔任秘書長，是為「第一起」。1966年，「文革」開始後，失去一切職務，是為鄧小平「第二落」。1973年，恢復副總理職務，是為鄧小平「第二起」。1976年，中共中央政治局根據毛澤東提議，一致通過撤銷鄧小平職務，是鄧小平「第三起」。Ad.163.com/40729/3/SEGMSAM0001125P.html., 2015年10月15日，p.1.。也見《鄧小平三上三下》，載《中外雜誌》，73卷，第一期，2003年1月，頁19、20、21。

月在中共中央第一副主席和國務院總理華國鋒被架空後，[41]確定了鄧小平日後的領導地位。隨著政權進入鄧小平時期，文藝政策也進入以鄧小平文藝政策為主的轉變期。[42]在開始階段，四人幫雖已粉粹，但是鑑於毛澤東的殘餘勢力多少還存在，因此，基本上鄧小平的文藝政策仍以毛澤東延安時期的文藝政策為基礎。[43]在促進文化領域的任何變化都要特別謹慎小心或是向他請示，因為毛澤東對文藝領域向來也有興趣，難免會對文藝工作特別敏感。[44]例如，他覺得小說、戲劇的創作太少，他就對鄧小平抱怨說：「樣板戲太少了，而且稍微有點錯誤就挨批。百花齊放沒有了。別人不能提意見，不好。怕寫文章，怕寫戲，沒有小說，沒有詩歌。」[45]

　　鄧小平一聽到毛澤東的抱怨後，當然唯命是從，豈敢怠慢？立刻聽從指示：

> 鄧小平得到毛澤東的允許後，他立刻印發了毛澤東的指示並在黨內轉達。知道自己不熟悉文藝工作，他在1975年7月9日，便把政研室老資格的人召集起來開了個會，讓他們搜集文化。[46]

---

[41] 在中共11屆三中全會中，華國鋒所追隨的毛澤東的兩個「凡是」遭到鄧小平和華國鋒兩派勢力激烈的爭論並受到嚴厲批評以致華國鋒的權力被架空。見注2，頁44。

[42] 同上，頁38。

[43] 同上。

[44] 同注25，頁1。

[45] 同上。

[46] 同上。

　　當然，一旦毛澤東於1976年9月去世後，鄧小平就比較有權力去執行一些任務如實行更開放的文藝政策。如在中共文藝政策的醞釀期（1976—1978），[47]於1977年5月，他發出「尊重知識，尊重人才」的呼籲。[48]在中共文藝政策發展期（1978–1982），[49]的前一階段，中共對文藝界主要採取較「放」的態度，就如解除了中共極左勢力對文藝的掌控，使文藝界和出版界恢復生機，[50]這多少給文藝領域帶來新氣息。就如他於1979年10月《在中國文學藝術工作者第四次代表大會上祝辭》強調：

> 黨對文藝工作的領導，不是發號施令，不是要求文學藝術從屬於臨時的、具體的，直接的政治任務，而是根據文學藝術的特徵和發展規律，說明文藝工作者獲得條件來不斷繁榮文學藝術事業，提高文學藝術水準，創作出無愧於我們偉大人民、偉大時代的優秀的文學藝術作品和表演藝術成果。[51]……

　　此外，他也在一篇題為《目前形式和任務》強調：

> 不再繼續提供文藝從屬於政治的這樣的口號，這是因為這個

---

[47] 同注2，頁39。
[48] 同上，頁44。
[49] 同上，頁46.。
[50] 同上，頁45。
[51] 鄧小平〈在中國文學藝術工作者第四次代表大會〉，載《鄧小平文選一（1975-1982）》，北京：人民出版社，1983/8第二次印刷，頁185。

口號容易成對文藝橫加干涉的理論根據，長期的實踐證明它對文藝的發展利少害多。[52]

這也意味著文藝的角色「為人民服務」和「為社會主義服務」已經代替毛主席的口號「文藝為政治服務」這無形中有利於中國當代文學的發展。

中共文藝政策的發展過程[53]

中共文藝政策的雛形期	中共文藝政策的發展期	中共文藝政策的落實期	中共文藝政策的轉變期
毛澤東文藝政策			鄧小平文藝政策
延安時期 （1935-1949）	中共掌權後17年 （1948-1966）	文革時期 （1966-1976）	文革後10年 （1976-1986） 醞釀期 （1976-1978） 發展期 （1978-1982） 緊縮期 （1982-1985）

就如高行健指出：

八十年代鄧小平的改革開放政策，對思想和文藝的控制有所鬆動與失控，中國知識份子贏得有限的空間，在爭取民主的政治鬥爭同時，個性解放和自我意識再度抬頭，[54]……

---

[52] 同上，頁220。

[53] 同注2，頁39。

[54] 高行健：《沒有主義》，臺北：聯經出版事業公司，2001，頁103。

　　無論如何，比較起來，鄧小平實行的文藝政策當然不比毛澤東的來得緊繃，主要原因是他比較注重發展中國的經濟建設，更何況他本身也經歷過文革浩劫的苦難，當然不希望中國人民再重蹈覆轍。但是基於中共黨內還存在著毛澤東的保守派殘餘勢力，為了鞏固其政權，他不得不多少展開一些整風運動，但手法卻比較溫和，這也意味著他並沒有完全壓制當代文學的發展，這可從在新時期文學[55]發展期間先後出現各種文學流派如「傷痕文學」、「改革文學」、「反思文學」、「尋根文學」、「先鋒文學」等窺見一斑。，而且作家如高行健、王蒙等還可以借鑑或採用西方的現代主義創作手法來寫作，這可說是前所未有的事，這足見鄧小平文藝政策的伸縮性一面。

　　誠然，自從四人幫被粉碎後，作家的寫作活動開始多少活躍起來。無論如何，大多數作家如沈從文等仍心有餘悸以致退出寫作活動。這種情況可用下列比喻反映：

　　　……彷彿沙灘上難得張嘴的蛤蜊，一有風吹草動，便立刻把
　　　自己無從設防的軟肉，緊緊地封閉在兩片硬殼裡。[56]

　　這也就是為什麼從1978年至90年代出版的短篇小說或長篇小說只片面涉及在文革時期發生的事情，雖然多少對心靈開始有所

---

[55] 指1976年文革後展開的文學創作活動。大體上可以按照前後兩個十年把新時期文學的發展劃分為兩個階段：89年代的「變革」階段和90年代的「轉型」階段。見王萬森主編：《新時期文學》，北京：高等教育出版社，2001，頁5。
[56] 同注33，頁189。

探索。[57]這可從已故巴金針對參加茅盾（1896-1981）[58]小說比賽創作獎的萬篇作品的評論中反映：

　　沒有一部小說真正敢涉及實際問題，比起前幾年來，差多了。[59]

　　從上述評語裡，可以看得出還有很多作家包括老作家在文革後仍對寫作保持警惕。只有少數作家包括高行健藉文革後這個文藝比較開放政策實施期間，趁機躍躍欲試，以致寫了不少的小說、文章和現代戲劇。但是很不幸的，他開始嘗試致力寫作的決心卻中途受挫，事緣他的一部戲劇《車站》在中共文藝政策緊縮期（1982—1985）[60]，於1982年，他的一部戲劇《絕對信號》由

---

[57] 之前，從1928年至1949年，在20年代至30年代初，當時所流行的文學潮流是無產階級革命文學潮流，同樣的，從1949年至1978年初，在這段長達17年的時間裡，亦不例外。簡而言之，在當時文學已被利用為政治宣傳工具，以致在現代文學發展（1917年—1949年）和當代文學發展初期（第一階段1949年—1978年）人本主義被忽略，因為毛澤東曾在1942年發表的《在延安文藝座談會上的講話》，大力批判個性主義。詳見同注2，頁7；同注25，頁5-8；吳中傑：《中國現代文藝思潮史》，上海：復旦大學出版社，1996，頁262-264；廖邦洪：《新時期小說創作潮流研究》廣州：廣東人民出版社，1997，頁66。

[58] 一位偉大的中國革命文學家。他曾在中華人民共和國成立後，擔任文化部長。詳見雷光照：《語文知識詞典》，河北：人民出版社，頁261-262。

[59] 劉大任：《神話的破滅》，臺北：皇冠文化出版社，1997，頁109。

[60] 1984年10月12屆二中全會開始進行整黨，展開思想戰線的清除精神污染運動，一些刊物、作家和作品包括高行健的也受到批判。同注2，頁62。其實在1985年，由全國200多名劇作家組成旨在維護創作自由而成立的學術團體即中國戲劇文學學會，他們曾針對《馬克思流亡倫敦》、高行健的《絕對信號》、《小井胡同》等9部有爭議的演出展開討論、批判極左

於被指含有現代主義成分曾引起論爭而轟動一時，[61]另外一部戲劇《車站》也被指是法國名劇《等待果陀》的翻版而於1983年在北京禁演，[62]這充分顯示言論自由仍受到限制。這可從1989年6月2日發生在天安門廣場的北京大屠殺成千上萬的民主鬥士[63]佐證。所謂的文字獄即對知識份子和作家在《人民日報》大力抨擊或強加莫須有的罪名再次發生，以致有上百名名聲顯赫的文化界人士被逮捕。[64]結果導致有很多知識份子包括作家都紛紛逃難到國外或在國內避難。中共這種殘殺無辜的行動引起美國大多數中國作家提出強烈的抗議。[65]

的意識形態。詳見張晴豔：《毛澤東和鄧小平時代的戲劇》，www.hxw.org.cn/html/article/infro7739.html. , 2015年10月16日。

[61] 伊沙編著：《高行健評說》，香港：明鏡出版社，2000，頁67-68。
[62] 同上。
[63] 這些民主鬥士包括大學生、知識份子和作家。他們於1989年6月4日在天安門廣場展開示威但失敗。詳見同注59，臺北：皇冠文化有限公司，1997，頁109。
[64] 其中包括著名作家劉曉波、蘇曉康、鄭義等。同上，頁112。
[65] 共有80位住在美國的作家如貝嶺、楊煉、劉大任、李歐梵、陳若曦、鄭愁予、聶華苓等發起一項緊急呼籲簽名運動。同上，頁113。

第三章

形體漫遊

3.1

在戰爭中第一次逃難

　　高行健在有生之年，他不得不幾次被迫自我放逐或逃亡，這一生他好像註定要逃難或自我放逐似的。如果研究其生平，就會發覺從小他就直接涉及逃難。事實上，高行健是在逃難途中出世，即正值日本人飛機於1940年轟炸中國[1]包括他的出生地江西省的贛州之際。當時很多中國人包括高行健不得不從一個地方逃到另一個地方去。在逃難途中，經過江西和湖南的山區。[2]

　　誠然，高行健是隨著家人包括任職於銀行的父親和母親一起逃難。但是逃難對高行健來說不是件辛苦反而是愉快的事。這是因為他們可以搬遷到很多地方，而且他們因隨著押運銀行鈔票的車而感到安全。[3]就如他在《靈山》的第6節指出：

　　　　我打出生起就逃難。我母親生前說，她生我的時候，飛機正在轟炸，醫院產房的玻璃窗上貼滿了紙條，防爆炸的氣浪。

---

[1] 1937年，日本藉著尋找一名在中國北部的宛平失蹤的士兵而對中國展開戰爭。中國就這樣和日本捲入長達10年（1941-1949）的戰爭。 詳見 Edwin Pak-wah Leung, *Essentials of Modern Chinese History 1800 to the Present*（New Jersey: Research & Educational Association, 2006）, p. 96.

[2] 高行健：《論創作》（臺北：聯經出版事業有限公司，2008），頁204。

[3] 同上。

她幸運躲過了炸彈，我也就安全出世，只不會哭，是助產醫師在我屁股上打了一巴掌，才哭出聲來。這大概就註定了我這一生逃難的習性。我倒是已經習慣於這種動盪，也學會了在動盪的空擋中找點樂趣。[4]……

就如他以後回憶起這件事：

……他父親在國家的銀行做事，銀行有押運鈔票的警衛，家眷也隨銀行撤退。[5]

我幸虧有這麼一段生活。不是在那種大集體呀，祖國呀，紅旗下長大的。後來我一直忘掉了這一段。我們整個那一段的教育過程就是讓你忘掉它，一切都是從零開始，要埋葬那個舊社會，一個大家耳濡目染的舊社會的苦難。可是我卻沒有看見多少苦難。那跟我的生活環境有關。[6]

高行健之所以這樣說是因為他來自一個家境中等家庭。就如他回憶說：

……由於父親任職於公有銀行，家中的生活還算富裕，吃和穿都沒什麼問題甚至在逃難的時候竟然還帶著一台鋼琴。[7]

4　高行健：《靈山》（臺北：聯經出版事業公司，2000），頁420。
5　高行健：《一個人的聖經》，臺北：聯經出版事業公司，頁5。
6　就如他回憶說，由於他父親在銀行工作，家庭的生活相當充裕。詳見伊沙編著：《高行健評說》（香港：明經出版社，2000），頁62。
7　季默和陳袖：《依稀高行健》（臺北：讀冊文化事業有限公司，2003），頁10。

　　此外，高行健的母親也接受教會式教育。其實，他的父、母親也來自大家族。後來雖然敗落了，但是他們身上那種遺風尚在。他們和他們的朋友唱什麼西方歌曲了，什麼鋼琴了，唱歌劇了。[8]

　　但是，這一切逃難事件只留下模糊不清的甜美回憶，因為它發生在童年以及已發生很久。就如他在回憶起往事時曾承認：十歲以前的生活對他來說如夢一般，他兒時的生活總像在夢境中。那怕是逃難，汽車在泥濘的山路上顛簸，下著雨，那蓋油布的卡車裡他成天抱住一簍橘子吃。[9]就如他回憶道：

> 1949年我剛剛十歲。但我曾經一度是相信我是長在紅旗下的，忘了我以前的那段童年經驗。現在想起來，那段經驗是很重要的。[10]

　　誠然，在中日戰爭中的那段愉快的逃難生活對於高行健來說，可說是他相當重要的第一階段的人生，這是由於它不再重演，尤其是1949年當中共掌權後。就如他後來這樣回憶：1949年以後，中國共產黨建立了新政權，成立了新興國家，中國的一切都改變了。中國人民基本上擺脫了戰爭陰影的籠罩，避免了顛沛流離的境遇，人們開始為新生活和新社會籌劃各自的未來。但對

---

[8]　同注6，頁63。
[9]　同注5，頁5。
[10]　同注6，頁63。

於高行健來說，那些習以為常的溫馨的事物卻都已不見了：溫暖的家庭，優越的地位，良好的人際關係，父親和他朋友文雅的談吐，還有西裝領帶，旗袍高跟鞋，家庭聚會等等，這些記憶，對於高行健來講是非常珍貴的。[11]

從上述回憶中，可以看出高行健多少懷念過去孩童時的西方式的家庭生活，因為1949年中共執政以後，實行的是蘇聯式的社會主義，當然反對西方所實行的資本主義。就如高行健在《一個人的聖經》的第26節承認：

> ……這個註定敗落的家族的不屑子弟，不算赤貧也並非富有，界乎無產者與資產者之間，[12]……

他甚至回憶說：

> ……那時候，一切都顯得溫文爾雅。父親來的朋友談吐文雅，西裝革履；母親受的也是教會式的教育。所以我們家算是個中產階級了。[13]

他還記得他祖父過世的時候，弔唁的來賓也大都穿西裝，打領帶，太太們都是旗袍、高跟鞋。其中有位太太會彈鋼琴，唱的是花腔女高音，[14]這就是為什麼他承認：

---

[11]　同注7，頁16。
[12]　同注5，頁216。
[13]　同注6，頁63。
[14]　同注5，頁3-4。

> ……然而那些記憶對他來說則是非常寶貴的，於是他就有兩
> 個社會的經驗。用他的話說，我有現代中國的經歷，再有就
> 是西方社會的不同體會，在我是完完全全是生活在西方社會
> 裡頭。[15]

　　從以上自我表白中，多少可以看出自小高行健就多少受西方
文化影響，這就是為什麼他不大能適應中共政權開始所實行的那
種鐵腕政策，尤其是那些針對知識份子以及人民所實行的一系列
再教育[16]計劃。

---

[15] 同上6，頁64。

[16] 由於大部分知識份子過去曾接受資本階級教育，因此中共領導人就展開
　　一項名為」再教育或上山下鄉的思想改革運動，即把他們安排到鄉村、
　　工廠、57幹校從事體力勞動。巢峰：《文化大革命詞典》，香港：港隆
　　出版社，1993，頁56。

3.2

從極權專制統治中逃亡

　　在80年代初與末，高行健不得不被迫自我放逐兩次。第一次自我放逐是為了逃避有關當局於1983年在剛掀起的「反精神污染運動」[17]針對他的戲劇《車站》發出種種抨擊，即被指為法國劇作家貝克特（Samuel Beckett）的名劇《等待果陀》的翻版[18]，更嚴重的是這部話劇在演出十三場後被禁演。其實，於1982年，他的另一部話劇《絕對信號》也引起中國現代主義與現實主義之間的論爭，[19]緊跟著他的《彼岸》[20]也在1986年遭禁演。這一連串的批判與禁演怎不令他內心忐忑不安？

　　不僅如此，他的最早一部有關文學理論的書籍《現代小說技

---

[17] 在當時主流意識形態認為，在文藝戰線，清除和防止精神污染的重要任務之一，就是要批評和抵制試圖將反映西方資產階級意識形態的現代主義文藝如荒誕劇《車站》移植到中國來。同注7，頁21。

[18] 同注6，頁68。

[19] 該劇場揚棄寫實主義創作方法，獨採以演員為中心的大膽表演方式，引起現代主義與現實主義之間的爭論，並開創了中國的實驗戲劇。同上，頁67-68。

[20] 這部話劇把個人在社會群體壓力下無法解脫的孤獨感，表現得令人震動。同上，頁112、133。

巧初探》於1982年，首當其衝在文學界引起有關現實主義與現代主義之爭論。就如他回憶說：

> 當年，中國的新聞檢查機關指責我的《現代小說技巧初探》
> 這本書與西方文學同流合污。我的小說觀念不符合革命現實
> 主義傳統，我動搖了現實主義的基礎。[21]……

針對有關當局這種極端的看法，他表達了以下的遺憾：

> 寫作這條路，一開始我就遇到了麻煩，我寫了一本書《現代
> 小說技巧初探》，談的純粹是小說觀念與技巧，和政治一點
> 關係也沒有，卻觸動了革命的現實主義，立刻就被扣上一頂
> 帽子叫「現代派」，開始批判我，好在當時的一些中青輩的
> 作家們都很支持我……因為一下子把四十年來中國大陸的文
> 學模式打破了，提出另一種方法，所以當局很惱火，即使這
> 本書根本不談及政治，甚至連一般的文學觀念都不談，只是
> 本談小說技巧的書，居然引起軒然大波。[22]

鑑於感覺到自身安全越來越受到威脅，再加上醫院誤診他患上肺癌，為了逃避當時有關當局對他的戲劇種種批判與衝擊，為了在臨死前作垂死掙扎，與其坐以待斃，或被當局逮個正著，倒不如選擇自我放逐，[23]即離開北京到四川西北大熊貓自然保護區

---

[21] 同上，頁68。
[22] 同注2，頁196-197。
[23] 同注7，頁21。

的原始森林，流蕩了半年。就如他對此行動作出如下總結：

> ……先是由於《現代小說技巧初探》這本小冊子，之後又因
> 為我的那個戲《車站》，惹來了許多麻煩，我乾脆離開北京
> 了。[24]

　　在美國著名哲學家馬斯洛（1918-1970）提出的需要層次理論裡，安全的需要在人類需要層次金字塔裡排在第二位。[25]這也難怪高行健立刻自我放逐以避開他曾在1970年[26]參與過的繁重的體力勞動計劃。據亨利·拉伯裡（Henri Laborit），一位生物理學家和哲學家提出的神經系統模型，我們可以通過兩種方法獲得快樂：一是反抗、二是逃亡（俾便從勝利中獲得快樂與避免受到懲罰），[27]逃避危險可說是人類的一種自然反應，就連動物也是如此。因此，逃亡是可以避免於1983年被送去青海參加勞改的唯一方法。就如他在一篇題為《隔日黃花》的文章指出：

> ……而賀敬之則通過中宣傳部指令《文藝報》、《戲劇
> 報》、《北京日報》和發表《車站》劇本的《十月》組織批
> 判文章，並且說像這樣的人應該讓他到青海去接受鍛鍊。我

---

[24]　同注2，頁213。

[25]　Frank. J. Bruno, *Psychology, A Self Teaching Guide* （New Jersey: John Wiley & Sons Inc., 2002），p.100.

[26]　從1970年至1975年，高行健曾被安排去鄉下從事體力勞動的工作。同注2，頁288。

[27]　Where ya gonna run to? http://www.goodshare.org/laborit.htm, 16 May 2004, p.2.

> 認識的朋友有打成右派去青海勞改過，九死一生，當年去的
> 時候也不說是勞改犯而美其名曰鍛鍊。我不如及早自己先
> 跑，免得到時不能脫身，便給劇院打了個報告，說是去大西
> 南山區林場體驗伐木工人的生活。……逃亡，我實在認為是
> 自我保護最可靠的辦法。[28]

　　他的朋友參加勞改的慘痛經歷使他感到無比恐懼，能找個藉
口避開它是最好的，更何況它也能妨礙他寫作的努力。就如他
如此反映他的憂慮：

> 我有個搞戲的朋友，半夜騎車到我家告訴我，情形壞了，他
> 說賀敬之說我的戲比「海瑞罷官」還「海瑞罷官」[29]，是建
> 國以來最毒的戲，還說像高行健這個樣子的，應該讓他去青
> 海鍛鍊、鍛鍊。我太明白賀敬之說這番話是什麼意思了，所
> 以，我決定逃離北京。[30]

　　言外之意，賀敬之將會對他施加比勞改更重的刑罰，就如他
和旅美作家馬建的對話裡指出：

---

[28] 高行健：《沒有主義》，臺北：聯經出版事業有限公司，2001，頁183。
[29] 1965年11月10日，上海《文匯報》發表姚文元《評新編歷史劇〈海瑞罷官〉》，揭開文化大革命序幕。文章評論的是吳（日含）京市副市長於1960年完成的的京劇《海瑞罷官》。此前該劇被認為是宣傳官員剛正不阿精神的歷史劇，用以批判大躍進時期各級官員虛報生產成果等歪風。但是姚文元的文章突然把該劇判定為反黨反社會主義的「大毒草」。詳見 https://wikipedia.org/wiki/評新編歷史劇《海瑞罷官》，2015年10月10日。
[30] 同注2，頁201。

　　那一年（八十年代初）文化部門的頭目賀敬之，正準備把高行健整到監獄。[31]事實上，在那次他被送去勞改的五年裡，他不得不偷偷寫作，因為深怕有人會向當局報告他暗中寫作。就如他在和張文中的訪談中提及：

　　……這樣，我到山西插隊，一去五年半。還在偷偷寫作，純粹為了自娛，後來又害怕，燒掉了，那時很恐怖。[32]……

同樣的，一位已旅美中國詩人貝嶺也曾透露：

　　……當年高的妻子曾經向政府工作人員告發他在家裡從事文學寫作，令他認為文學寫作是非常危險的事情。[33]……

又如高行健的朋友馬健在一篇文章《無限的遐思》指出：

　　……由於他的老婆在歷次運動中遭到極大的驚嚇，患上精神分裂症，常常會懷疑高行健在寫反黨文章，還去告發他。行健只能在她睡覺之後寫作，然後藏在地裡。家和監獄變得一樣恐怖了。為此，他的內心世界更是靠著無限的遐想活著。[34]……

---

[31] 馬建：〈無限的遐想〉，林曼叔編《解讀高行健》，香港：明報出版社有限公司，2000，頁203。

[32] 同上，頁69。

[33] 同注6，頁67。

[34] 同注31，頁203。

從精神分析角度看，高行健利用文學作為代替獲得性滿足的一種方式，即用它來減輕性壓力。就如他在《一個人的聖經》的序言中指出：

> ……他從此一發而不可收拾，把夢想和自戀都訴諸文字，便種下了日後的災難。[35]

在《一個人的聖經》的第44節曾提及他在寫作時須提高警惕的一幕：

> ……動筆前也已考慮周全，可以把薄薄的信紙卷起塞進門後掃帚的竹把手裡，把竹節用鐵籤子打通了，稿子積攢多了再裝進個醃鹹菜的螺子裡，放上石灰墊底，用塑料袋紮住口，屋裡挖個洞埋在地下，再挪上那口大水缸。[36]……

其實，除了藏住稿件，當聽到有關他將會被派去勞改的風聲告緊時，再加上親眼目睹太多因文累人累己的慘痛事件，高行健不得不忍痛燒掉重達30公斤的手稿。[37]可以想像，當高行健眼巴巴親手把自己辛辛苦苦寫出來的東西付諸一炬之際，心情多麼無奈而又悲憤！由此可見，在文革期間，高行健所受的的身心之苦

---

[35] 高行健曾提及他對寫作的興趣可以溯自八歲時寫的第一篇日記，幼時他因體弱而由母親進行識字教育，又教用毛筆在印上紅模的楷書本子上一筆一劃，他母親說，以後就用毛筆寫日記。同注5，頁4-5。

[36] 同上，頁341。

[37] 同注2，頁237。

比人有過之而無不及，主要原因是他在家裡要戒備那位精神有問
題的妻子的告發，再加上他又受到有關當局的監視。就如他向人
傾訴說：

> 一邊燒一邊掉淚，這一把火不僅燒掉了多年嘔心瀝血的創
> 作，也燒毀了夫妻之間的姻緣。[38]

確實，在整個文革期間，文鬥或武鬥的事件屢見不鮮。《一
個人的聖經》的第9節主人公曾親眼目睹幾起恐怖的事件：

> 他焚燒那些手稿如日記之前，目睹一群紅衛兵把個老太婆活
> 活打死，光天化日，在鬧市西單那球場邊上。[39]……

> 十年之後，他聽說老人從牢裡放出來了，他那時也從農村總
> 算回到了北京，去看忘這老人家。老頭乾瘦得只剩下一副皮
> 包的骨頭架子，斷了條腿，靠在躺椅上，手裡抱只長毛的大
> 黑貓，椅子的扶手邊擱根拐杖。

> 還是貓比人活得好。[40]

同樣的，在《靈山》的第32節曾提及一幕有關一群勞改犯因

---

[38] 同注6，頁82。

[39] 這個老太婆被標籤為「反動地主婆」。同注5，頁72。

[40] 這個老人是一名著名的作家。主人公曾把一篇小說給他看過，本指望推
薦，至少得到認可，但誰知老人毫不動容拒絕了。同上，頁75。

被指抗拒勞改而被懲罰的經過：

> ……站台上押過一隊唱歌的勞改犯，破衣爛衫，像一群乞
> 丐，有老頭兒也有老太太，每人揹一個鋪蓋卷，手裡拿著瓷
> 缸子和飯碗，一律大聲高唱：「老老實實，低頭認罪，抗拒
> 改造，死路一條。」[41]……

　　從上述例子，我們可以看得出通過服勞役來改造人民的思想
對人民來說可說是一種間接的無形刑罰。可是很不幸的他們不論
喜歡不喜歡都被迫回應參與這項計劃。就如劉小平，一位廣東外
語和對外貿易的副教授指出：「文革」作為一次政治運動，曾經
激起全民的參與，當時人民高漲的「革命」熱情不可否認有很真
摯的一面，他們為一個「新時代」的即將到來，一個「新時代」
在自己的手裡誕生而歡呼，並為這種想像而努力實踐。然而，兩
三年之後，特別是從70年代初期「林彪事件」之後，對於「文
革」的反思便在人民心中悄悄進行了。對於這個時代精神生活，
人們普遍產生了一種疲憊、迷茫、冷漠的情緒，物質生活的貧乏
則加劇了這種情緒的擴散。[42]

　　就如在《一個人的聖經》的26節裡主人公承認：

> ……生在舊世界而長在新社會，對革命因而還有點迷信，從

---

[41] 同注4，頁195。

[42] 劉小平：《新時期文學的道家話語》北京：中國社會科學出版社，
2007，頁36。

半信半疑到造反。而造反之無出路又令他厭倦，發現不過是
政治炒作的玩物，便不肯再當走卒或是祭品。[43]……

　　這也是為什麼主人公在開始階段很積極參與這項思想革命計
劃，這可從《一個人的聖經》的23節裡看得出來：

　　他坐在鋪紅台布的臺上，以前是吳濤的位置，主持了各群眾
　　組織聯合召集的批鬥大會。[44]……

　　在《一個人的聖經》的第25節裡，敘及主人公甚至扮演調
查人員角色。派去調查被其女朋友在21章裡指擁有一支長槍的
父親：

　　「他們說的是私藏槍支……」林咬住嘴唇，跨上車，猛的一
　　蹬上車走了。[45]等他爸這陣發作過去，他不能不問：「爸，你
　　有沒有過什麼槍？」[46]……
　　「是哪一年？」他盯住問，他父親竟然成了他審問的對象。[47]

　　接下來，主人公被派去盤問父親于39年前據說買了父親那

---

[43]　同注5，頁216。

[44]　同上，頁191。

[45]　「林」是一位軍官的妻子，一個17歲的小護士，主人公的第一個情人。
　　同上，頁77、177，也見劉再復：《高行健論》，臺北：聯經出版事業股
　　份有限公司，頁60。

[46]　同上，頁209。

[47]　同上，頁210。

支槍的方同事，以驅除他的好奇心。[48]同樣的，在《一個人的聖經》的第29節裡，也敘及主人公盤問一個背叛黨的老人。[49]在《一個人的聖經》的35節裡也敘及：

> 他作為軍人管制下的清查小組裡一派群眾組織的代表，[50]⋯⋯

但是經過目睹紅衛兵所幹下各種殘忍行動後，以及在群眾組織間或造反派之間發生的所謂「武鬥」和「文鬥」[51]後，久而久之，主人公對各種批鬥開始產生厭倦的心理。可是，很不幸的不管喜歡不喜歡，他不得不參與其間以免被誤指為叛黨。就如主人公在《一個人的聖經》的23節裡指出：

> 那些爭論、那些義憤、那些激烈的革命言詞、那些個人的權力欲望、那些策劃、密謀、勾結與妥協、那些隱藏在慷慨激昂後面的動機、那不加思索的衝動，那些浪費了的情感，他無法記得清楚那些日夜怎麼過的，身不由己跟著運作，同保守勢力辯論、衝突，在造反派內部也爭吵不息。[52]

---

[48] 同上，頁214-215。

[49] 同上，頁232-235。

[50] 同上，頁279。

[51] 在文革期間，盛行兩種鬥爭形式：一是傾向暴力式的，被批鬥者採用罰跪、揪頭髮、撕衣服、拳打腳踢等方式，這與文鬥相反。同注16，頁37-38，73。

[52] 同注5，頁196。

同樣的，在《一個人的聖經》的第36節裡也敘及：

> ……那時候那麼多批鬥會，那麼多口號要喊，通常在夜晚，
> 神智糊塗又緊張得不行，一句口號喊錯了，便立即成為現行
> 反革命。[53]……

就如他在《一個人的聖經》的第7節裡承認：

> ……那鋪天蓋地無處不在的政治風險中，還能保存自己的話
> 就不能不混同于平庸，說眾人都說的話，表現得同大多數人
> 一樣，步調一致，混同在這大多數裡，說黨規定要說的話，
> 消滅掉任何疑慮，就範於這些口號。他必須同人連名再寫一
> 張大字報，表示擁護中央首長的話，否定前一張大字報，承
> 認錯誤，以免劃成反黨。[54]

　　對於筆者來說，在文革發生期間，事實上，一種所謂的「精
神污染」即心靈毒素已在人民之間傳染並蔓延。人們的頭腦不但
被毛澤東思想荼毒，而且各種文武批鬥也已在人們之間或機構裡
散播互不信任，互相猜疑、互相仇恨的種子。就如主人公在《一
個人的聖經》曾提及：

> 你死我活的鬥爭把人都推入到仇恨中，憤怒像雪崩彌漫。一
> 波一波越來越強勁的風頭，把他推擁到一個個黨的官員面

[53] 同上，頁289。
[54] 同上，頁55。

前，可他對他們並沒有個人的仇恨，卻要把他們也打成敵人。他們都是敵人嗎？他無法確定。[55]

這種情況與思想或心靈荼毒無異。就如劉再復指出：

> ……災難的發生不是因為出了無恥的小人，而是因為我們恐懼。因恐懼而喪失了良知，背離了善。[56]

因此，主人公對發生在文革期間的各種武鬥和文鬥已感到厭倦不已。就如他在《靈山》的第65節裡傾訴內心的感受時說：

> 我早已厭倦了這人世間無謂的鬥爭，每次美其名曰所謂討論，爭鳴，辯論，不管什麼名目，我總處於被討論，挨批判，聽訓斥，等判決的地位，又白白期待扭轉乾坤的神人發善心幹預一下，好改變我的困境。[57]……

誠然，主人公這番話也多少反映在現實生活中，尤其是在任何機構或組織，的確存在著這些無謂的人為鬥爭，為了鬥垮別人或爭出位，你虞我詐，惡意誹謗，自我炫耀或表現，無所不用其極，以達到間接或直接貶低別人抬高自己的目的。但是這種人為的有形無形鬥爭既然存在現實環境裡，無可逃避，為了生存，唯有戴起假面具，面面俱圓，設法適應自己。就如在《一個人的聖

---

[55] 同上，頁195。
[56] 劉再復：《罪與文學》，香港：牛津大學出版社，2002，頁43。
[57] 同注4，頁456。

經》小說裡的主人公也是一樣，由於每個人都積極回應政府號召，他不得不強迫偽裝自己也投身其中，這種做法乃根據佛洛伊德在其人格理論中提出的「自我」[58]原則以及自我防禦機制[59]行事。

就如他在《一個人的聖經》的33節裡敘及：

> 可他說，情勢使然，容不得冷眼旁觀，他已經明白不過是運動中的一個走卒，不為統帥而戰還折騰不已，只為的生存。[60]

事實上，主人公追隨參與各種主要勞改計劃主要原因是恐懼所致。這也反映了內心的脆弱即對中共極權專制統治的畏懼，以及有限的個人力量去改變充滿文武批鬥的社會畸形現象。就如劉再復指出：

> ……因為明哲保身，因為膽小怕事，因為恐懼失去些什麼，所以不敢說真話。久而久之，不肯獨立思考，慣於隨風跟從，別人怎麼說就怎麼說……[61]

---

[58] 佛洛伊德把人格分為本我（Id）、自我（ego）與超我（superego）三個部分。「自我」是在本我的基礎上發展出來的。它只能根據「現實原則」行事，即客觀真實地反映現實，斟酌利害關係，以最現實可行的方式行事，必要時推遲本我欲望的滿足，或者以其他經過變形、化裝的方式滿足它。詳見黃國勝：《佛教與心理治療》，北京：宗教文化出版社，2004，頁265-266。

[59] 詳見黃希庭主編：《簡明心理學辭典》，合肥：安徽人民出版社，2004，頁522。

[60] 同注5，頁268-269。

[61] 同注56，頁44。

就如在《一個人的聖經》的第18節中主人公指出：

> ……黨只允許一個思想，即最高領袖的思想。這時候才不管
> 是不是黨的幹部，是凡公職人員，也包括家屬，叫你「下
> 放」到「幹校」，便不可違抗。「幹校」也如同工作單位一
> 樣，[62]……

誠然，人民都完全不敢違抗任何有關當局的指令，因為各種刑罰將會施予他們身上，輕者構成錯誤，重的便成為罪行，並從此載入該人工作單位的黨組織的檔案裡。這個檔案，記載的當然不只是個人的履歷、不當的言行、歷來的政治與品行表現，本人所寫的思想彙報與檢討，以及單位的黨組織作的結論與鑒定，盡收其中。[63]……

無疑的，各種刑罰與嚴格監查多多少少會限制了個人的形體和心靈方面的自由，這多少與個性崇尚個人自由的主人公及其溫和的生性背道而馳。但是為了生存，當時他不得不戴起一副假面具來適應當時的大環境。從精神分析學角度看，這就是所謂的人格面具（pesona）。之所以叫做人格面具，是因為它表現的並不是其人格的本來面目。[64]就人格面具對社會順應的一面而言，它

---

[62] 同注5，頁154-155。
[63] 同上，頁153-154。
[64] 在《原型與集體無意識》一文中，瑞士籍精神分析學家榮格說，這個原型有似演員所帶的面具，意在於公共場所顯示對自己有利的形象。詳見陸揚：《精神分析文論》，濟南：山東教育出版社，2001，頁105-106.

又被稱為「順從原型」，主人公就戴著這種順從原型人格面具才得以周旋於其組織裡，才得以繼續生存下去。就如他指出：

> 那麼，你大概就是個天生的造反派？或是生來就有反骨？
> 不，他說他生性溫和，同他父親一樣，只不過年輕，血氣方剛，還不懂世故，[65]……

因此，在他參與勞改計劃時所目睹到的各種強硬或鬥狠作風包括自己所展現的無疑的與他溫和的個性相悖。這肯定會引起他內心深處的煩躁不安。但是為了生存，他不得不表示支持和回應。就如他承認：

> ……而他所以造反，也並沒有明確的目的，恰如螳臂當車，僅僅出於求生的本能。[66]

因此，為了避免惹事生非，他的一舉一動都必須提高警惕。他因而須戴上一副假面具，以免他的偽裝被揭穿或識破。誠然在日常生活中，為了確保維持融洽的社會間或組織間的人際關係，多數人都不得不戴上一副假面具如笑容可鞠，和藹可親，嬉皮笑臉，面面俱圓等等。這就是瑞士籍精神分析學家榮格所謂「人格面具」與「順從原型」。[67]就如主人公在《一個人的聖經》的第

---

[65]　同注5，頁269。
[66]　同上。
[67]　同注64，頁105-107。

26節裡承認：

> ……而造反之無出路又令他厭倦，發現不過是政治炒作的玩
> 物，便不肯再當走卒或是祭品。可又逃脫不了，只好帶上個
> 面具，混同其中，苟且偷生。[68]他就這樣弄成了一個兩面派，
> 不得不套上個面具，出門便帶上，像雨天打傘一樣。回到屋
> 裡，關上房門，無人看見，方才摘下，好透過氣。要不這面
> 具戴久了，粘在臉上，同原先的皮肉和顏面神經長在一起，
> 那時再摘，可就揭不下來了，順便說一下，這種病例還比比
> 皆是。[69]

　　從以上主人公的傾吐心聲，可以反映出當他面對各種批鬥
時，內心在掙扎著，矛盾重重。雖然擔任該組織的頭頭可以滿足
其一時的虛榮心，但事實上，其內心充滿著恐懼因害怕他自己也
成為批鬥的對象並歸類為反革命派。這也難怪在他心裡產生了
全面退出批鬥的行動。就如他在《一個人的聖經》的第25節裡
反映：

> ……衝鋒陷陣當了幾個月的頭頭，那種振奮癮也似乎過足
> 了，毋寧說累了，夠了。他應該急流勇退，不必再扮演英雄
> 的角色。[70]

---

[68] 同注5，頁216。
[69] 同上。
[70] 同上，頁207-208。

下列這段話可以解釋主人公要退出的原因：

> ……沒准明天或是後天，那暗藏的殺機便落到自己頭上，成
> 為反黨的罪犯。他當初造反的熱情也冷卻了，心中的疑問不
> 斷上升，可又不敢確認。[71]

隨著他對革命熱情日漸消退，他越來越設法逃避參與任何反
革命活動。就如他如此承認：

> ……聊一會天，無非露個面，聽聽消息，乘人不察覺便溜
> 了。這大樓裡沒完沒了的鬥爭與重新組合與新的鬥爭，他也
> 沒興趣了。[72]

事實上，這些日子，主人公一直想設法從幹校逃出來。[73]這
樣他可避開各種批鬥。在一項與《亞洲週刊》記者王建明的訪談
中曾提及：

> 王：文革的時候，你在農村或幹校待了十年？
> 高：沒有十年，只是六年吧，但也是輾轉逃走，從幹校逃到
> 　　農村，畢竟農村比幹校好一些，我寧可當農民吧，他們
> 　　才放了我走。我當時下了決心，寧可不要城市戶口，到

---

[71] 同上，頁220。
[72] 同上。
[73] 從1966至1976年，文化大革命爆發期間，主人公已經被安排到幹校受訓
五年。多數時間下鄉從事體力勞動。同注6，頁89。

　　皖南山區當農民，[74]……

　　在《一個人的聖經》的第38節中曾提及他已遞交下放申請書予幹校[75]要下鄉接受另一種革命訓練，即耕種，理由如下：

> 「報告張代表，我女朋友也大學畢業分配到農村了，幹校建設好了，也可以把她接來落戶，就在農村幹一輩子革命。」[76]

> ……他可是心甘情願，總算逃離了這令人恐怖的首都。迎面來風還冷還硬，無論如何，他至少可以暢快呼吸一下，不用再每時每刻提心吊膽。他年輕力壯，沒有家小，沒有負擔，無非種地。他大學時就下鄉幹過，農活再累，神經卻不必繃得這樣緊張。[77]……

　　接下來，通過一位叫融的朋友從旁協助，主人公終於在一個農村落戶下來，靠耕田過活[78]。他心中的愉快非筆墨可形容。這可從他抒發以下感受看出：

> ……他一夜沒睡，十分疲勞，可沒有絲毫睡意，呆望著窗

---

[74] 王建明專訪《中文的勝利超越國界》，見《亞洲週刊》第14卷43期。同注31，頁52。

[75] 同注5，頁302。

[76] 同上。

[77] 同上，頁304。

[78] 同上，頁316-318。

口，還不敢相信就這樣逃脫了。[79]……

……你得救了，他心中湧出了這麼一句話。[80]

「知道，再也沒妄想了，」他說，「這是來避難的，再找個農村的水妹子，生兒育女！」[81]

　　誠然，《一個人的聖經》是一部有關高行健逃亡的小說，從這部小說的主人公，可以知道在他還未自我被迫逃亡到法國之前，他已開始在國內展開逃亡之努力。這可從主人公想方設法逃避涉入組織內的革命批鬥看出，俾能在暗中繼續寫作。

　　除了面對勞改計劃的折騰，主人公也面對有關當局有形無形的窺探、跟蹤所帶來的心理壓力。就如他在《靈山》的第6節裡敘及：

　　　　四下的黑暗中都潛伏著騷亂與躁動，這夜顯得更加險峻，也就喚醒了你總有那種被窺探，被跟蹤，被伏擊的不安，你依然得不到靈魂中渴求的那份寧靜……[82]

　　在《靈山》的第45節裡，也敘及有關當局對他在外的一舉一動的監視表示不安：

---

[79] 同上，頁315。
[80] 同上。
[81] 同上，頁317。
[82] 同注4，頁41。

……我知道我的名字早已上了內部文件，從中央機關發到省
市地縣各級，黨政和文化部門的主管都可以看到。我也知道
各地都有那麼一種好打報告的，可以將我的言行根據文件所
定的調子，寫成材料上報。[83]……

　　同樣的，在《一個人的聖經》的第44節裡，也提及主人公對
有關當局監視著他在房裡的一舉一動表示憂慮：

遠處傳來幾聲狗叫，這村裡的狗也就都叫起來，後來又漸漸
平靜了。黑夜漫漫，一個人在燈下，這傾吐的快意令他心
悸，又隱約有些擔心，覺得前窗後窗暗中有眼。他想到門縫
是否嚴實，這房門也早就仔細察看過多次，可他總覺得窗外
有腳步聲，從火桶上挺起身屏息再聽，又沒有動靜了。[84]

這清明的月色下，四下還就有眼，就窺探，注視，在圍觀
你。迷蒙的月光裡到處是陷阱，就等你一步失誤。你不敢開
門推窗，不敢有任何響動，別看這靜謐的月夜人都睡了，一
張惶失措，周圍埋伏的沒准就一擁而上，捉拿你歸案。[85]

　　其實，1998年在他回去中國大陸之前，即使他在法國已尋
求政治庇護，但在他到香港去訪問時，他也戰戰競競以及提高

---

[83] 同上，頁277-278。
[84] 同注5，頁341。
[85] 同上，頁342。

警惕。

　　……你持的法國旅行證，政治難民身分，應邀來訪，人訂的
房間也是人家付款。[86]

　　其實，在1998年即英國政府於1997年把香港政權移交給中共
後的第一年，高行健第一次到香港訪問[87]。但是，過去在文革
所經歷的一切慘痛經驗仍未消除。在《一個人的聖經》裡有曾
敘及：

　　……你出示證件住進由大陸官方買下的這大酒店，也就輸入
大堂服務臺的電腦。那位領班和櫃台小姐聽你這一口北京話
似乎頗為困難，可幾個月之後香港回歸祖國……掌握旅客的
動向是他們的本分，老闆如今既已轉為官府，你剛才這番赤
裸裸做愛的場面，沒准就已經錄下了。再說，偌大的酒店為
安全起見，多裝些電眼也不枉花這錢[88]。……

　　「你說誰？這房裡？誰錄像？」
　　你說機器，全都自動的。

---

[86] 同上，頁8。

[87] 根據高行健的創作年表，其實，他早在1993年已第一次到香港訪問，當
　　時他是受到香港中文大學中國文學研究所邀請主講一個題為《中國當代
　　戲劇理論與在西方、理論與實踐》。1995年，香港的演藝學院演出《彼
　　岸》，由他執導。接下來在1998年，即在香港回歸中國一年後，他再次
　　到訪香港，這次是受到科技大學的人文部和藝術中心的邀請主持講座，
　　以及在香港藝倡畫廊舉行個展。同注43，頁337、340、344。

[88] 同注5，頁8-9。

　　「這不可以的，又不在中國。」
　　你說這酒店已經由大陸官方買下。[89]

　　從上述對話，明顯地看出在香港訪問的主人公仍對自己的人
身安全深感不安。甚至更害怕他和德國女孩[90]的做愛過程被錄下
來，難怪他立刻採取行動來遮掩他和她做愛的經過。

　　她輕輕歎口氣，坐起說：「你有心病。」伸手撫弄一下你頭
髮。「開檯燈吧，我去把頂燈關了。」[91]

　　同樣的，在《一個人的聖經》的第2節，通過回憶在文革期
間那位德國女孩到他北京住家探訪他時，我們也感受到主人公
正在面臨緊張氣氛：

　　……這香港於你於她都是異地，你同她的那點聯繫，那記憶
也是十年前，隔海那邊，還在中國的時候。[92]
　　……
　　「……你們來的時候，都穿的棉大衣，還翻起領子。」[93]
　　「怕別人發現，給你惹麻煩——」[94]

---

[89] 同上，頁9。
[90] 一位名叫馬格麗特的德國女孩，她曾在德國學習漢語，並在中國居住幾
　　　年。她曾在德國擔任中國代表團和德國代表會談時的翻譯。同上，頁
　　　13、27、31、68。
[91] 同上，頁9-10。
[92] 同上，頁13。
[93] 同上。
[94] 同上。

「倒是，樓前就經常有便衣，夜裡十點下班，再站下去夠
嗆，北京冬夜那嗚嗚的風。」[95]

「是彼特突然想起來看你，也沒給你打電話，他說帶我去你
家，你們是老朋友，夜裡去更好，免得碰上盤查。」[96]

　　從上述對話，可以證明主人公在那時的確被公安局人員監
視著。這就也是為什麼她的外國朋友去探訪他時須提高警惕的原
因，例如在晚上才去探訪或在沒有通知之下去探訪。

「我家沒裝電話，怕朋友們在電話裡隨便亂說，也避免同外國
人往來。彼特是個例外，他來中國學的中文，當年熱中過毛的
文革，我們時常爭論，算是多年的老朋友。他怎樣了？」[97]

……以前在中國大陸時時活在恐懼中，也有人告訴我，我
是被監視的。我不敢在家裝電話，即使我被評為「一級作
家」，按規定是可以裝電話，但我不敢在家按電話，我怕朋
友在電話裡胡說八道，結果都成為了我的罪證，我寧可跑到
街上去打公共電話，而拒絕裝電話。[98]……

　　在馬斯洛提出的五個需要層次理論之一，即「安全需要」，

---

[95] 同上。
[96] 同上。
[97] 同上。
[98] 2001年10月7日，高行健受邀到臺灣國家文學禮堂針對「土地」、「人
民」、「流亡」等舉行文學對話。同注2，頁240、260。

人類需要遠離痛苦與恐懼[99]，因此，高行健一旦感覺到自身安全受到威脅，立刻採取行動開始逃亡，那是很自然的正常反應。據拉伯裡（Laborit）指出，如果我們逃避不了，我們將會面對痛苦，以及生理與精神上的折磨或疾病。[100]就如他回憶起：

> ……我不如及早自己先跑，免得到時不能脫身，便給劇院打了個報告，說是去大西南山區林場體驗伐木工人的生活。上面追問，劇院也好交代。[101]……

在他的第二部戲劇《車站》因被指為法國劇作家貝克特（Samuel Beckett）[102]的名劇《等待果陀》的翻版被禁演後，高行健開始過著自我被迫流亡的生活。就如在《靈山》的第6節指出：

> 「到處流浪，逃避作檢查呢。這出來已經好幾個月了，等風聲過了，能回去再回去。要情況惡化，就先物色幾個地方，到時溜之大吉。總不能像當年的老右，像牽羊樣的，乖乖送去勞改。」[103]

總而言之，在文革期間，高行健所經歷過的慘痛經驗如勞

---

[99] [美]馬斯洛（Abraham H. Maslom）著，成明編譯《馬斯洛人本哲學》，北京：九州出版社，2003，頁2。
[100] 同注27，頁2。
[101] 同注28，頁183。
[102] 他是1969年諾貝爾文學獎得主。見同注6，頁68。
[103] 同注4，頁424。

改、其組織內的各種、文武批鬥、各種告發、猜疑、互相抨擊等
等所帶來的恐懼，已足夠使他不要再重蹈覆轍，這也就是為什麼
聽到第二次要被當局送去勞改之前，他趕快「三十六計走為上
策」，即立刻自我被迫逃亡。這種種所經歷過的痛苦被一位法國
哲學家米歇爾・傅科（Michel Foucault）稱為「懲罰景觀」。[104]

---

[104] 在二十世紀的70年代，傅科對懲罰景觀作出總結，即身體被控制在一個
　　強制、剝奪、義務和限制的體系中。詳見貝嶺：《作為見證的文學》，
　　臺北：自由文化出版社，2009，頁203。

3.3

從死亡事實中逃亡

就如佛洛伊德所提出的快樂原則，全部人傾向逃避痛苦而傾向尋找快樂。但是痛苦可說是現實生活中無可避免的事實。據佛教教義，人生的本質就是痛苦。[105]它認為人的一生中，須面對四諦，即四種事實。其中包括苦諦、集諦。[106]四種人生主要痛苦是生、老、病、死。此外，我們也必須面對社會帶來的痛苦。同樣的，除了社會帶來的痛苦，高行健也面對第三種苦痛，即病甚至死尤其是他在被診斷患上肺癌之後。就如主人公在《靈山》的第2節指出：

……我剛經歷了一場事變，還被醫生誤診為肺癌，[107]……

從上述傾述，主人公當然不相信自己竟會患上最嚴重的絕症，即肺癌。在此時此地，他才醒覺健康的重要。

其實，他患上肺癌這種絕症也不足為奇，因他本身就是煙

---

[105] 同注58，頁51。

[106] 另外兩種是滅諦、道諦。詳見魏承恩：《佛教與人生》，蘭州：甘肅民族出版社，1991，頁59。

[107] 同注4，頁13。

鬼，[108]更何況他平時很少注意自己的健康情況。其實，他應該在平時去接受醫藥檢查但他沒有做到。這也難怪他對於自己的一時疏忽深感遺憾。這可從他作出以下的承認看出：

> ……其實那時什麼毛病也沒有，你母親帶你多次去醫院檢查過，如今則懶得去做體檢，那怕醫生叮囑也一再拖延。[109]

就是由於他一時的疏忽，他的肺癌已到了危險階段。這可從他的X光檢驗報告中顯示出來：

> ……他倒是挺坦誠，讓我自己對比著看我先後拍的那兩張全胸片，左肺第二肋間一塊模糊的陰影蔓延到了氣管壁。即使把左肺葉全部摘除也無濟於事，這結論不言自明。[110]……

這第一次的X光檢驗報告，好像已經宣判他死刑，使他聯想到他父親死于肺癌的不幸遭遇：

> 我的父親便死於肺癌，從發現到去世只三個月，也是他診斷的，我相信他的醫術，他相信科學。[111]

這種危險的疾病像是遺傳自他父親，這也難怪會引起他無

---

[108] 同注7，21。
[109] 同注5，408-409。
[110] 同注4，頁14。
[111] 同上。

比的恐懼，即對疾病的恐懼[112]，這會對他的生理帶來無比的折磨，這就是所謂的第二種四諦——集諦，對死亡的恐懼也會緊隨而來。

　　一般上，在面對危險死亡疾病時，一些人會心灰意冷而向它投降，即失去活下去的意志力，甚至自尋短見；一些人則加強意志力向疾病宣戰到底，即尋求醫治。對於高行健來說，他心裡當然忐忑不安，但與此同時他也準備勇於面對現實。就如主人公在《靈山》表示：

> ……我父親去世前都做過，我怕與不怕都步他的後塵。並不是什麼新鮮的事。[113]……

　　作為一位有崇高理想的作家，在創作方面還未達致任何成就之前，當然不情願就這樣坐以待斃。因此，他做出一項自救的努力，即自我被迫形體逃亡到中國西南部偏遠地區遊蕩數月，藉機對生命作一番冥思[114]，這總比等著被送去青海從事繁重勞改來得好，一來可以逃避患病的事實，所謂「既來之，則安之」，更何況他還寄望第二次X光檢驗報告有奇跡出現；二來可以等被派去勞改的風聲緩和下來，不必每天那麼緊張兮兮過日子。

　　其實，他這個自我形體的逃亡的決定正合時宜，因為在第二次X光檢驗報告中果然有奇跡出現，即證明他沒患上肺癌，這簡

---

[112] 同注58，頁80。
[113] 同注4，頁14。
[114] 同注6，頁71。

直出乎他的意料之外。[115]就如主人公在《靈山》的第2節指出：

> ……他又開了一張作斷層照相的單子，登記預約的日期在半
> 個月之後。我沒什麼可著急的，無非再確定一下這腫瘤的體
> 積。……而我竟然從死神的指縫裡溜出來了，不能不說是幸
> 運。我相信科學，也相信命運。[116]

同樣的，在《靈山》的第2節裡也提及：

> ……死神同我開了個玩笑，我終於從他打的這堵牆裡走出來
> 了，暗自慶幸。生命之於我重又變得這樣新鮮。[117]……

自被檢驗出沒有患上肺癌後，如重獲新生，如釋重負，他
又開始進行第二階段的人生規劃，即通過在中國西南部的形體
漫遊，充分利用殘生搜集材料書寫一部有關南方文化的長篇小
說。[118]就如他指出的：

> 離開北京除了躲避撿查，還有一個動機，就是想寫這部以中國
> 的南方文化為背景的長篇小說。因此，想實地考察一下。[119]

---

[115] 據高行健說，一位中醫和西醫的專家曾給了他一個科學的解釋，他從日
文的資料上得知有一種肺炎，會留下陰影，痊癒後也會消失掉，而且他
還告訴他這種肺炎的學名；他說這種肺炎是新發現的，存在的時間很
短。同注2，頁259。

[116] 同注4，頁14。

[117] 同上，頁13。

[118] 同注2，頁213。

[119] 同上。

誠然，在開始階段，由於他剛被診斷出患上肺癌，他也不大肯定能否成功完成這部小說。這就是為什麼他這樣說：

> ……種種原因，加上當時我身體不好，被誤診為肺癌。這一切都湊在一起，促使我走上了探索《靈山》的路。沒有目的地，也不知道去哪裡，也就無所謂，既然癌症——死刑都已判了。後來不知什麼原因，陰影消失，拍了片子，醫生診斷，最後結果是癌症不存在。但當時既已出走，那就一直走下去吧！[120]

同樣的，在一篇題為《浪跡長江，思索文化》也提及：

> 我帶了兩百塊錢預支的稿費。自己還有點儲蓄，走到哪裡算哪裡。那是真正的流浪，在長江流域就走了三次。[121]……

一旦被判斷自己無病痛後，那麼這次的形體漫遊顯得更加有意義。一來可以趁機修身養性，二來他要寫一部偉大的小說的心願也可以實現。

誠然，在1989年之前，他只成功寫了幾部引人關注的戲劇。[122]其他都是短篇小說。[123]但是對於筆者來說，專注在短篇小說

---

[120] 同上，頁213-214。

[121] 同上，214。

[122] 除了在1982年和1983年完成的《絕對信號》、《車站》，另外兩部戲劇是1984年的《野人》和1986年的《彼岸》。同注45，頁323-330。

[123] 包括《寒夜的星辰》（1980）、《有只鴿子叫紅唇兒》（1984）、《朋友》（1981）、《雨雪及其他》（1981）、《給我老爺買魚竿》

並不能滿足像高行健這位懷有崇高理想的作家。就如他在和編輯
梅新的一項訪談中提及：

> 梅：你可以講一下你在寫作小說方面所追求的是什麼？
>
> 高：寫了《初探後》，有一位出版社的編輯問我：「鑑於你
> 　　寫了這本書，你是否會寫一部小說實踐這些文學理論
> 　　嗎？」[124]
>
> 梅：你有沒有想過去嘗試寫電影劇本？
>
> 高：想，一直想。如果我有野心的話，那麼做為一個藝術
> 　　家，我想做一個全方位的藝術家，希望在每一個藝術領
> 　　域裡表現都不壞。[125]

　（1988）。同注7，頁183-190。

[124] 吳婉如：《找尋心中的靈山》，載《中央日報》，1995年12月22日。

[125] 同注2，頁207。

3.4

真正的形體漫遊

　　誠然，在有生之年，高行健一直都希望能寫出一部有高水準的小說。就如從以下他直抒胸臆中可以反映出：

> ……我要找的是一種文人文化，一種隱逸精神，我在南方、在長江流域找到了。[126]

　　從上述高行健的這句話，可以看得出寫一部能夠反映南方文化背景的小說一直都是他的心願。因此，作為初步階段的準備工夫，他先研究吳越[127]、楚[128]、巴蜀[129]，接下來他才開始到中國南方過著漫遊者的生活。在《靈山》的第63節裡，從他在一艘渡輪與一位剛認識的女孩的對話裡，主人公承認自己是漫遊者：

---

[126] 同上，頁205。

[127] 其中一個三國時代的國家，位於長江下游和東南沿海一帶。詳見李行健主編；《現代漢語規範詞典》，北京：外語教學與研究出版和語文出版社，2004，頁1378。

[128] 最初，它位於湖北與湖南北部，後擴充至長江下游的河南與重慶。同上，頁199。

[129] 一個古國，位於重慶市區內。同上，頁16。

「你說像什麼？」

「我不知道，」她說，「總歸不像騙子。」

「那麼，就是個流浪漢。」[130]

在這次長達一萬五千公里的長途漫遊裡，高行健在他的回憶中，曾敘及：

這段逃亡一直從青藏高原到東海邊，一萬五千公里的逃亡，東躲西藏，半年裡走過了八省，[131]……

同樣的，在《靈山》第1節裡也提及：

我是在青藏高原和四川盆地的過度地帶，邛崍山的中段羌族地區，[132]……

從《靈山》的內容看，這部小說敘述主人公在一些名勝地如歷史古跡、熊貓保護區、佛廟、等等遊歷。在遊歷途中，他隨時隨地記錄所見所聞，如所遇見的人和事、自然風景，歷史遺跡、風俗習慣、神話和民歌等。但是在整個旅途中，最能引起他駐足而特別關注的是少數民族傳統的文化，尤其是被視為長江文化重

---

[130] 同注4，頁440。

[131] 譚閏生《論高行健的〈靈山〉》，沈謙等編：臺北：《中國現代文學理論季刊》，2000年12月，頁610。

[132] 同注4，頁11。

要部分而建立于吳楚文化[133]基礎上的苗族、土族等文化。對於高行健來說，長江文化可說是中國文化的主要源流，這是因為它保存有豐富的古文化遺跡，風俗習慣，古代信仰等，這些古代文化遺產早已存在與黃河流域的中原文化幾乎平行發展的長江流域的古文化。[134]但是他感到遺憾的是這種輝煌燦然的長江古文化竟沒記錄在古籍裡。[135]

就因為這樣，他說：

> ⋯⋯我寧可去長江流域漫遊，找尋出孕育出《山海經》[136]裡的神話的另一種文化。

其實，主人公是一位古代遺物的愛好者。他儼然像一個史學家兼考古家一樣，去參觀一所文館時對裡面擺設的各種文物進行考察。例如他在陳列室裡看到一件令他興趣的遺物：

> 文管所的陳列室裡有許多陶紡輪，分別繪製著黑色和紅色迴旋走向的花紋，同我見過的下游湖北屈家嶺出土的四千多年

---

[133] 指秦初與楚國文化。詳見周仁政：《巫覡人文——沈從文與吳楚文化》，長沙：嶽麓書社，2005，頁34-36。

[134] 另外一種中國文化主要源流是歷來史學認可的黃河流域的中原文化。詳見同注28，頁202。

[135] 同上，頁203。

[136] 一部關於山和水的古代地理的書。除了記錄各種植物、奇異的鳥、獸之外，它也記錄許多神話傳說。詳見同上，頁203，也見雷光照編：《語文知識詞典》，河北：人民出版社，1984，頁331。

第三章 形體漫遊

105

前的陶紡輪大抵是同一時代，都近乎於陰陽魚的圖像。

……我妄自以為，這便是太極圖最原始的起源。……人類最初的觀念來自圖像，[137]……

另一方面，館長也給他出示那一帶出土的四千多年前的一把石刀，打磨得像玉石一樣光潔，刀柄上還鑽有個圓孔，想必可以佩帶。這長江兩岸，他們已經發現了許多新石器時代打磨精緻的石器和紅陶。江岸的一處洞穴裡，還找到成堆的青銅兵器。[138]……

由此可知，高行健非常推崇並欣賞在長江流域一帶發現的文物。據他指出，近幾十年來，長江上游舊石器時代元謀人化石的發現，把中國人類起源的歷史從北方推移到南方，上溯了一百多萬年。長江上游元謀地區和下游江蘇一帶中石器時代的細石器的發現，以及七千多年前新石器時代的河姆渡文化的發現，都已證明黃河流域的古文化之前和同期已存在另一個長江古文化。[139]……

事實上，促使高行健不辭千里到中國南方遊歷的其中一個主要因素是嚮往體驗那兒的少數原住民的文化與各種引人入勝的神話傳說。在《靈山》小說裡，充滿著各種中國原住民的原始精神

---

[137] 同注4，頁336。
[138] 同上。
[139] 同注28，頁202。

文化。[140]第一項推動力是貴陽博物院擺設的那20具面具，從以下的表述就可窺見一斑：

> 總共有二十來件面具，據說是五十年代初公安局作為迷信用品收繳來的。當時不知是誰做的好事，居然沒劈了當柴燒掉，反而送進博物館裡，也就又躲過了文化革命的浩劫。據博物館的考古學者推測，是清末年間的製作。面具上的彩繪大都剝落，剩下的一點點彩漆也都灰暗得失去了光澤。採集的地點，卡片上填寫的是黃平和天柱兩縣，瀋水和清水江上游，漢族、苗族，侗族，土家族雜居的地區，隨後，我便上這些地方去了。[141]

誠然，他對羌族[142]的的風俗習慣，尤其是有關對火的崇拜更是他這次遊歷觀察的焦點。據主人公說，不管什麼民族，他們的遠古祖先都曾崇拜過給他們帶來最初文明的火，[143]它是神聖的。[144]在《靈山》的第2節裡，展現一位羌族玩火的一幕：

> ⋯⋯他坐在火塘前喝酒，進嘴之前，先要用手指沾了沾碗裡

---

[140] 指那些和初民對自然環境的認識，人類之間的關係的原始文化，它和儒家文化有所不同。詳見蘇世明：《從高行健的〈靈山〉看中國的精神文化》，〈明道文藝〉，2001年5月，頁122。

[141] 同注4，頁152-153。

[142] 其中一個中國少數民族。散居于原居地青海、四川和甘肅一帶。同注127，頁1043。

[143] 在遠古蒙昧時代，由於火充滿神秘感，因此很多原始人甚至許多民族祭拜令他們驚歎與恐懼的火。詳見同注4，頁11。

[144] 同上。

的酒，對著炭火彈動手指，那炭火便噗哧噗哧作響，冒起藍色的火苗。我也才覺得我是真實的。[145]

　　其實，對於苗族來說，火是他們的生活的武器，燃燒的火把是希望的象徵。[146]

　　主人公也被一名羌族獵人唱的民歌，以及念能把野獸趕進設下的陷阱的咒語[147]深深地吸引。此外，由一位村長講述的有關一名懂得邪術名叫石老爺的傳說也深深地吸引他洗耳恭聽：

　　「有人見過的講，他就像睡著了一樣，乾瘦乾瘦的，頭前牆上就掛著的他那桿槍，」他繼續說，不動聲色。「他會邪術，不要說沒有人敢去偷他那桿槍，野物都不敢沾邊。」[148]

　　他在羌族居住的地區也趁機接近大自然，以及在考察並瞭解羌族的風俗習慣之際，從而獲得心靈上的安寧。其中一種引起他興趣的民間藝術就是民歌。在《靈山》的第48節裡曾提及：

　　我是從北京來專門收集民歌的。[149]

　　同樣的，在《靈山》的第59節裡也提及：

---

[145] 同上。
[146] 同注133，頁37。
[147] 同注4，頁12。
[148] 同上，頁17。
[149] 同上，頁327。

> 「你喜歡那首，只管抄去。這山裡民歌早年多的是，要找到
> 個老歌師，幾天幾夜唱不完。」[150]

　　眾所周知，在文革期間，所有文學作品都必須含有政治成
分。就如中國最高領導人鄧小平所強調：

> 文藝是不可能脫離政治的。任何進步的、革命的文藝工作者
> 都不能不考慮作品的社會影響，不能不考慮人民的利益、國
> 家的利益、黨的利益。[151]

　　此外，它也強調儒家的道德規範標準，希圖重振以孔子和蘇
格拉底的古代人文主義，[152]由於長期批判資本主義所推崇的人道
主義，因此，當時的文藝作品缺乏感情因素，但是情感性是文藝
作品的基本特徵，缺乏感情的作品，如何感動人心？[153]因此，高
行健對民歌仍保持其感情元素多少感到驚訝，因為據他所知作詞
或演唱者都受到當局的調查或壓迫，這可從了《靈山》的第2節
與59節窺見一斑：

> ……只是說我來瞭解這山裡的民歌。這山裡還有沒有跳歌莊

---

[150] 同上，頁387。
[151] 吳中傑：《中國現代文藝思潮史》，上海：復旦大學出版社，1996，頁
249。
[152] 同上，頁262。
[153] 同上，頁264。

的？他說他就會跳，早先是圍著火塘，男男女女，一跳通宵達旦，後來取締了。[154]

「為什麼？」我明知故問，這又是我不真實之處。

「不是文化革命嗎？說是歌詞不健康，後來就改唱語錄歌。」[155]

他說他還認識一個老歌師，有一銅箱子的歌本，其中就有一部全本《黑暗傳》。那時候查抄舊書，這《黑暗傳》是作為反動迷信重點抄查的對象。老頭兒把銅箱子埋到地下。[156]……

　　與此同時，主人公也趁機捉緊機會在一個叫神農架的森林裡抄錄越多民歌越好，因為據他所知在文革期間已有很多民歌被燒毀，因此文革後剩下的原始民歌已無幾。就如他指出：

「這是沒被文人糟蹋過的民歌！發自靈魂的歌！你明白嗎？

你拯救了一種文化！不光是少數民族，漢民族也還有一種不受儒家倫理教化污染的真正的民間文化！」[157]我興奮得不行。[158]

---

[154] 同注4，頁12。
[155] 同上。
[156] 同上，頁395。
[157] 羅多弼撰，傅正明編譯，《高行健的〈靈山〉「六義」》，載《明報》2000年第11期，頁33。同上，頁390。
[158] 同上。

其實，主人公特別喜歡苗族[159]在龍船節于苗寨施洞[160]呈獻的含有情愛成分的愛情歌曲。就如他所描述的：

> 領唱的歌聲首先揚起，女孩子們全率情高歌。說是唱未必恰當。那一個個清亮尖銳的女聲發自臟腑，得到全身心回應，聲音似乎從腳板直頂眉心和額頭。再脫穎而出，無怪稱之為飛哥，全出於本性，沒有絲毫扭捏造作，不加控制和修飾，更無所謂羞澀，各各竭盡身心，把小夥子吸引過來。[161]

> 男子更肆無忌憚，湊到女子臉面前，像挑選瓜果一樣選擇最中意的人。女孩子們這時候都挪開手上的手帕和扇子，越被端詳越唱得盡情。只要雙方對上話，那姑娘便由小夥子拉住手雙雙走了。[162]……

誠然，對唱情歌可說是湘西[163]社會裡的土族和苗族一種風俗習慣，他們互相對唱情歌俾選出他們喜歡的對象。

據趙翼的《簷曝雜記》指出：

> 粵西土民及滇黔苗狸風俗，大概皆淳樸，惟男女之事，不甚

---

[159] 其中一種中國的少數民族，散居於貴州、湖南、雲南、廣西、廣東、湖北、重慶。同注127，頁908。

[160] 同注4，頁235-245。

[161] 同上，頁241-245。

[162] 同上。

[163] 指湖南。共有三種少數民族即土族、苗族和漢族居住於此。同注127，頁36。

有別。每春月趁墟場唱歌，男女各坐一邊。其歌皆男女相悅
之詞；其不合者，亦有歌拒之，如你愛我，我不愛你之類。
若兩相悅，則歌畢輒攜手就酒棚並坐而飲。彼此各贈物以定
情，訂期相會。甚至酒後即潛入山澗中相昵者。其視野田草
露之事，不過如內地人看戲賭錢之類，非異事也。當墟場唱
歌時，諸婦女雜坐，凡遊客素不相識者，皆可與之嘲弄，甚
至有相偎抱亦所不禁。[164]……
迄今，湘西苗族仍遵循著新婚時新娘新郎不同寢的習俗。婚
禮也和其他活動一樣，不過是同族人嬉戲狂歡的一種儀式。
婚禮中最熱鬧的場面是對歌。[165]

在一篇題為《龍珠》[166]的短篇小說裡，裡面有一段關於一名
花帕族的女孩和龍珠的奴僕之間的對唱情歌的精彩一幕：

藏在一積草後面的龍朱，要矮奴大聲唱出去，照他所教的
唱。先不聞回聲。矮奴又高聲唱，在對山，在毛竹林裡，卻
答出歌來了。音調是花帕族中女子的音調。[167]
龍朱把每一個聲音都放到心上去，歌只唱三句，就止了。有
一句留著待唱歌人解釋。龍朱便告給矮奴答覆這一句歌。又
教矮奴也唱三句出去，等那邊解釋，歌的意思是：凡是好酒
就歸那善於唱歌的人喝，凡是好肉也應歸善於唱歌的人吃，

[164] 同注133，頁53-54.
[165] 同上。
[166] 他是小說裡的主人公。他是白耳族長的兒子，年21歲。詳見趙圖編《沈
從文名作欣賞》，北京：中國和平出版社，1993，頁38，也見《沈從文
全集》，第二卷，香港：花城出版社，1982，頁363、366。
[167] 同上，頁372。

只是你好的美的女人應當歸於誰？女人就答一句，意思是：
好的女人只有好男子才配。她且即刻又唱出三句歌來，就說
出什麼樣男子是好男子的稱呼。說好男子時，提到龍朱的
名，又提到別的個人的名，那另外兩個名字卻是歷史上的美
男子的名字，只有龍朱是活人，女人的意思是：你不是龍珠，
又不是××××，你與我對歌的人究竟算什麼人？[168]
……
矮奴不問龍珠意見，許可不許可，就又用他不高明的中音
唱道：

你花帕族中說大話的女子，
大話是以後不用再說了，
若你歡喜作白耳族王子僕人的新婦，
他願意你過來見他的主同你的夫。[169]

同樣的，在《龍珠》裡也敘及在跳月[170]儀式裡，反映了這種
自然的情愛：

白耳族男女結合，在唱歌慶大年時，端午時，八月中秋時，
以及跳年刺牛大祭時，男女成群唱，成群舞，女人們，各穿
了峒錦衣裙，各戴花擦粉，供男子享受。平常時，在好天氣

---

[168] 同上。
[169] 同上，頁375-376。
[170] 一種流行在苗族和彝族的風俗。在春天末，還未結婚的青年男女聚合在
空地上，在明月下盡情載歌載舞以挑選自己中意的人。詳見呂淑湘主編
《現代漢語詞典》，北京：商務印書館，2007，頁1356。

下，或早或晚，在山中深洞，在水濱，唱著歌，把男女吸到一塊來，即在太陽下或月亮下，成了熟人，做著只有頂熟的人可做的事。在此習慣下，一個男子不能唱歌他是種羞辱，一個女子不能唱歌她不會得到好丈夫。抓出自己的心，放在愛人的面前，方法不是錢，不是貌，不是門閥也不是假裝一切，只有真實熱情的歌。[171]……

　　土、苗情歌是近、現代湘西社會獨特的民俗現象之一，也是來自人類文化和文學源頭的古老孑遺。附載於那些不變初衷的愛情故事，至今響徹在湘西田野山川的，仍然是一曲曲直率，質樸而熱辣的愛情歌謠：

　　　　千變萬變莫變蛇，變根竹子十二節；
　　　　情姐織個花背簍，情郎一天背到黑。

　　　　一對竹子梢對梢，兩根杉樹般般高；
　　　　竹子無心空相好，杉樹心實才相交。
　　　　雪壓竹竿連根破，霜打杉條照樣姣。

　　　　清江河水幾多灘，情妹心裡幾多灣；
　　　　哥駕船兒灣裡轉，願隨情妹下陡灘。

　　　　灣裡螢火飛向東，去給哥哥做燈籠；
　　　　燈籠少了認不得路，眼淚化作螢火蟲。

---

[171] 同注162，頁366。

> 十指尖尖手攀牆，兩眼睜睜望情郎
> 只要情哥帶我走，一氣翻過五道梁。
>
> 想郎想得心發慌，洗澡忘了脫衣裳；
> 濾米忘了用筲箕，牽牛餵水撒把糠。[172]……

這種自然情愛被羅多弼，一名瑞典大學中文系主任視為一種原始[173]誠然深深地吸引著主人公。就如他有感而發如下：

> ……我頓時被包圍在一片春情之中，心想人類求愛原本正是這樣，[174]……

但是令高行健感到遺憾的是這種自然的情愛已沒發生在現代社會裡。他有感而發道：

> ……後世之所謂文明把性的衝動和愛情竟然分開來，又製造出門第金錢宗教倫理觀念和所謂文化的負擔，實在是人類的愚蠢。[175]

主人公之所以抒發出這樣的感受是可以理解的，因為他本身

---

[172] 同注133，頁57。
[173] 他認為高行健正在少數民族如苗族和羌族中尋找一種真實的生活，他相信在漢族群裡，早期人類就是過著這種生活。同注157，頁33。
[174] 同注4，頁241。
[175] 同上。

就是這種所謂充滿限制與虛偽的文明愛情所累。在《一個人的聖經》的第59節裡曾敘及他心儀一個女孩，但他又懷疑有這樣的一個理想的女孩存在。[176]這也意味著在這個充滿虛假的世界裡很難找到一個真情的女人，更何況男女之間的愛情有附帶條件的。就如他以下的有感而發：

> ……你想有一個女人，一個和你同樣透徹的女人，一個把這世界上的一切繫絆都解脫的女人，一個不受家庭之累不生孩子的女人，一個不追求虛榮和時髦的女人，一個自然而然充分淫蕩的女人，一個並不想從你身上攫取甚麼的女人，只同你此時此刻行魚水之歡的女人……可這女人你又裡去找尋？[177]

此外，主人公也駐足而觀在一個苗寨裡舉行的祭祖儀式，這個盛大的儀式是由一個還活著的最後一名祭師主持。儀式是在鼓樂聲以及高聲唱頌中進行。最後，他還獲得贈送一本《擊鼓詞》，後來由一位苗族朋友記錄翻譯成漢文的。[178]

最後一個成為主人公研究的少數民族是彝族。[179]就風俗習慣來看，主人公對彝族的婚禮和葬禮深感興趣。從一名彝族嚮導唱的民歌，可以知道迄今彝族男女青年的婚姻還是由父母做主。

---

[176] 同注5，頁438。
[177] 同上。
[178] 同注4，，頁251-261。
[179] 其中一種散居於四川、雲南、貴州和廣西的少數民族。同注127，頁1546。

男女之間的自由戀愛只能發生在山上的幽會裡。[180]但是，一旦被逮個正著雙方父母都要把他們抓回去，而以往就得處死。另一方面，彝族社會的氏族等級森嚴。例如同氏族的男女通婚或發生性關係，雙方都得處死。姨表親通婚或發生性關係雙方也都得處死。白彝奴隸與黑彝貴族婦女發生性關係，男子處死，婦女被迫自殺等等。被判處自殺的死刑計有吊死、服毒、剖腹、投水、跳岩。由別人執行的死刑計有勒死、打死、捆石沉水、滾岩、刀殺、或槍殺。[181]

事實上，在這個比較文明的社會，這種死刑是否也發生在漢族身上？那位彝族嚮導這樣問主人公：他說：「差不多。你們漢族不也一樣？」[182]

當被問及是否還有更殘酷的刑罰，如斬腳後跟、斬手指、挖眼睛等等，他說：「都有過，當然都是過去的事，同文化革命中那些事也差不多。」[183]

由此可見，彝族所施行的刑罰與現代文明社會的相差無幾。

據高行健謂，彝族的埋葬方式與四川豐都，即古代巴人的故地所採用的相差無幾。在一家百貨公司的經理的父親作古的葬禮中，他看到棺材上蓋著紙紮的靈房，門前一邊停滿了前來弔喪的人騎的自行車，另一邊擺滿了花圈和紙人紙馬。馬路邊上三桌吹鼓手通宵達旦，輪番吹奏，只不過來悼孝的親友和關係戶不唱孝

---

[180] 同注4，頁127。
[181] 同上，頁127、133。
[182] 同上。
[183] 同上，頁133。

歌，不跳孝舞[184]，只在天井裡擺滿的牌桌上甩撲克。[185]

　　此外，主人公見到荊條編的籬笆前在地上爬著玩耍的兩個小孩都戴著紅線繡的虎頭布帽子，同他在贛南和皖南山區見到過的小兒戴的虎頭帽式樣沒有什麼區別。長江下游的吳越故地那靈秀的江浙人，也保留對母虎的畏懼，是否是母系氏族社會對母虎的圖騰崇拜在人們潛意識中留下的記憶，就不知道了。[186]……

　　在路途中，主人公也順路到另一個叫神農架林區去參觀，主要是要暸解那兒的一些掌故，包括傳說中所謂的野人。據林業局的科長謂這野人比人高，一般總有兩米多，一身紅毛披著長頭髮。[187]

　　此外，在《靈山》第14節裡，也曾敘及他通過女友帶他去找一位胖女人，即一名通神的靈姑算命。算命的結果是：「你這人流年不利，可要當心啊！」[188]

　　對於主人公，他也多少同意該算命胖女人的說法。就如他承認：

　　　我看來不是個幸運的人，也似乎沒有過十分幸運的事。我盼望的總實現不了，不指望的倒屢屢出現。這一生中總劫數不

---

[184] 據高行健謂，楚人的故地荊州江陵一帶流傳至今的孝歌又叫「鼓盆歌」，由農村的道士打醮作法。同上，頁130。
[185] 同上，頁130-131。
[186] 同上。
[187] 同上，頁374-376。
[188] 同上，頁89。

斷，也有過同女人的糾紛和煩惱，對了，也受過威脅，倒並
不一定來自女人。我同誰其實也沒有實實在在的利害衝突，
我不知道我妨礙過誰，只希望人也別妨礙我。[189]

對於筆者，這個算命結果多少反映高行健當時的遭遇甚至他
一生的命運。不過這也反映出人性脆弱的一面，即一旦遇到不如
意的事就求助於法力無邊的神明。難怪高行健也向上天祈禱能遠
離災難。唯一沒預測到的是他否極泰來，在有生之年榮獲諾貝爾
文學獎，但他也須付出昂貴的代價，即需以法國人而不是以中國
人身分獲獎，這無疑的是美中不足。尤有進者，獲獎後被迫自我
流亡甚至斷絕與祖國的關係，對他來說豈能不算是人生一大憾
事呢？

除此之外，他也對面臨滅絕的大熊貓的不幸命運深表關注。
就如他指出：

……走了七個自然保護區，包括大熊貓的自然保護區。[190]……

有幾個因素導致熊貓的滅絕。其中一個因素是超低的繁殖
能力；二是不負責任人士的大量獵殺以及疾病所致。這也就是為
什麼熊貓被列為中國第一級的受保護的動物的原因。就如在《靈
山》的第6節指出：

---

[189] 同上。
[190] 同注2，頁214。

……這就是他們援救過的，產後病了的，飢餓的，來找尋食物的熊貓！……[191]

……貝貝之前的憨憨，就是被山裡的一個叫冷治忠的農民打死的。……結果在林子裡一堆新土下挖出了憨憨的屍骨和還在播放無線電訊號的頸圈。又帶著獵犬跟蹤搜索，找到了這冷治忠的家和吊在屋簷下捲起的皮子。[192]

天將亮時分，又聽見兩聲槍聲，來自營地下方，[193]……

事實上，通過一名老植物學家口中，主人公表達了他對人類隨意獵殺熊貓的舉動的遺憾：

「那麼這搶救熊貓有什麼科學上的價值？」我問。
「不過是個象徵，一種安慰，人需要自己欺騙自己，一方面去搶救一個已經失去生存能力的物種，一方面卻加緊破壞人類自身生存的環境。……」[194]

在這次形體漫遊，高行健也趁機到周朝楚國的故都郢[195]去向愛國詩人屈原憑弔一番，當他漫步到如今已成了小水塘的海子湖，不禁會追思三閭大夫屈原被逐出宮門大概就從這土坡下經

---

[191] 同注4，頁41。
[192] 同上，頁43。
[193] 同上，頁44。
[194] 同上，頁51。
[195] 周朝楚國的都城，在今湖北江陵西北。同注127，頁1572。

過，肯定采了這塘裡的荷花作為佩帶。海子湖還未萎縮成這小水塘之前岸邊自然還長滿各種香草，他想必用來編成冠冕，在這水鄉澤國憤然高歌，才留下了那些千古絕唱。[196]

> 這之後我又去了湖南，穿過屈原投江自盡的汨羅江，[197]……

高行健之所以這麼追思屈原的原因是念及屈原也曾被放逐，他的命運可說是和屈原相差無幾，即同是天涯放逐人。

在一個縣城的老街上，主人公有機會訪問了一位會做道場和唱經的老道士，對於筆者來說，在道場唱的經文也是其中一類他要收集的民歌。據悉，人民宗教如佛教與道教在文革期間因被指是封建迷信，也成了被批判或禁止的對象。[198]

> 「知道，」我說，「老人家，我是問你會不會做道場？」
> 「怎不會呢？政府不讓搞迷信。」[199]
> 「哪個叫你搞迷信？我是收集唱經的音樂的，你會不會唱？現今青城山的道教協會都重新掛牌開張了，你怕啥子？」
> 「那是大廟宇，我們這火居道士不讓搞。」[200]……

---

[196] 同注4，頁347。

[197] 主人公沒有再去洞庭湖追蹤屈原的足跡，原因是這八百里水域如今只剩下地圖上的三分之一。同上。

[198] 在40年代以後，在延安為核心的解放區文學中，民間宗教與鬼神觀念不僅在文化思想下而且在整個社會體制中成為批判的對象。詳見譚桂林，龔敏律：《當代中國文學與宗教文化》，長沙：嶽麓書社，2000，頁225。

[199] 同注4，頁313。

[200] 同上。

有人點歌了，眾人又是叫好，又是鼓掌。老頭兒用手抹了抹嘴，剛要叫嗓子，突然打住，低聲說：「員警來了。」[201]

甚至村長的其中一個兒子對於主人公的出現也提高警惕：

「你有公函嗎？」
「我有證件，」我說，掏出我那個帶照片的作協會員證。
他翻來覆去裡外看了幾遍，才把證件還給我，說：「沒有公函不行。」[202]
「你要啥子公函？」我問。
「鄉政府的，再不，有縣政府的公章也行。」[203]
……
我當然不讓步，顧不得客氣。他見我態度也硬，便轉向他父親，屬聲訓斥道：
「爸，不是不曉得，這要犯原則的！」[204]

在這次形體漫遊中，主人公也回憶起在孩童時發生在他家庭的一些有趣或傷心的事。在《靈山》的第53節裡，當他回憶起在零陵村的小河裡溺死的小狗時，才知道他母親也是溺死在河裡。他敘及：

---

[201] 同上，頁315。
[202] 同上，頁326。
[203] 同上，頁327。
[204] 同上。

> ……我母親也是淹死的。她當時自告奮勇，響應號召去農場改造思想，值完夜班去河邊涮洗，黎明時分，竟淹死在河裡，死的時候不到四十歲。[205]……

接下來，他也提及一些母親的家庭成員的背景與不幸遭遇，如她的弟弟也是溺死的，以及奶奶死在養老院但不知道埋葬在哪裡。[206]

此外，在《一個人的聖經》的第25節也敘及：

> ……他媽也是因為天真，響應黨的號召去農場勞動改造，勞累過度淹死在河裡。[207]……

對於母親的意外死亡，他在《一個人的聖經》的第1節表達了他的遺憾：

> ……而他母親的死，卻令他震驚，淹死在農場邊的河裡，是早起下河放鴨子的農民發現的，屍體已鼓脹漂浮在河面上。[208]

如果《一個人的聖經》針對文革發生的一連串恐怖事件作相當詳盡的描述，那麼在《靈山》只片面敘及，雖然兩部都是逃亡

[205] 同上，頁348。
[206] 同上，頁350-353。
[207] 同注5，頁210-211。
[208] 同上，頁4。

的書。通過主人公的母親的死及其弟的溺死，其奶奶死無葬身之
地的一系列不幸事件中，可以多少想像到十年文革所實行的繁重
的勞改計劃真的害到很多人家破人亡，這可從下面一段主人公與
一名在養老院工作的幹部的對話裡多少反映出來：

> 他點點頭，說：「她（主人公的外婆）好像說過她還有外
> 孫。」
> 「有沒有說過有一天會來接她的？」
> 「說過，說過。」
> 「不過，那時候我也下農村了。」
> 「文化大革命嘛，」他替我解釋。「噢，她這屬於正常的死
> 亡，」他又補充道。[209]

此外，在《靈山》的第54節裡曾敘及主人公重游兒時住過的
一些舊地，如那瓦礫場、那小樓、那一個帶花園的房子，只是令
他惋惜的是什麼東西也沒找到，因為也許曾經是影壁和天井的地
方都開成了柏油馬路。[210]

在整個形體漫遊中，主人公難免會面對寂寞與生理上的需
要。據佛洛伊德指出，根據快樂原則行事的本我需從飢餓、饑渴
等能引起不適中尋找舒緩的空間。那麼，如果主人公突然對途中
遇到的女性產生性衝動也是再正常不過的事。此類由寂寞引起的
性欲被稱為「寂寞型的性欲」。[211]這可從他和一位在渡輪上剛認

---

[209] 同注4，頁352。
[210] 同上，頁353-355。
[211] 此類可以引起生理上快感的寂寞型的性欲處於生理需求層次中的最低一

識的女孩的對話中反映：

> 「你這人只說不做。」
> 「做什麼？」
> 「做愛呀，我知道你需要的是什麼。」
> 「是愛？」
> 「是女人，你需要一個女人。」她竟然這樣坦然。
> 「那麼，你呢？」你盯住她的眼睛。
> 「也一樣，需要一個男人，」她眼睛裡閃著挑戰的光。
> 「一個，恐怕不夠，」你有些猶豫。
> 「那就說需要男人。」她來得比你乾脆。
> 「這就對了，」你輕鬆了。
> 「一個男人和女人在一起的時候——」
> 「世界就不存在了。」
> 「就只剩下情欲。」她接下你的話。[212]

　　從上述對話中，可以看出在那種浪漫的情境中，各自的自然性欲已被激發出來，於是自然而然地馬上發生性愛。這可從下列的對話中看得出來：

> 「你是個奇怪的女人，」你望著她豐滿的乳房上瀰散開的乳暈說。

層。但是一旦獲得滿足後，寂寞感還是會存在。詳見蔣勳：《孤獨六講》，臺北：聯合文學出版社有限公司，2008，頁26。
[212] 同注4，頁447-448。

「沒什麼奇怪的，一切都很自然，你就需要女人的愛。」[213]

他們甚至過後再第二次做愛，這可從下列對話中看出：

「真是個可憐的大孩子，你不想再來第一次？」
「為什麼不？」
你迎向她。
「你總該滿足了吧？」她說。[214]

有一些批評者曾批評高行健的小說充滿黃色意味。例如郭楓在一篇題為《西洋魔笛與高行健現象》曾作以下抨擊：

再談一談「性欲」課題：高行健小說中男女做愛的場面不斷出現可是沒有寫出這些場面必須出現的理由，更沒有寫出感情的、心理的衍變狀態。他的做愛是無情無愛為性而性，除了做愛的動作，再無其他。[215]

上述批評相當主觀與輕率。事實上，《靈山》共有81節，其中18節，即11節、13節、19節、21節、23節、31節、32節、33節、34節、38節、44節、60節、64節、67節、40節、43節、45節、與50節或多或少含有性意味，但其性描寫則是採用優美的語

---

[213] 同上，頁450。
[214] 同上，頁451。
[215] 郭楓：《西洋魔笛與高行健現象》，http://intermargins.net/Forum/gx13.htm, 26 August 2004, p. 11.

言輕描淡寫過去。這也就是說它並沒有採用粗野低俗的色情字眼去描述。當然，比較起來，《一個人的聖經》裡的性描寫則比較大膽露骨，如第2節、第3節、第4節、第8節、第10節、第12節、第14節、第15節、第16節、第25節、第28節、第30節、第37節、第42節、第46節、第49節、第51節、第55節和第57節。例如在《一個人的聖經》的第16節，有一幕近乎主人公向女主角施展性暴力的一幕：

> 這最後一夜，她讓你強姦她，不是做性遊戲，她要你真把她
> 捆起來，要你捆住雙手，要你用皮帶抽打她，抽打她痛恨的
> 身體，[216]……

另一幕也相當色情：

> ……那離別前的狂亂，她周身上下的氣味，你的精液遍抹在
> 她鼓脹而舒脹的胸脯上。[217]

《一個人的聖經》的第10節中的其中一段的描寫更加色情：

> 你翻身擁抱她，撩起睡裙，滑入她身體裡……「想發洩你就
> 發洩……」
> 「發洩在誰的身上？」「一個你想要的女人……」「一個淫

---

[216] 同注5，頁140。
[217] 同上，頁144。

　　蕩的女人？」[218]……

　　小說裡是否可以不可以穿插一些性成分的描寫，這是個極
爭論性的問題，見仁見智。捷克著名作家昆德拉認為，現在當人
們的性觀念已經比較開放的今天，事實上，「性」已經不再是一
種禁忌[219]，或視為洪水猛獸。對於筆者來說，如果情節需要以及
在當時真的發生這回事，無可厚非，更何況「性」是人類最重要
的原始本能，隨時隨地都可能發生，因此，高行健在小說裡穿插
一些性描寫無傷大雅，更何況他描寫性愛，也如昆德拉一樣，並
不是讓人們的興趣僅僅止於為性愛而性愛，純粹尋求性樂趣而
已，而是讓人思考在性愛中凸顯出來的人的存在樣態。這就是為
什麼高行健的小說也和昆德拉一樣往往展現著巨大的情欲場景，
而又沒有多少色情的刺激的原因。當然他失策的地方是他應該像
一些中國作家如王安憶等寫得比較含蓄些，而高行健卻寫得有些
大膽露骨，因為畢竟文學性的小說的寫法和色情小說不同。如果
加以研究，很多世界著名的文學巨著都多少把性愛當作一個主要
的寫作題材或主題，如中國的偉大古典文學名著《紅樓夢》等。
此外，性也反映其中一項道家思想，即人類本能[220]，其實在很多
中國當代作家的小說中或多或少都難免會含有性描寫，如莫言的

---

[218] 同上，87。

[219] 他從小就流放到法國。他的幾部小說如《笑忘書》等都在探索政治和性
　　的關係。詳見李思屈：《昆德拉》，臺北：文化事業有限公司，2003，
　　頁74-103。

[220] 它認為人類是自然環境的一部分，它強調人類和宇宙之間的和諧關係。
　　詳見同注42，頁115-116。

《紅高粱家族》、張賢亮的《男人的一半是女人》、王安憶的《荒山之戀》等，以反映它是人類最重要的本能，以及對人為的性壓抑[221]的一種反抗。就如劉再復指出：

> 近幾十年來的中國大陸小說，性描寫的禁區已經突破。但是能像高行健寫得如此深邃、冷靜、準確的卻不多。⋯⋯應當說，短篇小說和中篇小說沒有性描寫還可以過得去，如果數百頁的長篇小說，完全回避性描寫就難免乏味。[222]

無可否認，人類生活包括性關係與社會關係向來和政治場景分不開，尤其是在中共極權統治之下。因此，難怪一些作家小說裡通過展現性愛與政治題材來探索人類的困境。就如高行健在《靈山》和《一個人的聖經》裡所展現的政治化的性愛與捷克小說家昆德拉[223]在其小說裡《笑忘書》所展現的無異。對於昆德拉來說，性愛是人類生命中最深層的、純屬生理的領域，因而也是生命最深刻的祕密所在。那麼，針對性關係提出的問題也是人類最深刻的課題。[224]因此，高行健把性當作他的兩部小說的副題無傷大雅，因為它是一個宇宙性課題。

其實，高行健的小說裡的性描寫無非是要反映他及一些中國

---

[221] 在《男人的一半是女人》這部中篇小說裡，通過章永璘性壓抑和性饑渴的描寫，在當代文學史上較早明確宣示性也是人的權利之一，也是不可迫害、不可摧殘的。同上，頁115-116。

[222] 同注45，頁61。

[223] 同注219，頁74-103。

[224] 同上，頁62。

人在文革期間所面對的性壓迫。誠然，我們可以從下列主人公與德國女朋友的一段對話中可以多少看得出在當時男女之間的交往多少受到限制：

> 「這要在中國，別說公然聚會，同性戀要發現了得當成流氓抓去勞改，甚至槍斃。」你看到過公安部門內部出版的文革時的一些案例。[225]

此外，他的妻子對他的背叛與離婚導致主人公不得不壓制生理上的需求，一來他對女人失去信任，二來他討厭女人。這種對女人的厭惡與恐懼可被視為「閹割恐懼」。[226]在《一個人的聖經》中，主人公「你」最早偷窺到女性裸體和外生殖器竟是他母親。他回憶道：

> 你第一次見到女人裸體是你的母親，從半開的房門中看到裡面的燈光，你暗中睡在竹床上，聽見水響，……她回到澡盆裡那門卻還開著，你偷看到哺育過你的乳房和黑叢叢生育了你的地方，先是屏息，然後呼吸急促，隨後在萌動的欲望和迷糊中睡著了。[227]

---

[225] 同注5，頁62。

[226] 根據佛洛伊德，兒童因戀母情結而引起的恐懼稱為閹割恐懼，即男孩在潛意識裡時常有被切除性器官的恐懼。如成年時，妒忌而殘暴的父親對其實行的割禮也是一種閹割情結（castration complex）。詳見 [奧] 佛洛伊德（Sigmund Freud）著，高覺敷譯《精神分析引論新編》（New Introductory Lectures on Psycho-analysis），北京：商務印書館，頁67-68。

[227] 同注5，頁427-428。

　　對於筆者來說，主人公這種既怕又想偷看的矛盾心理可說是每個男孩在性器期（the phallic phase）甚至生殖期（genital stage）[228]或多或少都會經歷這兩個階段，所怕的就是閹割恐懼。[229]從政治層面來看，主人公感覺到自己被一個極權制度強姦了。[230]作為一種隱喻，施暴者要強姦你，當然是先閹割你的陽具才來得方便[231]。因此，他為什麼說：

> ……可以強姦一個人，女人或男人，肉體上或是政治暴力，[232]……

　　無可否認，曾吃過女人虧的高行健討厭女人是可以諒解的。就如他指出：

> ……你同女人的關係總不順當，不知什麼地方觸礁了，便涼在那裡。[233]

---

[228] 佛洛伊德將兒童心理性欲發展劃分為5個階段：口腔期（oral stage——約出生到1.5歲）；肛門期（anal stage——約1.5歲到3歲）；性器期（phallic stage——約3歲到6歲）；潛伏期（latency stage——約6歲到12歲）；生殖期（genital stage——青春期到成年期）。詳見baike.baidu.com/view/737932.htm.，2015年10月12日。

[229] 同注226，頁77。

[230] 同注5，頁446。

[231] 傅正明：《百年桂冠》，臺北：允晨文化實業股份有限公司，2004，頁410。

[232] 同注5，頁446。

[233] 同上，頁63。

在他和軍營裡的一位17歲女護士的交往中，他也指出：

……對女人他心存疑慮[234]，……
……這姑娘有一天要也揭發他，或是她服務的軍中黨組織命令她交代同他的往來，他這話也沒大錯，他已往生活經驗就這樣時時提醒他。……[235]

事實上，隨著妻子對他胡亂指控後，他對女人的厭惡永遠埋藏在心底。就如他承認：他日後許久厭惡女人，要用厭惡來掩埋對這女人的憐憫，才能拯救他自己。[236]……

由於面對自己枕邊人的背叛，他開始對女人狠之入骨，就產生一種所謂的厭女症（misogyny）[237]，這就是為什麼偶爾會發生一些瘋狂的男人為了報復而殺掉自己的女友的悲劇事件。就如佛洛伊德指出的：

男人之所以會自戀式地摒棄女人，輕賤女人，是因為他經歷過閹割情結，而這個癥結深深地影響他對女人的看法。[238]

甚至在大學時期，當他敘及情愛這回事時，他曾抒發了他對

---

[234] 同上，頁19。
[235] 同上，頁21。
[236] 同注231，頁413。
[237] 同上，412。
[238] [奧]佛洛伊德（Sigmund Freud）著，林克明 《愛情心理學》（Sexuality and the Psychology of Love），作家出版社，1986，頁152。

女人的憎恨：

> 我覺得女孩子都很可怕，隨時都有可能把我告了。我根本沒
> 有想過追求她們，或者對她們有好感。[239]……

　　但是，由於性欲是人類的一種原始本能，它不能故意加以壓
制或逃避，它是表現人類具有動物性的最基本特質。就如的主人
公和德國女友馬格麗特做愛時承認：

> 「真糟糕，像個動物！」
> 「沒什麼，人都是動物，不過女人要的更多是安全感。」她
> 淡淡一笑。[240]

　　其實，主人公的縱欲是可以理解的，一來他在文革期間已性
壓抑太久了，主要原因是他已和妻子離婚十年，可以想像他面對
的性苦悶折磨非筆墨可以形容。就如他在《一個人的聖經》的第
8節裡敘及：

> 「你沒有同女人睡在一起不碰她？」
> 「當然有過，同我前妻。」
> 「這不能算，那是你已經不愛了。」
> 「不僅不愛，還怕她揭發。」[241]

---

[239] 同注236，頁413。
[240] 同注5，頁97。
[241] 同上，頁66。

　　這也難怪他一有機會和女人發生性關係，他都不會錯過和她們發洩獸欲，以舒緩在漫遊時所面對的性壓力。就如他坦白承認：

　　「因為受壓抑，才想放縱。」
　　「就想在女人身上放縱。」[242]

　　另一方面，我們也可從他和一個在市中心不認識的而又在逃避槍擊的女孩發生性關係的對話中窺見一斑：

　　……她（許英）相反卻寬慰他說：「我來月經了。」[243]雖然如此，他還是捉緊機會先後兩次和她發生關係，以致在做愛完畢後，她的大腿沾滿了汙血。[244]

　　誠然，主人公不斷與女人做愛無非是為了滿足他壓抑已久的性欲，以及消除旅途中心靈上的寂寞。在極權統治下的中國，無愛的性行為可說是暫時消愁解悶的良藥。如果連自己的妻子也敢向有關當局告發他在家寫作，更何況是別的女人？就如他在《一個人的聖經》的第8節指出：

---

[242] 同上，頁87。
[243] 這女孩在旅店裡登記為許英並承認是主人公的妻子，俾能在該旅店住宿。可是，第二天她離開後，在她的書包裡發覺她的學生證寫著許倩。後來她下嫁給主人公成為他的妻子。同上，頁244、245、251、257。
[244] 同上。

……上床容易瞭解難。無非匆匆邂逅，解解寂寞。[245]

你需要女人，需要在女人身上發洩，欲望與孤獨。[246]……

同樣的，在《靈山》的第50節也提及：

你同她萍水相逢，在那麼個烏伊鎮，你出於寂寞，她出於苦悶。[247]

　　從以上幾項高行健的自我承認中，他的性放縱好像是對那些連累他的女人的一種報復。事實上，除了揭露文革期間發生的各種恐怖事件與人們的悲慘遭遇，那些穿插在文革期間各性情節的大膽描寫反映作者已撕破了面具來揭露人性的反常與虛偽的一面。如果他只片面觸及這些事件如新時期[248]以來盛行的「傷痕文學」作家的作品，它就無法反映文革浩劫的實際觸目驚心的情況，如恐懼、侮辱，人性的脆弱或醜陋等。就《一個人的聖經》敘及主人公與兩個西方女孩發生性關係時[249]仍戰戰兢兢，就顯示

---

[245] 同上，頁63。

[246] 同上，頁88。

[247] 同注4，頁333。

[248] 指中國當代文學史第二階段的文學發展，大體上按照前後兩個十年可以把新時期文學的發展劃分為兩個階段：80年代的變革階段和90年代的轉型階段。由於文革浩劫剛過，作家寫作時還是有所保留，不敢接觸真正的問題。詳見王萬森主編：《新時期文學》，北京：高等教育出版社，2001，頁5。

[249] 在《一個人的聖經》敘及主人公先後與七個女子發生性關係，其中包括

高行健還不能擺脫文革浩劫留下的夢魘，這也反映在極權統治下一般人們都面對令人窒息的生活困境。就如劉再復指出：

> 這部小說的恐懼感覺寫得特別好，應特別加以注意。尤其可貴的是，雖然整個小說的中心情節是寫文化大革命，但小說的開頭部分和結局部分，又加入主人公和兩個外國女子的性愛關係，從而使生存困境普遍化，也使小說具有更深厚的普世價值。[250]

　　無疑的，這次形體漫遊已多少增廣了高行健的見聞，以及全面體驗了中國的傳統文化的多樣性。就如他指出的：

> ……我從古巴蜀之圖文，看到越劍鳥篆，楚墓帛畫，又追索到苗民的巫師祭祖和聽彝族畢摩唱經，由古羌人故地大熊貓保護區遊蕩到東海邊，從民風民俗又回到現今都市生活，找尋的無非是自我實現和我自己的生活方式。[251]……

　　總而言之，除了做一個形體和精神漫遊者，高行健也在遠征靈山途中扮演著一名作家、知識份子、考古學家甚至環保分子。這各種不同角色已足夠他搜集各種資料來作為他寫第一部長篇小

　　一個德國女子——瑪格麗特和法國女子茜爾薇。其他5位都是中國女子，即丈夫是個軍人的有夫之婦——林、後來成為他的妻子倩、乳房下有一塊小傷疤的蕭蕭、有「意淫」關係的鄉村姑娘毛妹、總是穿著棉軍裝的小護士。見同注45，頁60。

[250] 同上，頁139。

[251] 同注28，頁204。

說《靈山》藍本。這是一部具有濃厚自傳性的小說，也表現了他
對於中國文化生命的深刻思考。[252]就如他回憶說：

> 一九八二年夏天，一家出版社的一位好心的編輯找我，約我
> 寫一部長篇，問我能不能實現我關於小說的那些主張？我當
> 即答應了，但只有一個條件，出版時不作任何刪改。這便是
> 《靈山》的由來。應該說，他並不知道這部小說會寫成什麼
> 樣子，只是出於對我的信任，之後又從出版社預支了我四百
> 元稿費，因為我說我要作一次旅行。[253]

同樣的，在《靈山》的第63節也敘及：

> ……我自己的積蓄早已花光，已經在債務中生活。一家出版
> 社好心的編輯預支了我幾百元稿費，為一本若干年後尚不知
> 能否出版的書，這本書也不知寫不寫得出來，稿費已花掉了
> 一多半。[254]……

總而言之，有兩個因素促使高行健不得不逃到四川、湖北、
雲南、和貴州一帶山區展開形體漫遊。主要原因是逃避有關當局
對他的戲劇的抨擊和調查，甚至逃避被送去青海勞改。第二個次
要因素是逃避患病的事實，為了休養，只好選擇到邊遠地區去散
心解悶。

---

[252] 同注6，頁69。
[253] 同注28，頁188。
[254] 同注4，頁439。

第四章

精神漫遊

4.1

前言

通過形體逃亡以獲得精神自由可說是一種積極逃避現實的方式。從古至今，在政治動盪時期，有很多中國文人為了自身的安全都採用這種明哲保身的方式。在中國古代文學史裡，最典型的例子就是「竹林七賢」。[1] 就如高行健指出：

> 古之隱士或佯狂賣傻均屬逃亡，也是求得生存的方式，皆不得已而為之。現今社會也未必文明多少，照樣殺人，且花樣更多。所謂檢討便是一種。倘不肯檢討，又不肯隨俗，只有沉默。而沉默也是自殺，一種精神上的自殺。不肯被殺與自殺者，還是只有逃亡。逃亡實在是古今人自救的唯一方法。[2]

同樣的，在《靈山》的第71節也敘及：

---

[1] 指魏晉時的嵇康、阮籍、山濤、向秀、阮咸、王戎、劉伶等七位文士。他們避隱竹林，終日飲酒賦詩，以示對司馬氏政權的反抗。詳見韓敬華主編：《中學語文知識辭典》，北京：生活、讀書、新知、三聯書店，2003，頁75。

[2] 高行健：《沒有主義》，臺北：聯經出版事業有限公司，2001，頁19-20。

……大低這人世並不為世人而設，人卻偏要生存。求生存而又要保存娘生真面目，不被殺又不肯被弄瘋，就只有逃難。這小城也不可多待，我趕緊逃了出來。[3]

　　從上述這兩段有關文人逃難原因中，可以多少聽到主人公的逃亡聲音，即間接以逃走積極方式來面對極權專制統治的高壓手段，而不是以消極方式如無聲抗議或如一些膽小的作家停止寫作來明哲保身。事實上，他在面對極權專制統治的高壓政策也像其他人民一樣是充滿恐懼的，但他還能想方設法俾能避免直接與它衝突，即強迫自我國內或國外逃亡俾其形體與精神得以自救。

3　高行健：《靈山》，臺北：聯經出版事業有限公司，2000，頁498。

4.2

尋找生活的真實與藝術的真實

在這次形體漫遊中，與此同時，高行健也展開一次空前的精神漫遊。從各種外在刺激物如各名勝古跡、所見所聞無形中已引起他對人生產生各種冥思與內心感受。這次的精神漫遊打從他攀登與尋找夢寐以求的靈山[4]開始。就如他指出：

> 你找尋去靈山的路的同時，我正沿長江漫遊，就找尋這種真實。[5]……

主人公在他目睹那位羌族獵人念咒語後才抒發上述感受，他感覺到他所呈獻的至少是真實的而不是虛偽的。這種情景和他所處的虛假文革環境迥異。在整個十年文革期間，人與人之間的關係多麼錯綜複雜。可從他下列的有感而發看出：

> ……在同一機關裡人與人的關係被反復折騰的政治運動弄得十分緊張，人人高喊革命口號，死守住自己這一派，生怕被

---

[4]　一個位於印度王舍郊外的聖地。從前佛陀曾在此宣傳佛教。詳見任繼愈編：《佛教小詞典》蘇州：上海辭書出版社，2006，頁617。

[5]　同注3，頁13。

對方打為敵人。[6]……

　　就他的組織內或四周發生的各種文武鬥，如互相批鬥、告發、猜疑，主人公曾這麼回憶說：

　　　……在中國，我不能相信任何人，甚至自己的家人。當時的氣氛已經被毒化，人們已經被洗腦，甚至你的家人也可能背叛你。[7]

　　在一項與法國作家德尼・朗格裡以《論文學寫作》為題的訪談中，高行健曾提及：

　　　那時不可能同別人說我在寫作。同他人交流也是不可能的。在農村[8]我沒有一個可以這樣交心的朋友。可我需要個可以交談對手，而寫作是唯一可以作這種對話的手段。[9]

　　高行健之所以這麼說是可以理解的，這是因為他的第一任妻子曾告發背叛他。如果連自己的妻子都告發他，別人更不用說。這也難怪他不論在其組織或在家裡都處處步步為營，包括戴上假面具。就如劉再復指出：

---

[6]　同注3，頁419-420。

[7]　季默、陳袖：《依稀高行健》，臺北：讀冊文化事業有限公司，2003，頁20。

[8]　指他在1970年被安排到農村從事體力勞動。見劉再復：《高行健論》，臺北：聯經出版事業有限公司，2004，頁323。

[9]　德尼・朗格裡採訪《論文學寫作》，1993年1月17日。同注2，頁65。

> ……在大陸歷次政治運動中，多少人背叛過自己，說假話，承認別人的誣陷，接受各種可怕的遠離自我本質的罪名，寫了一本又一本的出賣自己人格的檢查揭發檢舉材料，承認自己是黑幫是反革命。在「同志」、朋友、子女背叛自己之後，最後一個叛徒，不是別人，正是自己。[10]

同樣的，已故巴金在回憶起文革時也如此承認：

> 那些時候，那些年我就是在謊言中過日子，聽假話，說假話，起初把假話當作真理，後來逐漸認出了虛假；起初為了「改造」自己，後來為了保全自己；起初假話當真話說，後來真話當假話說。十年中間我逐漸看清楚十座閻王殿的圖像，一切都是虛假！[11]……

　　從上述語句中，可以多少反映出在文革期間說謊可說是一件極普遍的事，所謂你虞我詐，互相猜疑，不但發生在組織內，甚至在家庭成員之間如夫妻之間，儘量不講真話，以免禍從口出，就如高行健的妻子告發他在家寫作就是一個典型的例子，誰會想到連自己的妻子也不可相信？就如高行健在《一個人的聖經》的第17節裡曾承認：

---

[10] 劉再復：〈漂流三題〉，載鄭義等編：《不死的流亡者》，臺北：INK印刻出版有限公司，2005，頁166。

[11] 巴金：《隨想錄》，北京：人民文學出版社，1980，頁105。

……他受到批判，幸好還只是班級的討論會上，問題不十分嚴重，他卻從中得到個教訓：做人就得說謊，要都說真話，就別活了。[12]……

同樣的，當時的文學領域也充滿著虛假成分，因為唯一被允許在文學作品抒發的聲音是政治的聲音。這也意味著政治話語已經代替文學話語，文學只扮演著傳統的社會角色即用來作為宣戰政治的擴音器。就如劉再復在《從獨白的時代到複調的時代——大陸文學四十年發展輪廓》一文中指出：

五十年代到七十年代的大陸文學，從總體上說，正是一個獨白的時代，而且是一個從文學獨白走向文學獨霸的時代。這種獨白，在政治觀念上是馬克思主義政治意識型態的獨白；在文學觀念上是毛澤東《在延安文藝座談會上的講話》和列寧的文學黨性原則的獨白；在創作方式上則是「社會主義現實主義」（也稱「革命現實主義與革命浪漫主義兩結合」）方式）的獨白。[13]

同樣的，一位臺灣著名的評論家馬森在高行健的《靈山》序言裡指出：

---

[12] 高行健：《一個人的聖經》，臺北：聯經出版社事業有限公司，2001，頁148。

[13] 劉再復：《放逐諸神——文論提綱和文學史重評》，香港：天地圖書有限公司，1994，頁6。

> ……數百部長篇以及無數的中、短篇小說，所寫的都是一件
> 事：過去的社會有多麼多麼的悲慘黑暗，現在的社會有多麼
> 多麼的幸福光明，這一切都是由於共產黨的偉大和毛主席的
> 英明領導，這些小說，用中共官定的政治標準來衡量，都在
> 九十分以上。[14]……

誠然，在開始階段，高行健也像其他作家一樣在寫作時，多少不得不跟從既定的社會現實主義流派路線。這是因為政治意識形態作為唯一的話語霸權已經肆無忌憚地滲透文學領域。它對文學的影響涵蓋各細微要素如故事、人物、衝突及意象等。因此，不論作家喜歡不喜歡，作家不得不遵守這套「政治正確」的標準。[15]就如高行健指出：

> 在我那個環境裡，人總教導我生活是文學的源泉，文學又必
> 須忠於生活，忠於生活的真實。[16]……

他繼續指出：

> ……在寫作態度嚴肅的作家手下，也照樣以呈現人生的真實
> 為前提，這也是古往今來那些不朽之作的生命力所在。正因
> 為如此，希臘悲劇和莎士比亞永遠也不會過時。[17]

---

[14] 同注3，頁（4）。
[15] 劉再復、林崗：《罪與文學》，香港：劍橋大學出版社，2002，頁409。
[16] 同注3，頁13。
[17] 同注2，頁348。

　　從上文中清楚顯示高行健不否認反映真實的生活是文學的主要功能，就如他強調：

> 文學並不旨在顛覆，而貴在發現和揭示鮮為人知或知之不多，或以為知道而其實不甚了了的這人世的真相。真實恐怕是文學顛撲不破的最基本的品格。[18]

　　但是，作為一位具有創意的作家，自他開始寫作以來，他就不滿意採用社會現實主義的創作手法寫作。這可從他以下的有感而發看出：

> ……而我的錯誤恰恰在於我脫離了生活，因而便違背了生活的真實，而生活的真實則不等於生活的表像，這生活的真實或者說生活的本質本應該是這樣而非那樣，而我所以違背了生活的真實就因為我只羅列了生活中一系列的現象，當然不可能正確反映生活，結果只能走上歪曲現實的歧途。[19]

　　從上述他對文學功能的看法裡，就可以看得出直接反映社會事實其實並不能反映真正的生活事實，這是因為它只能反映實際的生活但並不是實際的文藝事實。[20]文藝的事實可說是作家的創

---

[18]　同上，頁347。

[19]　同注3，頁13。

[20]　藝術真實不同於生活真實。生活真實即社會生活中客觀存在的實際事實，主要包括社會中實有的人物、事件、也包括各種自然景物、自然現

造,它和真實的生活不同。這也就是說它不但顯示生活的表像,而且也可以凸顯生活的本質。[21]

就如高行健指出:

> 文學並不只是對現實的摹寫,它切入現實的表層,深深觸及到現實的底蘊;它揭開假像,又高高臨駕於日常的表像之上,以宏觀的視野來顯示事態的來龍去脈。[22]

從上述他對文學功能的進一步闡釋,高行健確是對當代文學發展的短篇小說或長篇小說的呈現內容方式表示不滿因為它們只是對生活事實的摹寫,結果是它們的素質在各方面都不高。同樣的,在寫作手法方面也僅限於社會現實主義。從題材方面來看,它們多數是有關無產階級的鬥爭而缺乏感情元素。就如在1957年,一位文學評論家巴人在一篇題為《論人情》一文中指出:

> (文藝作品)政治氣味太濃,人情味太少,[23]……

象。它是紛繁的、蕪雜的、是生活的原生形態,顯示著生活的原始面貌。它的突出特點就是客觀實在性。藝術真實則是作家在生活真實的基礎上,按照其審美理想和生活邏輯,對生活材料加以藝術概括、提煉、加工,進行藝術創造的結果。因此,它不僅充分顯示生活的外在狀態,而且揭示著生活的深層本質。詳見王確編:《文學概論》,北京:人民教育出版社,2003,頁86-87。

[21] 同上。

[22] 同注2,頁348。

[23] 吳中傑:《中國現代文學思想史》,上海:復旦大學出版社,1996,頁342。

　　此外，在十七年的小說創作中，小說的結構方式平淡無奇，欠多姿多彩，[24]一般上都是平鋪直敘。尤有進者，為了符合政治規格，作家的舊作品也不得不做出相應的調整，即透過作家的自己的手把舊作修改。[25]結果是文學作品的素質相當低劣。就如劉再復指出：

　　　　……意識形態同文學趣味的糾纏，傷害了作家的人格，降低了寫作的水準。[26]

　　無疑的，這種低劣的寫作技巧當然無法滿足具有創意的作家如高行健的需求。就如已故劇作家曹禺曾表示遺憾：「創作對我來說很怪，滿腦袋都是馬列主義概念，怎麼腦袋就是轉動不起來呢？」[27]

　　同樣的，在一項高行健與王德威的訪談中，高行健表達了他心中的不滿：

　　　　……當我來到海外，我發覺有很多意識形態和流派，想要寫出真實的文藝和文學作品是非常艱難的。[28]

---

[24] 廓邦洪：《新時期小說創作潮流研究》，廣州：廣東人民出版社，1997，頁128-129。

[25] 同注15，頁409。

[26] 同上，頁410。

[27] 田本相、劉一軍編：《苦悶的靈魂——曹禺訪談錄》，南京：江蘇教育出版社，2001，頁25。

[28] Gao Xingjian，「A Conversation with Gao Xingjian,」, interview by David

　　無論如何，由於當時文學作品只允許左傾聲音可以反映在作品裡，高行健不得不私下在家中暗中採用西方的各種寫作手法以實踐藝術的真實性，當然這類作品不能拿去發表，因為這已觸犯了寫作的政治規格，不過從中他卻可以獲得內心的滿足。就如他在《一個人的聖經》的第44節裡提及：

> 你說你追求的是文學的真實？別逗了，這人要追求甚麼真實？真實是啥子玩藝？五毛錢一顆的槍子！得了，這真實要你玩命來寫？埋在土裡發霉的那點真實，爛沒爛掉且不去管它，你就先完蛋去吧！[29]

　　同樣的，在同一節裡也可以聽到他的心聲：

> ……你顧影自憐，必須找尋一種精神能讓你承受痛苦，好繼續活下去，在這豬圈般的現實之外去虛構一個純然屬於你的世界。[30]……

　　由上述心聲，可以看得出他在文革期間，想採用西方的寫作手法來創作時所面對的困境。這就是為什麼他說：

> ……「文化大革命」之前，我已經寫了十齣戲，一部未完

　　Der-Wei Wang. http:www.asiasource.org/arts/gao.cfm. 18 July 2004, p. 2.
[29] 同注12，頁343。
[30] 同上。

成的長篇小說，以及好多零散的文章、詩、大學時寫的日記等等，足足一大皮箱，「文化大革命」一來，全部燒光了。[31]……

　　無論如何，幸好緊隨著文革浩劫於1976年結束並實行經濟改革開放政策後，曾受70年代廣泛傳佈的西方寫作手法影響像高行健等具有創意的作家開始採用它來創作[32]，其中包括在1985年流行的中國式的現代派。[33]就如中國作家馮驥才指出的：

　　「我所說，我們需要『現代派』，是指社會和時代的需要，即當代社會的需要；所謂『現代派』是指地道的中國的現代派，而不是全盤西化、毫無自己創見的現代派。」[34]

　　就如馬森在《靈山》的序言中指出：

　　……我們看到了「傷痕」的、「反思的」、「尋根」的、意識流的、心理寫實的、魔幻現實的、超現實的……種種的小說新形貌。[35]……

　　劉再復曾從思想的角度針對上述這種文學現象做出總結：

---

[31] 高行健：《論創作》，臺北：聯經出版事業股份有限公司，2008，頁196。
[32] 同注24，頁111-123。
[33] 同上，頁106。
[34] 同上。
[35] 同注3，頁（5）。

> ……認為「主要表現為三個特點：一是對歷史的反思，二是
> 人的重新發現，三是對文學形式的新探求。」藝術潛能終於
> 在新形式的探索下自然地爆發了出來。[36]

　　長期以來，高行健就曾受到西方寫作技巧的薰陶與影響，主
要是他看了很多這類書籍，這就是為什麼他在溶化貫通之後寫了
一部西方創作理論的書，即《現代小說技巧初探》而在當時轟動
一時。更何況他在北京大學外文系專攻讀法文，因此，他有很多
機會接觸西方現代文藝創作理論的書籍。就如他承認：

> 後來上了法文系，學外語的目的是為了今後寫作，可以多一
> 個工具直接瞭解西方當代所發生的事及當代的文學。[37]……

　　由於他是一位真正的理論實踐者，他也言出必行在其兩部小
說《靈山》與《一個人的聖經》真正實踐其在《現代小說技巧初
探》所主張的寫作理論。我這兩部小說裡確是借鑒了一些西方的
現代派小說的的表現手法尤其是意識流[38]的表現手法等。就如他
指出的：

---

[36] 同上。

[37] 同注31，頁196。

[38] 「意識流」是西方現代文藝創作中的一種著名的創作手法，在中國式現
　　代派小說創作中被廣泛地借鑒。它具有5種表現特點：（i）時序的顛倒
　　和融合；（ii）跳躍穿插的自由聯想情節；（iii）心理分析式的內心意識
　　獨白；（iv）大量運用各種象徵手法；（v）語言與文體的標新立異的實
　　驗。同注24，頁111-112。

> ……我認真考慮寫一部長篇小說，應當充分實現我關於小說
> 的主張，這就是《靈山》的開始。[39]……

　　無疑的，採用各種現代派小說的表現手法寫作也使高行健有機
會寫一部真正反映藝術真實兼生活真實的小說。就如他指出的：

> 你說你要的是一種透明的真實，像透過鏡頭拍一堆垃圾，垃
> 圾歸垃圾，可透過鏡頭便帶上你的憂傷。真實的是你這種憂
> 傷。[40]……

　　對於高行健，誠然採用西方寫作技巧創作，不但能反映生活
真實，而且也能反映藝術真實，一舉兩得，從而使他得以擺脫
以前寫作的舊框框。

　　如果加以研究，這種藝術真實兼生活真實已多少反映在《靈
山》與《一個人的聖經》裡。在《靈山》裡，所描述的是中國南
方的少數民族如苗族、彝族等的各種風俗習慣，它是通過本身親
自體驗實際的生活而瞭解出來，所謂百聞不如一見，而《一個人
的聖經》所描述的文革浩劫時發生的各種慘痛事件也是他本身親
身體驗或所見所聞而得來的，所以描述得相當深入透徹，使讀者
有如身歷其境，感受到其帶給人們的痛苦。這種種精彩生動的描
述的事件不是完全採用現實主義的平鋪直敘的寫作手法寫出來，

---

[39] 同注31，頁213。
[40] 同注12，頁343。

而是通過一些藝術手法如意識流等表述出來。其中如在《靈山》的49節裡所描述的有關村長的兒子馬上阻止其父親，即一位道士做道場，因為公安人員突擊檢查；在《一個人的聖經》的第53節裡曾敘及他本身母親和奶奶的去世；甚至他和七位女子包括兩個外國女子發生性關係，煞有其事似的，這是不是真的還是虛構的，耐人尋味，只有當事人才曉得。再加上各種發生在文革期間的批鬥事件，不一而足。就如高行健指出：

> 高：是否真實，這很重要。這真實，我以前只在一些文學作品中找到。我從學校出來，文化大革命才讓我明白，書中的那些殘酷的真實就在我身邊。可那時我不能寫，等弄到農村去勞動。[41]
> ……寫的就是現實，文化大革命中赤裸裸的現實，我身邊發生的事。[42]……

又如他在一篇題為《文學的理由》中提及：

> ……真實不僅僅是文學的價值判斷，也同時具有倫理的涵義。作家並不承擔道德教化的使命，既將大千世界各色人等悉盡展示，同時也將自我坦裡無遺，連人內心的隱秘也如是呈現，真實之于文學，對作家來說，幾乎等同於倫理，而且是文學至高無上的倫理。[43]

---

[41] 同注2，頁65。
[42] 同上。
[43] 同上，348。

　　誠然，從結構來看，若加以比較，《靈山》的鬆散結構比較
多借鑒意識流的表現手法，而結構比較嚴謹的《一個人的聖經》
則傾向採用現實主義的表現手法，當然也多少採用意識流的表現
手法。2000年11月15日，在《明報月刊》總編輯潘耀明對他進行
的訪談中，被問及這兩部作品在風格方面有何不同時，以下是他
們的一問一答：

　　　潘：您此次獲獎的主要作品是《靈山》和《一個人的聖
　　　　　經》，可否請您談談兩者的風格有什麼不一樣，包括表
　　　　　現手法、技巧和思想內容的不同？
　　　高：《一個人的聖經》與《靈山》的寫法不同，這部小說回
　　　　　到現實、迫近現實、貼切描述現實，嚴格得近乎紀實。
　　　　　小說中的時代、環境、社會條件、歷史都是實錄，可又
　　　　　是一部小說。[44]
　　　　　……
　　　　　我在《靈山》嘗試把各種表現形式都放入小說，筆記、
　　　　　散文詩、考證、報告、文物記載、歷史摘錄、內心感
　　　　　受、故事、寓言等等，[45]……

　　在《靈山》這部小說裡，由於高行健採用鬆散結構去描述在
形體和精神漫遊中發生的各種事件以及引起的各種冥思，這當然

---

[44] 林曼叔編：《解讀高行健》，香港：明報出版社有限公司，2000，頁
　　18。
[45] 同上。

與傳統的結構方式不同。因此有批評家批評《靈山》不是一部真正的小說。這就是為什麼在《靈山》的第72節裡，當主人公說他的作品傾向東方式，那位批評者馬上冷嘲熱諷如下：

> 「你還寫什麼小說？你連什麼是小說都還沒懂。」
> 他便請問閣下是否可以給小說下個定義？
> 批評家終於露出一副鄙夷的神情，從牙縫裡擠出一句：
> 「還什麼現代派，學西方也沒學像。」
> 他說那就算東方的。[46]

批評家馬上反駁道：

> 「東方更沒有你這糟搞的！把遊記，道德塗說，感想，筆記，小品，不成其為理論的議論，寓言也不像寓言，再抄錄點民歌民謠，再加上些胡編亂造的不像神話的鬼話，七拼八湊，居然也算是小說！」[47]

當然，主人公不同意他的片面看法，就馬上不甘示弱反駁道：

> 他說戰國的方志，兩漢魏晉南朝北朝的志人志怪，唐代的傳奇，宋元的話本，明清的章回和筆記，自古以來，地理博物，街頭巷語，道聽塗說，異聞雜錄，皆小說也，誰也未曾

---

[46] 同注3，頁503。
[47] 同上。

定下規範。[48]

　　從上述主人公對小說定義的看法，我們可以看得出高行健對中國式的小說定義和概念瞭若指掌，這也可以多少證明他的中國文學史造詣相當高。這也難怪《靈山》這部小說的內容涵蓋上述各種小說形式，多姿多彩。其實，中國小說的定義若與西方小說的定義比較起來略有多少不同，其涵蓋面會比較廣，可說是琳瑯滿目，舉凡筆記小說、言情小說、鬼怪小說、武俠小說、部部都是作者的嘔心瀝血，雖然故事情節多屬杜撰，人物性格夾帶太多作者的影射，但小說的魅惑魔力，千古不變。就如高行健的這兩部長篇小說，即《靈山》與《一個人的聖經》就是一個典型的例子。

　　就敘述角度看，在《靈山》與《一個人的聖經》所採用的「人稱轉換」手法可以追溯自1981所著的《現代小說技巧初探》的寫作技巧理論之一。其實，他早已在其一些的短篇小說中如《朋友》、《河那邊》、《給我老爺買魚竿》《雨、雪及其他》、《路上》等先試用這種「人稱轉換」的技巧。而於1987年在《高行健短篇小說集》的跋中，便指出：

　　　　我在這些小說中不訴諸人物形象的描述，多用的是一些不同
　　　　人稱，提供讀者一個感受的角度，這角度有時又可以轉換，
　　　　讓讀者從不同的角度和距離來觀察與體驗。這較之那種所謂

---

[48] 同上。

鮮明的性格我認為提供的內涵要豐富得多。[49]

由此可見，高行健真的言行一致，以短篇小說實踐其「人稱轉換」的寫作理論。

就以摘錄《朋友》一文中一段作為例子。文中以我的敘述與朋友和「我」的對話，展開出文革時二人的經歷與回憶，如開頭第三段：

> 你又笑了，但立刻止住。是的，你已經有了白頭髮了，兩鬢和前額都分明夾雜著根根白髮。你只不過比我大兩歲，人到中年萬事休，你我都已跨入了中年。[50]

鑑於有了早期的實踐，他對於各人稱轉換孰優孰劣，已瞭若指掌。因此，當他採用它來寫長篇小說即《靈山》與《一個人的聖經》之際，就不再沿用其短篇小說由「我」轉「你」再轉成「他」的刻板方式寫作，而是有所調整。

在王晉光編的《高行健短小說解構》一文中曾指出：

> 取而代之是先以「我」和「你」兩個不同人稱將小說的結構分成兩條主線：即在《靈山》中，第一節就開門見山以「你」做主人公，經過了千里迢迢跋山涉水的路途，終於來到南方山區的一個小縣城。由於在旅途的火車上，聽說有個

---

[49] 高行健：《給我老爺買魚竿》，臺北：聯合文學出版社有限公司，2001，頁312。

[50] 同上，頁25。

叫「靈山」的地方，於是觸發了要去找它的動機。但是一到
了第二節就轉換了小說的敘述人稱，即「我」已來到青藏高
原和四川盆地的過渡地帶。此時以「我」作為主人公。其實
從其敘述的連貫性語氣，已顯示前後是指同一個主人公。其
實，從第一節至五十一節都像過去短篇小說一樣採用「你」
轉成「我」刻板式的人稱轉換，直至52節「我」「你」才基
於寂寞派生出一個「她」作為談話的對象。演變到從62節開
始由於「她」之化解又導致「我」之異化為「他「。可以
這麼說，整個《靈山》的小說情節他都交替採用第一人稱
「我」，第二人稱「你」和第三人稱「他」來形成整個小說
的敘事結構。這也意味著他完全摒棄採用傳統小說的特定角
色來鋪陳小說情節，在鬆散的結構中，他用「我」和「你」
來描述整個形體漫遊和精神漫遊的經過。[51]

就如他在《找尋心中的靈山》一文中指出：

……第一人稱就是「我」在長江流域的一個漫遊者，見到的
是真人真事。《靈山》裡頭有很多實錄，很多真人真事，這
是我在現實中旅行。同時又有一個神遊者，就是「你」在作
一個精神的旅行，「你」在和自己的內心進行對話，這個
「你」產生於同一個人。[52]

其實，不論採用第一人稱「我」或第二人稱「你」都是同一

[51] 王晉光：《高行健短小說解構》，香港：田疇文獻坊，2011，頁12。
[52] 同注31，頁216。

個主人公，後者是之前的神遊的映射和化身，而第三人稱「他」則是一名靜觀者和第一人稱「我」的反思者。就如馬森在《靈山》的序言裡指出：

> 《靈山》採用了第二人稱和第一人稱交互運用的敘述方式。「你」和「我」可能是一個人，也可能不是一個人，這並不十分重要，重點是他們都是敘述的主體，前者是分析式的，後者是綜合式的，共同體現一個向靈山朝聖的心路歷程。[53]

這三者之間的錯綜複雜的關係可以從高行健在《靈山》的第52節的闡釋窺見一斑：

> 你知道我不過在自言自語，以緩解我的寂寞。你知道我這種寂寞無可救藥，沒有人能把我拯救，我只能訴諸自己作為談話的對手。[54]

> 這漫長的獨白中，你是我講述的對象，一個傾聽我的我自己，你不過是我的影子。[55]
> 當我傾聽我自己你的時候，我讓你造出個她，因為你同我一樣，也忍受不了寂寞，也要找尋個談話的對手。[56]
> 我在旅行途中，人生好歹也是旅途，沉湎於想像，同我的映像你在內心的旅行。[57]

---

[53] 同注3，頁（11）。
[54] 同上，頁340。
[55] 同上，頁341。
[56] 同上。
[57] 同上。

就作為指稱男子的第三人稱「他」，主人公解釋說：

> 你在你的神遊中，同我循著自己的心思滿世界遊蕩，走得越遠，倒越為接近，以至於不可避免又走到一起竟難以分開，這就又需要後退一步，隔開一段距離，那距離就是他，他是你離開我轉過身去的一個背影。[58]

用來指稱男女的第三人稱「他們」的概念如下：

> 所謂她們，對你我來說，不過是她的種種影像的集合，如此而已。[59]

> 他們則又是他的眾生相。大千世界，無奇不有，都在你我之外。換言之，又都是我的背影的投射，無法擺脫得開，既擺脫不開便擺脫不開，又何必去擺脫？[60]

其實，針對「我」、「你」、「她」與「他」之間錯綜複雜的人稱變換問題，由於擔心讀者會引起混淆，高行健在《〈靈山〉與小說創作》一文中做出一個概括性總結：

> 所以，這部小說又是一個長篇的自白，或者叫自言自語。

---

[58] 同上，頁341-342。
[59] 同上，342。
[60] 同上。

自言自語又找到一個對手，這個對手有時候是「你」，而
「你」畢竟是一個男人，「你」還需要一個女性來對話，創
造一個對手，這個對手就是「她」。這個對手的「她」也是
以人稱來替代人物，這個「她」可以是許許多多的女人，也
可以是一個女人的多重的變奏，女人的各個側面，不同的聲
音，不同的面貌，都在一個人稱代詞「她」之下，和「你」
進行對話，也可以和「我」。「你」和「我」也可以是同一
個人物，進行對話，而這對話的「我」與「你」又可以界
定為一個男性的「他」。「他」也出於「我」的思考，或
者說是自我意識昇華後的中性的眼睛，在自我關照的時候
就是「他」。所以這小說的主人公是三個人稱，「你」、
「我」、「他」都可以成為本書的主人公，他們都建立對
手，進行對話。[61]

茲以下面這個概括性圖表總結他的整個漫遊旅程：

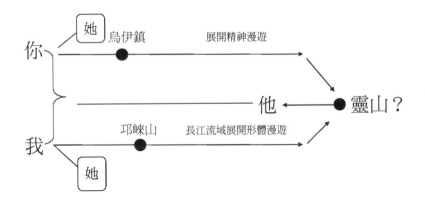

[61] 同注31，頁219。

　　另一方面，在《一個人的聖經》裡則出現了人稱的變異，只剩下「你」和「我」這兩個二合一其實是相同的主人公，卻少了一個「我」這個敘事者，以免感情用事，受到自我主觀感覺而影響到敘事的客觀性與準確性。[62]「你」是指那時已定居在法國的流亡作者本身，而「他」則反映活在文革時期的自己本身。

　　若從心理分析角度來看，使用三種不同人稱來指稱同一個主人公反映一種自戀傾向。就如主人公在《靈山》第52節中指出：

> 而我的全部不幸又在於喚醒了倒楣鬼你，其實你本非不幸，
> 你的不幸全部是我給你找來的，全部來自於我的自戀，這要
> 命的我愛的只是他自己。[63]

　　其實採用兩種或三種不同人稱代詞講述一個主人公相當獨特，而這也是高行健小說的特點之一。劉再復認為這是一種罕見的「高行健小說文體」，這種文體把敘述者「一分為三」或「一分為二」。[64]其實，若加以細究，高行健不是第一個作家採用這種「人稱轉換」敘事寫作技巧。據榮獲2004年新加坡文學獎的英培安在一項題為《從政治到情慾的一場騷動》的訪談中曾提及：

> 我看到高行健的一本書《一個人的聖經》，和我一模一樣的方
> 式，他這個方式對他來講很新，但我十多年前已經用過了。[65]

---

[62] 同注51，頁16。

[63] 同注3，頁343。

[64] 朱崇科：《華語比較文學》，上海：三聯書店，頁137。

[65] 同上。

　　無疑的，使用三種人稱代詞不但為讀者帶來不同心理感受，而且它也代表三種不同立場。對於筆者來說，其實通過使用三種人稱代詞代表同一個主人公可以反映高行健對極權專制統治不但發出血淚的控訴，也可以聽到他那充滿慨歎與憤怒的流亡聲音。此外，它也用來反映自己的形體和精神漫遊所獲得的真正感受是親歷其境體驗而來的。如果使用反映集體式的「我們」或「咱們」，那麼它的表述就欠真實。就如他在和Jean-Luc Douin，一名Le Monde報章的記者的訪談中指出：

　　　　禁用「我們或咱們」因為它代表群眾思想。[66]

　　但是，需要指出的是這種嘗試採用「我你他她」這種似新非新的1合4寫作技巧，對於牽涉人物不多的短篇小說還不會引起混亂的問題，但是對於牽涉很多人物的長篇小說則無形中會導致人稱混亂不堪的技術問題。這種情況就如中國文學史上最優秀的古典小說——《紅樓夢》，雖然主要和次要人物都有名字，並在行文裡用第一人稱、第二人稱、第三人稱來代替，但是由於寫了400多個人物，[67]難免會在行文裡對一些表示人的名詞產生混淆，更何況是完全沒有用名字而只用人稱代詞的《靈山》。茲舉一個《紅樓夢》的27回的例子：

---

[66] Gao Xingjian, 「Literature makes it possible to hold on to one's awareness of oneself as human,」 interview by Jean-Luc Douin, http://www.diplomatie.gov.fr/label_France/ENGLISH/LETTRES/gao_xingjian/page, 27 June 2004, P. 1.
[67] 劉建生等編：《紅樓夢》，北京：海潮出版社，2011，頁3。

> 紅玉道：「平姐姐說：我們奶奶問這裡奶奶好。原是我們二
> 爺不在家，雖然遲了兩天，只管請奶奶放心。等五奶奶好
> 些，我們還會了五奶奶來瞧奶奶呢。」[68]

　　就連書中的「金陵十二釵」李紈也對這句話中「奶來奶
去」產生混亂：

> 李氏道：「噯喲喲！這話我就不懂了。什麼『奶奶』『爺
> 爺』的一大堆。」[69]

　　例如在《靈山》中，「你」這個主人公一路上遇到代表不
同女人的「她」，而「她」又會談到「她」的女伴，在這種情況
之下，兩個或兩個以上「她」混在一起，「她來她去」，不知那
個是那個，如「她說她特別想躺在她懷裡」；[70]又或是「他來他
去」，如在第40節敘及「進機房更衣之前他看見了……他弄來了
兩張模特兒時裝表演的票，請她一起去看……不，她說他說她如
果穿那件毛藍布拼接的連衣裙上臺……」[71]這幾句裡的「他」到
底是她的丈夫還是別個男人。總而言之，整部小說有相當多情節
由於「你來你去」或「他來他去」或「她來她去」，一時間看了
有如丈二和尚摸不著頭腦，莫名其妙。

---

[68] 曹雪芹：《紅樓夢》，北京：人民文學出版社，2015，頁367。
[69] 同上。
[70] 同注7，頁115。
[71] 同注3，頁247。

　　同樣的，閱讀《一個人的聖經》時，讀者也經常被混淆不清的你他她弄得一塌糊塗。主要原因是他想用「他」回憶在中國的經歷，「你」敘述在海外的生活，但是往往在很多章節卻混為一談。例如在第48節本來是應用「他」來回憶歷史的，但第一、二、三、四節卻用的是「你」，第五節突然變成「他」。而在第四和第五節，明明是一個人在同一時間，卻用了「你」和「他」兩個不同的人稱。[72]諸如此類的例子不一而足。或許高行健在寫《一個人的聖經》之際，並沒有刻意用「你」和「他」來區別各自扮演的角色，以為只用「你」和「他」就可交代清楚各章節發生的事件就已足夠，以致前後人稱代詞的使用脫節。當然，由於《一個人的聖經》多數採用現實主義的直接呈現方式，閱讀起來並沒有像《靈山》那樣，由於採用現代派手法以致結構鬆散而難於理解。

　　總而言之，在整個文革浩劫期間，人與人之間的關係極其複雜，為了生存或自救，每個人都不得不偽裝自己，待人以假；而那些含有政治意味的文學作品也是充滿虛假成分。在開始階段，不論是《靈山》還是《一個人的聖經》裡的主人公也跟隨著他們虛情假意，可是，久而久之他也對人們的虛偽感到厭倦。這就是為什麼他說：

> ……我早該離開那個被汙染了的環境，回到自然中來，找尋這種實實在在的生活。[73]

---

[72] 同注7，頁117。

[73] 同注3，頁13。

4.3

尋找精神自由表述自己

在日常生活裡，我們必須面對各種痛苦。據克里希那穆提，一名印度的著名心理學家指出，恐懼可以分成兩種：一是生理的恐懼，二是心理的恐懼。就生理恐懼來看，它可以引起可怕的病痛。就心理恐懼來看，是指以往慘痛的記憶並會在以後隨時會帶來莫名的恐懼。[74]誠然，在文革期間或在極權專制統治的中國，人民曾經或甚至現在都面對這兩種痛苦。就如克里希那穆提指出：

> 我們的心總受某種文化或社會壓力的制約，受到各種感情和種種關係的緊張、經濟、氣候、教育、宗教的強制性等等因素的影響。我們所接受的心理訓練就是接受這些恐懼，然後如果可能，才設法逃避。[75]

誠然，在《靈山》和《一個人的聖經》裡的主人公一開始看不到如何逃避各種發生在組織或四周的文武鬥，更何況可能會面對被送去勞改的判罰。就如高行健指出：

---

[74] [印]克裡希那穆提 （Jiddu Krishnamurthi），廖世德譯《心靈自由之路》（The Flight of Eagle），北京：九州出版社，2005，頁5。

[75] 同上，頁4-5。

……而文革時你就逃不掉，因為那時還要糧票和錢，不是買張車票就可以逃掉的。[76]

又如主人公在《一個人的聖經》裡敘及：

逃到哪裡去？他反問你。他逃不出這偌大的國家，離不開他領工資吃飯那蜂窩樣的機關大樓，他的城市居民戶口和按月領的糧票（二十八斤），[77]……

誠然，在極權統治的中國，一切都由黨決定。就如《一個人的的聖經》主人公指出的：

……每人的戶口、口糧、住房、和人身自由都由那「單位」的「黨」組織決定，[78]……

無疑的，在一個實行社會主義的中國，所強調的是奉行集體原則行事，因此，高行健不但沒有個人的形體自由，而且連精神自由和思想自由也沒有，這也導致他沒有自我表述自由的機會，這是因為中共當局仍對人民的言論自由施予嚴格的限制。由於毛澤東是一個實行極權專制統治的獨裁者，因此他反對個人自由。這可從他在1937年發表的一篇題為《反對自由主義》的文章中窺

---

[76] 同注44，頁52。

[77] 同注12，頁269。

[78] 同上，頁153。

見一斑：

> 在一個革命組織實行自由思想是非常危險的。工作態度消極
> 和引起意見衝突。它可以導致革命隊伍缺乏組織和紀律，以
> 及政策不能有效地全面實行。這是一種嚴重的壞傾向。思想
> 自由是一種投機思想和乖離馬列主義……那麼革命隊伍不應
> 該維持它的地位。[79]

　　因此，從1949年至1976年在他的統治之下，他實行反自由思
想的政策。這當然有悖於高行健家庭從小就實行的自由思想。在
一項和陳軍的訪談中，他指出：

> 在我們家一直有這麼一種東西，它對我後來的成長很重要，
> 就是liberal，極端的跟我的父母討論我們這個月的錢怎麼
> 花，按照每個人的需要一起花。我們每件事都是可沒有一
> 般中國家庭的家長制的那種壓力。所以我做什麼事情都可
> 以。[80]……

　　從小，由於高行健的家庭實行的就是西方式的生活方式，因
此他喜歡自由的生活方式是可以理解的。可是，自從他踏入大學
門檻以及反右運動伊始，他才感受到毛澤東所實行的高壓政策的
壓力。從1970年至1975年期間，他被送去農村進行勞改。在整個

---

[79] 毛澤東：《毛澤東選集》，北京：人民出版社，第十二卷，1996，頁330。
[80] 〈高行健訪談節錄〉，http://gd.cnread.net/cnread 1/gtzp/g/gaoxingjian/
　　 xg/006/htm, 17 July 2004, p. 3.

文革期間，他偷偷地寫作。直到他38歲，[81]才有第一行鉛字，緊
接著寫了他的第一部短篇小說《有一隻鴿子叫紅唇兒》。[82]接下
來，一連陸續發表了小說、理論和劇作。[83]就如他指出：

> ……於是，我這樣在中國大陸不見天日的作者頓時真成了職
> 業作家。[84]

可以想像，高行健需要等到38歲才發表第一篇文章，而等到
他的偉大巨著《靈山》出版，他已50歲了。無疑的，這對於他
內心的折磨是多麼大啊！這也意味著在這之前他只能偷偷地寫
作而不敢發表。就如他承認：

> 前期並非不想發表，而是受制於當時中國大陸的政治環境，
> 或自己因害怕而燒掉了。之後有幾年時間，我在「自我審
> 查」的約束下發表作品，但還是免不了遭查禁。於是，想乾
> 脆不要再受這種限制，當然，也就別想再發表了。[85]……

從上述這句話，可以看得出不但在文革期間中共當局對於言

---

[81] 據高行健指出，文革後，他在1979年曾以翻譯員身份隨巴金訪問巴黎。
回國後，他曾為一本名為《當代》的文學期刊寫了一篇關於巴金訪問巴
黎的經過，以及他在巴黎的求學和寫作生活。詳見同注31，頁237。

[82] 它刊登在一本季刊《收穫》裡。它敘述在文革期間，北京普通市民和低
級知識份子所經歷的慘痛遭遇。見伊沙：《高行健評說》，香港：明鏡
出版社，2000，頁123。

[83] 同注31，頁237。

[84] 同上，頁345。

[85] 同上，頁237。

論自由施加嚴格的管制,就連文革後也如此,迫得高行健寫作時也戰戰兢兢,尤其是在他戲劇《車站》禁演後,內心的恐懼更是不言而喻。這種恐懼可以在其小說《一個人的聖經》赤裸裸地反映出來。

> ……恐懼就潛藏在人人心裡,卻不敢言明,不可以點破。[86]

正如劉再復在《一個人的聖經》的跋中指出:

> ……而且把政治壓迫之下的人性脆弱與內心恐懼表露無遺,寫得淋漓盡致。作品深刻揭示了政治災難何以像瘟疫一樣橫行,而人又如何被這種瘟疫毒害,改造得完全失去本性。[87]……

上述評語顯示高行健通過《一個人的聖經》發出強烈的流亡聲音,並趁機向獨裁的毛澤東提出血淚的控訴。他對毛澤東的憎恨可從下列的抨擊中看出:

> 他還想說,歷史可以淡忘,而他當時不得不說毛規定的話,因此,他對毛這個人的憎恨卻無法消除。之後,他對自己說,只要毛還作為領袖、帝王、上帝供奉的時候,那國家他再也不會回去。他逐漸明確的是:「一個人的內心是不可以

---

[86] 同注12,頁224。
[87] 同注8,頁96。

　　由另一個人征服，除非這人認可。」[88]

　　誠然，從1949年至1976年在毛澤東掌權時代，他簡直被人民視為教主而他的語錄就如一本須奉行和實踐的聖經，在下意識裡，這是高行健在文革時期最反對的一件事，尤其是在他被迫自我流亡在法國後，他毫不顧忌地大膽抨擊這個自以為是上帝的獨裁者。這可從他以文革浩劫為背景而寫的《一個人的聖經》裡，大力抨擊毛澤東的暴政如勞改等造成無數的中國人民活在水深火熱中窺見一斑。他這部為自己而寫的「聖經」完全和毛澤東的「聖經」迥異。就如他指出：

　　　你為你自己寫了這本書，這本逃亡書，你一個人的聖經，你是你自己的上帝和使徒，你不捨己為人也就別求人捨身為你，這可是再公平不過。[89]……

　　雖然一些流亡者或逃亡者好像李澤厚[90]、劉再復甚至高行健等都寄望文革後以及20世紀末中國實行的嚴格文藝政策多少會鬆弛下來，更何況它已實行經濟改革開放政策，可是鑑於民主政治並不是一朝一夕可以達致，可以預期目前要求中國的政治完全民

---

[88]　同注12，頁404。

[89]　同上，頁203-204。

[90]　一位中國哲學家。現任香港城市大學的名譽教授，他曾和劉再復以《告別革命》為題舉行對話。在他的一篇題為《關於群體情緒與個體情感》裡，他們曾寄望中國能告別革命。其中包括告別盲目的群體情緒，因為它可帶來的破壞性很大，就如曾經歷過的20世紀慘痛教訓。詳見劉再復、李澤厚：《告別革命》，香港：天地圖書有限公司，2004，頁348。

主化還是遙遙無期，更何況殘餘的毛澤東的意識形態還多少實行
迄今。就如高行健指出：

> ……您主宰中國成功了，幽靈至今仍然籠罩十多億中國人，
> 影響之大甚至遍及世界，這也不必否認。[91]……

這也難怪毛澤東之後的領導人如鄧小平、江澤民等仍多少繼
承毛澤東實行的文藝政策。就如高行健指出的：

> 我不認為中國本世紀內會有個突變，中國知識份子近期可以
> 期待有個接近西方知識份子那樣的工作條件。[92]……

同樣的，他在一篇題為《高行健自述》裡也曾敘及：

> ……人們很難想像「中共」現政權還在向精神施加的淫威。
> 新聞檢查至今非常嚴格，此外自我審查還沉重地壓在中國知
> 識份子身上，一個人想避免空頭大話越來越難。民族主義和
> 共產主義向來是互相加強的。只要歷史還在結結巴巴不講真
> 話，流亡的寫作就是必要的，而且是必須的。[93]

從上述這句話可以看出，中國作家迄今還是沒有選擇不得

---

[91] 同注12，頁403。

[92] 同注2，頁104。

[93] 帕特里克專訪《高行健自述》，http://www.renyu.net/xdwx/g/gaoxingjian/
xg/008.htm, 16 July 2004, p.1。

不遵守和支持所實行的文藝政策。只有少數嚮往形體和精神自由的知識份子和作家如高行健等伺機流亡到國外去發展。在實行勞民傷財的勞改計劃之際，也有一些經不起繁重體力勞動的知識份子，想方設法找個藉口如高行健以要去森林體驗伐木工人的生活等豁免參與勞改。對於筆者來說，高行健早就在80年代初就開始策劃著要離開中國到法國去尋求政治庇護而住下去的念頭。這可從他在1985年受邀到法國去做藝術工作後，[94]就這樣就趁六四天安門事件發生之際在法國定居下來。就如他回憶道：

> 1985年發表一出劇本，遭到禁演，因人格受侮辱而感到無比的悲哀，才起「離國出走」的念頭。[95]

其實，高行健離國出走的主要目的不外是要獲得精神自由來實現其寫作的人生目標。就如他承認道：

> 這便是我離開中國大陸的目的，有個自由寫作的環境。[96]

誠然，從小寫作就成為高行健唯一的崇高志願，甚至到他長大或年老，雖然他面對重重障礙，它還是他最終的人生目標。其實，實現願望也與美國的人本主義心理學家馬斯洛所提出的層次

---

[94] 1985年，高行健受到國家文化和外交部的邀請到法國去針對戲劇創作，在巴黎沙育的國際劇院舉行他的劇作討論會，他也曾受邀到英國、丹麥、維也納、柏林參加討論會。同注8，頁327-328。

[95] 同注82，頁68。

[96] 同上，頁69。

理論中最高層次的需要，即自我實現[97]相符，這可說是人生最終要達到的最高層次目標，若一個人懷有遠大理想或抱負，一些人都會奮鬥到底以達到這個人生最終目標，否則會死而有憾。甚至它也與佛洛伊德所提出的其中一項人格結構，即可以用來說明忍受失望與克服障礙以獲得內心滿足的的「自我」（ego）相符。[98] 這就是為什麼為了達到願望，高行健準備忍受一切由離開祖國和家庭帶來的悲痛而強迫自己定居在法國，這可說是自我流亡者所要面對的典型經驗。[99]就如他指出的：

> 我想我要趕快結束了，對中國的債啊，鄉愁啊，我要徹底開始一個新的生活。把這個東西永遠結束掉。[100]

同樣的，在《一個人的聖經》的第8節，在主人公和那位德國女孩的對話裡，他也強調：

> ……人總得活，要緊的是活在此時此刻，過去的就由它去，徹底割斷。[101]

從上述這句話，可以看得出高行健深深地呼吸了一下，松了

---

[97] Frank J. Bruno, *Psychology. A Self Teaching Guide* （New Jersey: John Wiley & Sons, Inc., 2002）, p. 101.

[98] 同上，頁196。

[99] Simpson，John ed. *The Oxford Book of Exile* （ New York: Oxford University Press Ins, 2002）, p. 1.

[100] 同注82，頁69。

[101] 同注12，頁60。

一口氣，因為最後他終於逃離極權專制統治的掌控，這可從他和
劉再復的一段於2005年2月在其家舉行訪談中窺見一斑：

> 劉：和你相比，我還是望塵莫及。不過有一點是值得我們慶
> 幸的。我們終於走出來了，靈魂站立起來了。我們的逃
> 亡不是政治反叛，而是精神自救，有了逃亡，我們才能源
> 源不絕地讓思想湧流出來。
> 高：我們所以流亡，為的是贏得精神創造的自由，避免被政
> 治扼殺。一百年來，由於種種政治、社會、歷史的困
> 境，中國知識份子很難獨立自主從事精神創造。今天我
> 們有這樣的機會，無衣食的憂慮，能排除外界的干擾，
> 能自由寫作，太難得了，應該珍惜這種機會，也許我們
> 還可以工作一、二十年吧。[102]

雖然形體行動可以限制，但是毫無界限的精神自由卻無從
限制，就如一位英國哲學家羅素指出：「心靈的領域，無遠弗
屆。」[103]
　　就如高行健於2005年5月2日在一項與劉再復的對話中也指出：

> 不錯，個體在現實關係中實際上是不自由的，但在精神領域
> 卻有絕對自由，或者說，精神領域中的自由是無限的，就看
> 你怎樣發展。在文學創作中，作家盡可以超越社會、政治的

---

[102] 劉再復：《思想者十八題》，香港：明報出版社，2007，頁5。
[103] [英] 羅洛・梅（Roll0 May）著，龔卓軍、石世明譯《自由與命運》
（Freedom and Destiny），台北：聯經文化事業有限公司，1981，頁91。

限制，也超越現實的時空。這種精神自由，並不是任意自我宣洩，自我膨脹，相反是從現實的困境和人自身的困惑中解脫出來。[104]

同樣的，思想自由也沒有限定的空間。在一項於2000年1月18日在巴黎與金絲燕舉行的有關文學的訪談中，高行健指出：

> 金：您寫道，文學是一種孤獨的事業，最好置身在社會的邊緣。這種位置的界定，與外界社會的安定相關嗎？
> 高：那當然需要有起碼的社會條件。在中國漫長的封建社會，兵慌馬亂，王朝更替之際，作家還可以著述，躲到山裡做隱士，他起碼還有寺廟可待。如果連寺廟都不能待，這最基本的條件都沒有，當然是不可能做的，比如文革期間，你躲哪兒去？連個縫都沒有。[105]……

從上述對話中，可以充分顯示在中國並沒有提供作家一個絕對的言論的自由空間，尤其是在文革期間，文學藝術作品的發表更是被管制得令人窒息，隨時會被檢舉或查禁。這就是導致高行健認為嚮往言論自由的作家不能久留中國，這也是導致他毫不猶豫地流亡法國的主要因素，更何況緊隨著他對中共當局在六四天安門事件中殘殺無辜的舉動提出強烈抗議後，[106]他已被列入通緝

---

[104] 同注31，頁310。

[105] 高行健：〈文學與寫作答問〉，金絲燕專訪，見《二十一世紀雙月刊》，2000年12月，總第62期，頁11。

[106] 1989年，天安門事件後，高行健接受義大利《LA STAMPA》日報、法國電視五台和法國《南方》雜誌採訪，抗議中共當局的屠殺，並退出中

的黑名單中，別無選擇，只好在法國尋求政治庇護，從而流亡定居下來。他不但宣佈退出中共，並且還誓言只要中國還被極權統治一天，有生之年，他就不會回去祖國。[107]就如他指出：

> 我不是政治家。我不搞政治。但我會批評中國的政策。我說我想說的話。我之所以選擇流亡，也只是為了可以不受限制地自由表達我的看法。我不跟大陸的任何人聯繫。我已經切斷了所有的聯繫，這樣我才能夠自由發言而不致危及家人和所有跟我親近的人。[108]

就如一名文學和文化評論家，即北美哥倫比亞大學教授愛德華・薩義德指出：

> 有時流亡比住在一個地方或不離開那個地方好：但是只是有時。[109]

有幾個原因他選擇居住在法國。[110]其中一個主要因素是他精通法語，因此他不會面對文化衝擊。就如他在2005年向馬來西亞

共。見同注8，頁331。

[107] 同注82，頁69。

[108] 同上，頁69-70。

[109] Edward W. Said, *Reflections on Exile and Other Essays* (United States: Harward University Press, 2003), p. 178.

[110] 目前高行健住巴黎近郊的巴紐裡的第93區，寓所在一幢有26層高的18樓。見同注82，頁13。於2010年4月16日的一項筆者在臺灣的元智大學與高行健的會面中曾拿到他的住址，即11, Rue Saint Anne, 75001 Paris, France.

的一名書法家劉慶倫透露：

> 我選擇定居在巴黎的主要因素是在這裡，我不會感覺到自己
> 是外國人，甚至我也不會面對語言障礙。與此同時，我沒限
> 定自己只在華人圈中活動，因為對於一個藝術工作者來說，
> 這是一種自我限制。一位中國文藝工作者能否在那個地方獨
> 立，甚至在最複雜的領域達致成就，這是我在未來幾年裡所
> 要面對的挑戰。[111]

　　第二個原因是他已習慣在法國尋找生計，這是因為自1987
年，他已開始在巴黎靠賣畫為生。於1995年，在他和《中央日
報》的總編輯梅新的訪談中承認：

> ……可是我的畫在德國賣了一大筆錢，六萬馬克，那時我才
> 知道原來畫是可以賣那麼多錢的。[112]……

　　其實，早在1987年在他到法國後，很快得到文化部預約劇
目，加上畫作買家不少，得以維持讓他安心創作環境。[113]這就是
為什麼當他中國的同事梁放在香港見到他時，關心問主人公到底
他需要經濟援助與否，主人公便回答道：

> 你說謝謝他，目前還沒什麼困難，要為掙錢寫作的話，也早

---

[111] 劉慶倫：〈經歷滄桑與榮耀〉，南洋商報，2005年12月7日，頁9。
[112] 同注31，頁202。
[113] 同注82，頁69。

就擱筆啦。[114]

　　高行健選擇法國的其中一個主要因素是法國比較重視文學藝術價值，以及擁有接納外國作家的傳統。這就是為什麼愛德華・薩義德（Edward W. Said）曾指出巴黎是一個都市流亡作家的首都。[115]他在和聯合臺灣記者的訪談中曾抒發了他選擇法國巴黎為流亡地的理由：

> 問：在法國電視節目上，你曾說：「我愛法國」。在諾貝爾獎的演說中，您也提到「感謝法國接納了我」，到法國來定居，是你成功的一個重要因素嗎？
>
> 答：我在法國過去十二年所完成的工作，如果我留在中國，兩輩子也做不了。像我這樣的流亡作家，就是尋找能夠讓我自由寫作的地方，此處不行去彼處。法國注重的是文學藝術價值，它有接納外來作家的傳統。像聖瓊貝斯（一九六零年諾貝爾獎得主）是出生在殖民地，貝克特原籍愛爾蘭，畢卡索是西班牙人，但在世人印象中，他們都是法國人，因為他們長期生活在法國。[116]

　　誠然，在這12年期間，高行健已成功發表了12部文學作品，

---

[114] 同注12，頁285。

[115] 同注109，頁176。其中包括原籍愛爾蘭的法國劇作家貝克特（Samuel Beckett），原籍捷克的小說家米蘭昆德拉（Milan Kundera），原籍西班牙的畫家畢卡索等。

[116] 〈高行健系專訪〉，臺灣聯合報專訪，12月10日，頁1，http://www.white-collar.net/wx_author/g/gao_xingjian/037.htm，2004年7月17日。

其中包括在1989年完成的《靈山》，而它的法文版也在當年出版。另一部小說《一個人的聖經》及其法文版也在1999年出版，同樣的，一部題為《逃亡》的戲劇也在1990年面世。在1989年，他也於1989年在法國完成另一部戲劇《山海經傳》。[117]就如他在一篇題為《為了自救而寫作》的文章中提及：

> 流亡西方對我並非壞事，相反為我提供更多的參照。我在國外完成的《靈山》與《山海經傳》，已經了結了所謂鄉愁。前者是中國的社會現實引發的感受，後者則是對中國文化的源起的思考，都費了多年的心血。[118]……

無可否認，自我被迫流亡國外無疑的提供了一精神自由平臺讓高行健抒發自己的感受和反映中國社會尤其是在文革時期的真實情況，並且還有出版的機會，因為其反中共的作品如《靈山》和《一個人的聖經》甚至戲劇《逃亡》不可能有機會在中國出版。例如在一篇題為《逃亡「精英」反動言論集》裡，曾把他的戲劇《逃亡》視為反革命甚至被抨擊的作品，即中共當局曾公開抨擊這本戲劇。[119]結果高行健被開除黨籍及其官方職位也被褫奪。就如《靈山》的主人公在第37節裡敘及：

---

[117] 它以中國遠古的神話作為藍本。它從創世紀寫到傳說的第一個帝王，有七十多個天神。同註7，頁158。

[118] 高行健：〈為了自救而寫作〉，http://www.white-collar.net/wx_author/g/gao_xingjian/006.htm, 18July, 2004.

[119] 同註8，頁333。

> ……況且早被這國家開除了，你也不需要這國家的標籤，只
> 不過還用中文寫作，如此而已。如此而已。[120]

就連他的住家也被查封。就如他在《一個人的聖經》的第51
節提及：

> ……你離開這國家之後，當局查封你在北京的那套住房時，
> 這些照片也連同你的書籍和手稿都順帶沒收了。[121]

這就是為什麼高行健認為自己很幸運，尤其是他能以法國籍
身分憑《靈山》這部文學作品獲得諾貝爾文學獎。如果不是法國
提供寫作自由並出版的機會，這部獲獎作品永遠沒有機會完成，
並且一生也別妄想獲得此殊榮。因此，他沒後悔自我流亡到法
國。這可從下面這段訪談裡窺見一斑：

> 問：你贊同作家、藝術家「不行便出走」的逃亡？
> 答：二十世紀的現代文學中，流亡作家是一個很重要的現
> 　　象，從俄國革命到兩次大戰，造成許多作家、藝術家不
> 　　得不逃避困境。逃亡的經驗也許給他們帶來另一種豐富
> 　　性，但主要是繼續寫自己的東西。反觀中國的文人，尤
> 　　其在近半個世紀的大陸，文人總是在情況好的時候做英
> 　　雄，環境變了便成為受害人，為什麼不找出第三條路
> 　　呢？因為政局的變化永遠是最不穩而暫時的，而文學是

---

[120] 同注12，頁300。
[121] 同上，頁402，也見同注44，頁52。

　　千秋的事業。[122]

　　可是，對於多數作家如劉賓雁[123]，流亡是一件很不幸的事，那是因為對祖國那無限的思鄉懷國之情所致。但是對高行健來說，流亡卻是一件很幸運的事。就如他所指出的：

　　流亡是我創造力的再生。[124]

　　事實上，據佛洛伊德認為，創作的主要原動力是「力比多」。[125]誠然，高行健被有關當局幾十年來尤其是在文革期間壓抑的潛在創造力當然得不到內心的滿足感。就如他自己承認：

　　「別說寫小說了，」我說，「我現在連以前寫的散文都發不了，人見我名字就退稿。」[126]

　　上述這句話清楚顯示，長期以來高行健的寫作自由受到嚴重的壓制。但是，據佛洛伊德的看法，文藝創作不是基於藝術家對

---

[122] 注116，頁1。

[123] 一名著名的流亡美國作家。他於2005年在新澤西去世，至死他一直希望回歸祖國。見蘇煒：《穿岩的水滴：劉賓雁的最後時光》，第40卷，第二期，2006年1月，頁1。

[124] 同注93，頁1

[125] 在論及死亡本能與生命本能，佛洛伊德特別強調性本能，他稱之為「力比多」（Libido）。「力比多」是人的心理的基本動力，是擺佈個人命運乃至社會發展的永恆力量。詳見降紅燕：《二十世紀西方文學批評理論與中國當代文學管窺》，四川：大學出版社，2006，頁7。

[126] 同注3，頁424。

生活有所感受和認識，而是基於藝術家的本能欲望，特別是性的
欲望。由於欲望受到壓抑，如在文革期間，高行健在性欲方面受
到嚴重的壓抑。藝術家便轉向創作中尋求幻想的滿足，從而發生
「昇華」作用。這種轉向寫作的昇華作用使到被壓抑的本能得到
某種滿足。[127]這就如高行健一樣，通過性的精力被昇華了，就是
說，它捨棄性的目標，而轉向自我實現他種較為高尚的社會的目
標，即文藝創作，[128]從而完成了幾部文學創作如《靈山》、《一
個人的聖經》等，因而獲得心靈上的滿足和自我的和別人的高度
評價，即自尊，自我實現和自尊可說是馬斯洛提出的需要層次理
論中最高和居次的人類基本需求。[129]無可否認，在文革期間，高
行健無法在生理上獲得滿足從而轉向寫作來驅除性方面的需要，
這可從下面兩句話看得出來：

> ⋯⋯即使手淫，還要蒙上被子，閉上眼睛努力回味林赤裸熾
> 熱的身體，[130]⋯⋯

從上面這句話，顯示在極權專制統治之下，由於沒有發生性
關係的自由，一般男人只好通過性幻想偷偷地以手淫方式來發洩

---

[127] 見Hamzah Hamdani, *Konsep dan Pendekatan Sastera* （Kuala Lumpur: Dewan Bahasa dan Pustaka, 1988） p. 12.

[128] 藝術就是性欲的其中一種昇華。詳見[奧]佛洛伊德（Sigmund Freud）著，高覺敷譯：《精神分析引論新編》（New Introductory Lectures on Psycho-analysis），北京：商務印書館，1996，頁9，也見同注125，頁12。

[129] 馬斯洛（Abraham H. Maslom）著，成明編譯：《馬斯洛人本哲學》，北京：九州出版社，2006，頁1-3。

[130] 「林」是位副部長的小女兒，已婚，丈夫是軍人。同注12，頁77、219。

獸欲。一旦生理上的需要滿足之後，才能轉過來專注寫作，這可從下面這句話反映出來：

> ……與其冒被揭發的危險不如獨處。欲望來了，你寫入書中，也贏得了幻想的自由，想什麼樣的女人筆下都有。[131]

事實上，主人公這種苦中（靠手淫或發洩性欲）作樂的方式確是發生在現實生活中很多人身上。就如美國存在心理學之父羅洛．梅（Rollo May）所指出的：

> 人生多舛難逆料，但現實生活所遭遇的種種問題，乃是生活的本來面目，以及人類創造力的泉源。[132]

除了政治與性壓抑之外，作為一名自我流亡者難免會面對長期的寂寞煎熬。就如弗洛伊德指出的：

> 一名文藝工作者是一名獨居者，他與一名患上神經病症的病人沒有太大差別，冀擁有很強的權力、冀獲得尊敬、財富、聲名、被女人愛的欲望。但是他沒有本事達到這些欲望的目標……就只好把這些興趣與力比多轉移到幻想形式的欲望。[133]……

---

[131] 同上，頁357。

[132] 同注103，頁18。

[133] Sigmund Freud，*Introductory Lectures on Psychoanalysis* Vol. 1, trans. by James Strachey （England: Penguin Book Ltd, 1962）, p. 423.

　　就一名作家來看，因缺乏能力無法達致這些欲望目標而產生的心理壓力[134]可以緩和下來並通過創作獲得昇華，從而像高行健一樣最終獲得內心滿足。這種積極的正面態度與一位印度心理學家奧修（Osho）所謂的單獨涵義相符：

> ……單獨的意涵則完全不同，你沒有失去誰，而是你已找到了自己，那是絕對正面的。[135]

　　就單獨方面來看，最重要的就是一名單獨者能夠找回自己或真正認識自己，就如奧修指出：

> 找到自己，就等於找到了生命的意義、生命的精華、生命的喜悅與生命的光輝。尋找自己是一個人生活中最不凡的發現，而唯有當你單獨的時候才可能有這項發現。[136]

　　希臘哲學家蘇格拉底（西元469－西元399）也曾說過：「認識你自己。」[137]
　　同樣的，德國哲學家尼采也說過：「只要聰明的人認識自

---

[134] 同注127，頁136-137。
[135] [印]奧修（Osho Sushma）著，黃瓊瑩譯《愛‧自由與單獨》（Love, Freedom and Aloneliness），臺北：生命潛能文化事業有限公司，2007，頁267。
[136] 同上。
[137] 陳榮波：《禪學闡微》，臺北：志文出版社，1984，頁36。

己，那麼他就不會失去什麼。」[138]據克里希那穆提，一位印度心靈學家也指出：

> 到底有沒有上帝或是真實的事情或是任何你喜歡稱呼的事物的問題，這些都不是書本、和尚、哲學家或救世主可以答覆的。沒有任何人可以回答這些問題但是只有你自己可以回答。因此，我們必須認識自己⋯⋯瞭解自己是智慧的開始。[139]

根據聖嚴法師所說：

> 真正的自我，應該是能夠主宰自己，能夠差遣、調配、控制自己的身心活動，自己能夠做得了主，這個才是自我。[140]

從上述這兩句話，可以看得出命運是由自己決定。同樣的，高行健自我被迫流亡法國以獲得精神上的自救，從而獲得生命自由。[141]就如羅洛・梅續指出：

> 就在這個所在，我思考著我是誰，我試著瞭解我的敵人是誰、他們為何如此做，同時，也就是在這個所在，我保持自

---

[138] 魏晉鳳：《放下》，北京：中國華僑出版社，2009，頁29。

[139] J. Krishnamurrti, *Freedom From The Known,* ed., Mary Lutyens（New York: Harper Collins,1969）, p.12.

[140] 聖嚴法師：《找回自己》，臺北：法鼓文化事業有限公司，2005，頁13。

[141] 根據羅洛・梅，「行動的自由」指涉及的是行為，而「生命的自由」則指涉沒有特定行為傾向要做的生活脈絡。它涉及了我們人的態度更深的層面，而且是孕生「行動自由」的泉源。同注103，頁81。

> 己意志的活力，讓我能夠在被視為草芥不如、充其量被視為
> 動物、被視為困獸的地獄裡，繼續活下去。[142]

　　用上述這句話來形容高行健在文革期間面對的困境再恰當也
不過。逃亡定居巴黎後，他必須要具備很大的耐力和耐得住所面
對的寂寞，因為他已和祖國的親人或朋友完全斷絕關係。根據
奧修：

> 孤獨是一個負面的狀態，像是黑暗；孤獨的意思是你失去了某
> 個人，你覺得空虛，廣大無際的宇宙讓你深深恐懼。[143]……

　　其實，孤身一人在巴黎，舉目無親，難免或多或少會感到寂
寞。事實上，高行健的形體漫遊和精神漫遊無論如何都不能在平
心靜氣或毫無後顧之憂的情況下展開。就如其他流亡國外的中國
作家，雖然已在國外定居下來，雖然有些也如高行健在中國已無
親無故，但是下意識裡仍難免無法斬斷情絲，忘記故園和親人。
畢竟他們的根還在中國，所以即使他們其中有不少科學家、實業
家或藝術家，但成功的背後並沒有改變這群孤獨流亡者的悲苦命
運。更何況他們背負著五千年的中國傳統文化重負，要一時間卸
下來談何容易！這也意味著形體的放逐並沒有為他們帶來心靈的
放逐，其實他們朝思暮想，午夜夢回，魂牽夢繞的，還是中國，
最好的典型的例子就是劉賓雁，至死還念念不忘祖國中國。就如

---

[142] 同上，頁83。
[143] 同注135，頁267。

美籍華裔作家叢甦指出：

> 一旦做了中國人，也是一輩的事。[144]

就如英國文學批評家福萊認為：

> 文學中最基本的原始類型就是人如何努力尋找失去了的世界
> 和失去了的自我，這種「追尋原始類型」是所有文學的基本
> 構架。[145]

其中最典範的例子是奈波爾，一名曾獲得諾貝爾文學獎的英國作家的文章裡，「寂寞」這兩個字不斷出現在字裡行間。[146]同樣的，高行健也承認：

> 《靈山》是一部孤獨的作品，是我自己浪遊在中國中部的孤
> 獨之作。[147]……

其實，高行健面對的惟一的寂寞問題是「有國卻歸不得」，法國作家安特紀德稱這種心理狀態為「失根」問題。[148]例如波蘭

---

[144] 趙遐秋、馬相武編：《海外華文文學綜論論》，山西教育出版社，
1995，頁51-53。

[145] 同上，頁54。

[146] Chandra B. Joshi, *V.S Naipaul: The Voice of Exile* （New Delhi: Sterling
Publishers Pvt. Ltd, 1994），p.X.

[147] 燕曉東：〈名字的退場〉，http://www.white-collar.net/wx_author/g/
gaoxingjian/041.htm, 17 July 2004, p. 14.

[148] 同注144，頁58。

籍的英國作家約瑟夫・康拉德的父親是一個為波蘭民族獨立而奮
鬥終生的鬥士，而他本人卻離開波蘭加入英籍，對此他一直耿耿
於懷。他雖用英文寫作，但其作品都以孤獨與憂鬱為基調，即其
作品的人物歉疚心情溢於言表。各種事實證明，世界各國的流亡
作家都將祖國歷史文化作為精神上的故鄉。[149]就如愛德華・薩義
德所指出的：

> ……事實上，對大多數流亡者來說，難處不只是在於被迫離
> 開家鄉，而是在當今世界中，生活裡的許多東西都在提醒：
> 你是在流亡，你的家鄉其實並非那麼遙遠，當代生活的正常
> 交通使你對故鄉一直可望而不可即。因此，流亡者存在於一
> 種中間狀態，既非完全與新環境合一，也未完全與舊環境分
> 離，而是處於若即若離的困境，一方面懷鄉而感傷，一方面
> 又是巧妙的模仿者或祕密的流浪人。[150]……

對於大多數流落異國的流亡者來說，既然已失去其家園，那
只有靠其本身的語言作為他們對祖國歷史文化懷舊以及唯一維繫
的橋樑。這也意味著他們用寫作重建其家園以成為其精神花園，
就如喬伊絲（James Joyce），一名愛爾蘭作家所做的一樣。[151]同
樣的，雖然高行健在文革後已誓言要終生中斷和祖國的關係，

---

[149] 同上。

[150] 愛德華・薩義德（Edward W. Said）著，單德興譯《知識份子倫》
（Representations of Intellectual），台北：生活・讀書・新知三聯書店，
2002，頁45。

[151] 根據安德魯・庫（Andrew Gurr）的研究，喬伊絲用他的一生通過藝術來
建立其家園。同注146，頁4。

但是他的《一個人的聖經》的大部分的內容還是關於中國，只有
少部分關於外國。這就是為什麼當他在和諾埃勒・杜特萊（Noel
Dutrait）的一項訪談中，當被問及為什麼《一個人的聖經》還是
以中國與歷史為寫作對象，他的理由是：

> 當我完成《靈山》之後，我以為對中國的懷念是一個沉重的
> 負擔的心理已卸下來⋯⋯如果我重回去過去寫小說，那也是
> 為了緩輕那已潛伏已久的痛苦和豐富我的內在生活，俾能寫
> 出更好的作品。[152]

　　對於筆者來說，採用中國作為寫作題材時，高行健難免會感
到左右為難，矛盾重重。但是當他說對中國的懷念是一種沉重的
負擔，就可以知道中國文化早已根深蒂固在其心中。有時想要棄
在一旁，但有時又要回去其根源尋找寫作靈感，捨之又可惜！
　　這就是為什麼他雖然曾誇口說要終結對祖國的懷念，其實在
其內心難免會多少去國日久，對自己國家的文化鄉愁日深，這可
說是每一個流亡國外者所面對的矛盾困境。在一篇題為《中國在
哪裡？中國在我身上》，他承認：

> ⋯⋯所以人們問我中國在哪裡？我也可以說：「中國在我的
> 身上」中國的文化確實在我的身上，從這個角度來說，我是
> 中國人。[153]⋯⋯

---

[152] Gao Xingjian, 〈A Writer in Exile: A Voice to be Heard〉, interview by Noel
Dutrait, http://www.cefc.com.hk, November-December, p.3-4.
[153] 同注31，頁257。

從上述這句話，可以多少看出中國文化已融入其血液裡，這是因為他生於中國，即使他現在在巴黎生活，也難免會多少寂寞。這種寂寞就連他的好友劉再復也不能倖免。

> 六年前剛出國的時候，我害怕孤獨，幾乎被孤獨擊倒。那時，我不得不用全副心力與孤獨搏鬥。[154]

就如另一位流亡者鄭義，其中一位《不死的流亡者》的編輯指出：

> 愛中國，成為我們大家共同的悲劇根源。[155]

但是，幸好這些寂寞都轉化成一股強大的內心力量推動他繼續在平靜中安心寫作。就如他在一項題為《需要寂寞》的演講中指出：[156]

> 孤獨感不僅是一種審美判斷，也還可以變成某種動力，在肯定個人自身的價值的前提下，推動這孤單的個人去克服困

---

[154] 劉再復：《西尋故鄉》，香港：天地圖書有限公司，1997，頁70。

[155] 蘇煒：《愛中國的一群》，載鄭義等編：《不死的流亡者》，臺北：印刻出版有限公司，2005，頁127。

[156] 上述演講是於2002年6月8日在杜林舉行的第14屆美國國際最高學術成就獎頒獎禮上接領金碟獎時發表。這則新聞於2002年7月14日刊登在《聯合報・文學版》上。見Gao Xingjian, *The Case for Literature, trans.* Lee, Mabel（United Press:Yale University Press, 2007），p. 164.

難，從事某個事業，且不說就一定有建樹。[157]

這個喧鬧的世界上，大眾媒體的傳播無時無刻無所不在，一個人如果還想時不時傾聽到自己內心的聲音，也靠這點孤獨感來得以支撐。[158]……

就如美國的小說家海明威（1899-1961）於1954年在諾貝爾文學獎頒獎禮上說：

正當在最高狀態，創作是一項寂寞的事業……對於一位在寂寞情況寫作的作家來說，如果他是一個真正好的作家，那他必須面對永恆或缺少永恆情況。[159]

---

[157] 同注31，頁342。

[158] 同上，頁343。

[159] 林大江：《諾貝爾文學獎，獲獎作品精粹》，合肥：安徽科學出版社，2008，頁114-115。

4.4

尋找一種含有隱逸精神的傳統中國文化

在面對長期的寂寞中，除了寫作，深入瞭解或體驗民族尤其是在《靈山》裡提及的少數民族的文化可是說是紓解寂寞的方法。誠然，高行健被這些忽略或壓迫的中國傳統文化深深地吸引著。就如他所指出的：

> 有朋友說，《靈山》展現了另一種中國文化。這也正是我想作的一件事情。[160]……

根據高行健，中國文化共有四種形態：其一，是同中國歷代封建王權帝國聯繫在一起的所謂正統文化，[161]其二，是從原始巫術演變出來的道教和從印度傳入再加以改造過的佛教；其三，民間文化；[162]其四，則是一種純粹的東方精神。[163]在這些中國傳

---

[160] 同注2，頁200。

[161] 諸如長城、故宮、以及同帝王將相和士大夫的生活方式聯繫在一起的珍稀骨董。同上，頁200-201。

[162] 包括從多民族的神話傳說、風俗習慣到民歌、民謠、演唱、說書、舞蹈遊藝、乃至由祭祀演變而來的戲曲，以及話本小說。同上，頁201。

[163] 包括以老莊的自然觀哲學、魏晉玄學和脫離了宗教形態的禪學，並且成

統文化中，比較引起他特別關注是後三者，因為前者儘管十分輝煌，卻窒息人的個性，[164]而後三者則浸透一種隱逸精神。高行健之所以要刻意展現這三種具有崇高價值的傳統文化主要是他熱愛這些文化，並且對它在文革期間受到壓迫與破壞表達遺憾。就如他承認：

……我毋寧通過一番神遊，把被官方正統文學掩蓋了的中國文化的另一番面貌顯露一下。[165]

又如他說：

……我對中國文化、中國的傳統，有一個偉大的愛。但是，這是關於中國世紀以來的痛苦和受難的愛。我不瞭解，何以人們要破壞這麼豐富的傳統。[166]

其實，在這次形體漫遊和精神漫遊中，更能引起他探索興趣的是民間文化。根據高行健，最觸人心弦的就是那首在神農架森林區找到的題為《黑暗傳》的民歌[167]，這是因為在中國文化裡沒有所謂歷史詩。但是在中國的少數民族裡卻存有這部《黑暗傳》。根據劉再復，這部《黑暗傳》給了高行健很大的啟發。甚

為逃避政治壓迫的文人的一種生活方式。同上。
[164] 同上。
[165] 同上。
[166] 同注147，頁14。
[167] 同注3，頁388-395。

至他認為《一個人的聖經》可說是當代的《黑暗傳》,是文化大革命這一特定時期中國人心靈裡的黑暗史。[168]

由此可知,高行健對中國傳統文化的熱愛顯示他是多麼懷舊。這多少和他對中國文化的研究深入有關。對於高行健來說,巫術可說是村民精神生活的必需品。[169]此外,他父親也是一位民謠的收集者,這也難怪會多少影響他對民歌也有興趣。就如他回憶道:

> 我父親就是個民謠收集者。我長大成人後,才體味出,他這個人為什麼在銀行寫財務報告之餘,那麼具有奇幻般的熱情收集整理民謠。……三十餘年後,我想起父親當年在凜冽的寒風中沿著河岸詠唱民謠的情形,禁不住眼眶濕潤。[170]

此外,他在《靈山》對民歌描寫得這麼詳盡,證明他對研讀了許多有關資料以及對民間文化有深入研究。這可在《靈山》的第49節、51節、53節和59節裡窺見一斑。就如他承認:

> 同時,我也做了認真的歷史研究,把《史記》和《水經注》通讀了一遍,甚至找古地圖來查考《水經注》。[171]我還相當

---

[168] 同注8,頁124。

[169] 根據高行健謂,童年時,他母親患了一種胸悶的病。多家醫院半年的治療不見效果。他的祖母就建議請「端工」來扛神。身為革命幹部的父親被嚇得一身冷汗,因為那時代做這事竟也坐牢。同注147,頁16。

[170] 同上。

[171] 它是一本史書,對中國的各種山和水做了詳盡的記錄,的。詳見《水經注》(上),北京:華夏出版社,2006,頁1。

認真研究過《山海經》。在我看來，《山海經》其實是一部
古地理書。[172]

此外，我又訪問了差不多一百位專家學者，從古人類學家、
歷史學家到考古學家。我直接去了很多考古點，印證了很多
看法，最重要是形成了關於長江文化的看法。[173]

　　鑑於《靈山》這部小說敘及許多中國文化的元素，所以要瞭
解它，必須瞭解高行健的文化背景和觀念，即非儒家的文化觀念
而是與非官方的文化觀念有關。[174]

---

[172] 同注31，頁214。
[173] 同上。
[174] 同注8，頁124。

4.5

尋求宗教力量來獲得心靈安寧

鑑於人生無常，再加上需面對各種生理和心理的痛苦，[175]但是卻無能為力去克服它，通常一般人就尋找宗教的力量以減輕或克服它。在中國現代文學史裡，著名的小說家兼五四運動的領袖之一魯迅在無法忍受病痛之際才開始研究佛教。當朋友和親戚一個一個去世，豐子愷（1898-1975）[176]才開始接受「生命無常」的佛理。[177]那麼，在高行健面對上述兩種痛苦時，感情脆弱的他，不管喜歡不喜歡，只好轉向求助於宗教力量來解決他所面對的病痛問題。就如他承認：

> 佛堂淨地能讓人清淨，是個好去處。但上個世紀以來，革命
> 鬧得人心惶惶，我對革命和暴力有強烈抵觸，而宗教也恰恰

---

[175] 根據佛教教義，人類的痛苦源自生理本身，如生老病死，這就是所謂的生理方面的痛苦。另一方面，人類也面對心理方面的痛苦，如厭恨、生離死別等。詳見譚桂林、龔敏律：《當代文學與宗教文化》，長沙：嶽麓書社，2000，頁99。

[176] 他是一名畫家、文學家和音樂家。他所畫的卡通揭露舊中國的弊病。孩童的生活也成為他畫作的題材。新中國成立後，他被委為上海藝術學院的院長。見豐一吟：《我的父親豐子愷》，北京：團結出版社，2007，封面內頁。

[177] 同注175，頁98。

反對暴力。不管持何種宗教信仰，和平與平和是人生存的最
基本的必要條件，而宗教恰恰也在維護和創造這樣的條件，
不管是在教堂裡或寺廟裡，都是這樣的一個地方。[178]

　　他這句話顯示宗教對於我們的心靈扮演著重要角色，這也難
怪高行健會去尋找廟宇和道教作為庇護所，以逃避被當局逮捕。
這可從《靈山》的第47節中顯示出來：

　　「這真是個好去處！」我說著在他對面的一段木頭上坐下。
　　「你住在這洞裡？」[179]
　　……
　　「你一個人長年這樣在山洞裡住著不苦悶嗎？」[180]
　　……
　　「比我在村裡要清淨自在得多，」他平心靜氣回答我。[181]……

　　從上述三句話，可以做出總結，即他被道士住的寧靜山洞深
深地吸引，因為它能使人心平氣和，然後他和一名僧人在甌江的
江心洲上的一座石塔前交談：

　　「這位師父，我能請你喝杯茶嗎？我想向你請教些佛

[178] 高行健：《我與宗教的因緣》，http://www.white-collar.net/wx_author/g/gaoxingjian/039.htm, 17 July2004, p.1.
[179] 同注3，頁300。
[180] 同上，頁301。
[181] 同上。

法，」[182]

……

「師父是此地人？此行是告別故鄉，不打算再回來了？」我又問。

「出家人四海為家，本無所謂故鄉。」[183]

……

「你還懷念你的家人嗎？」我問。[184]

「他們都能自食其力。」

「你對他們就沒有一點掛牽？」

「佛門中人沒有掛牽，也沒有怨恨。」[185]

從上述對話，可以看得出高行健離國流亡至巴黎與佛教對「家庭」制度的觀念有多少關係，即四海為家而無所牽掛。這可從下列這句話反映出來：

……打那以後，我可以說，很少夢到中國，以前做夢的背景、潛意識中還有很多「中國」。現在對我的心理有好處，一個流亡作家，不從屬於任何一國，僅僅漂泊於世界，有什麼不好？[186]……

從「很少」這個字眼，多少反映下意識裡高行健仍對祖國多

---

[182] 同上，頁302。
[183] 同上，頁302-203。
[184] 同上，頁304。
[185] 同上。
[186] 同注2，頁169。

少懷念。這也可從他後來在瑞典的斯特哥爾摩的一個國際中心和
一幫中國作家詩人開會後發的夢多少看得出來：

> 你追憶夢中那姑娘給你的溫馨，不免悵然，怎麼做這樣個
> 夢？都怪昨晚這一夥又談得是中國，喝那麼多酒，中國真令
> 你頭疼。[187]……

這也意味著他對中國文化的根多少還有懷舊情懷，這也可從
下面這段和一名僧人的對話中反映出來：

> 「沒准有一天我也追隨你去，」我說不清是不是在開玩
> 笑。[188]
> ……
>
> 他行走很快，我尾隨了他一陣，轉眼他竟然飄然消失在往來
> 的遊人之中，我明白我自己凡根尚未斷。[189]

就宗教角度來看，高行健承認其作品尤其是戲劇受到道教和
佛教影響。可是，對於他來講，佛教宗派之一即禪宗的思想對其
作品影響最大。[190]這可從他的一篇題為《禪的淵源》一文中看得
出來：

---

187 同注12，頁296。
188 同注3，頁306。
189 同上。
190 同注8，頁124。

真正接觸到禪宗，首先從《金剛經》[191]開始。這也是在文革剛剛結束以後，我在古籍出版社找到一本影印的《金剛經》，我立刻很有興趣。[192]……

我去找古籍看，我是作家協會的會員。又在劇院工作，有這個方便和優越，加上又可以查看不對外公開的版本的圖書館，包括：道藏、佛教經典，我都有可能翻閱到，因此我當然接觸到很多。[193]

我覺得禪和戲劇非常接近。演員訓練就要進入禪狀態。我記得我最早用這個詞的時候，剛剛1980年代初，我覺得要把禪狀態引人戲劇，作為進入戲劇的準備。[194]

無可否認，在古典中國文學發展史甚至現代中國文學發展史裡，禪和一些文學類型如詩歌、小說、和戲劇之間的密切關係由來已久，其中最好的例子是《紅樓夢》。[195]同樣的，《靈山》也充滿禪味，這是由於高行健受到禪宗教派的始祖慧能的以強調自救、[196]生命價值的確認和做人的尊嚴為主的哲學思想影響至

---

[191] 一部佛經，因用金剛來比喻智慧具有斷煩惱的功用，故稱為「金剛」。同注4，頁409。
[192] 見周美惠：《雪地禪思》，臺北：聯經出版社，2002，頁89-90。
[193] 同上。
[194] 同上，頁90。
[195] 袁行霈：《中國文學概論》，北京：教育出版社，2007，頁80。
[196] 高行健認為慧能是東方的基督，但他與聖經中的基督不同，他不宣告救世，而是啟發人自救。同注31，頁302。

深。[197]

　　此外，他的多數戲劇被列為禪劇。其中最後一部是1997年完成的《八月雪》。[198]這就是為什麼英籍學者趙毅衡把他的戲劇稱為「現代寫意戲劇」。[199]

　　其實，佛教對《靈山》的影響也不少。根據高行健，例如在第47節裡曾敘及：

　　　　然後在天臺山腳下的國光寺廟前，那是隋代寺廟。……
　　　　黃昏之際，我闖進佛門，堅持要留下，但住持懷疑我留下要幹什麼，看了我的作家證，勉強允許，卻把我關進後院裡。清晨三點，，鐘聲乍起，我醒過來，起床後很久才找到門；循著鐘聲，找到大殿，看到廟裡有好多房間。大殿裡，有將近一百個僧人，有的打鐘，有的敲木魚，一片和諧，天空奇藍，給人一種美感，當時就想寫戲，但沒寫。[200]

---

[197] 同上。

[198] 完成於1997年的《八月雪》是一出寫實人實事的傳記——禪宗史上最出名的故事：慧能作偈而得五始祖忍宏衣缽真傳，即後世豔稱「六祖革命」的佛門故事。趙毅恒：《建立一種現代禪劇》，台北：爾雅出版社公司，1999，頁172。

[199] 同上，頁222。

[200] 同注178，頁1。

4.6

沉浸自然，尋求清淨

　　無可否認，《靈山》小說裡充滿禪味。在漫遊向靈山途中，
所觸目到的廣袤無際的宇宙、山清水秀，令人歎為觀止以及引起
片刻心靈的清淨，這是因為人來自大自然，身心涵藏著它的靈秀
之氣。因此，當你被塵世間繁雜的俗務或俗念纏身之際，不如投
入於浩瀚無垠的大自然環境中，接受它的洗滌，驟然，你會進入
忘我境界，而原有的自我觀念卻在無垠廣袤的宇宙下，相對變得
渺小；另一方面，奧妙的靈性卻突然顯現出來，你會頓悟人生無
常，生命如此脆弱，塵世間的一切功名利祿，是是非非都是無常
與人為的，何必執著或汲汲營營，甚至為了一些不如意的事耿耿
於懷，因為到頭來你我都會走上死亡之路，只剩下一抔黃土伴長
眠，回歸大自然懷抱。

　　同樣的，高行健在面對有關當局的監視不勝其煩之際，也不
忘親近大自然，陶融於大地的懷抱和撫慰。在一篇題為《沉浸自
然，頓獲開悟》的文章裡，他曾抒發內心的感受：

　　　　我長時間一人獨自在外，特別喜歡去邊遠的地區，有時候
　　在山裡走一天。面對自然，在那些大森林或深山裡獨自行

走，沉浸在跟自然的對話裡。自然的景色跟音樂一樣令人觸動。[201]……

從這句話裡，可以看得出當他沉浸在幽靜的大自然環境時，內心多麼清淨。頓時一切城市的喧囂、一切煩惱、一切憂慮，猶如被一陣清風吹拂和漂浮自如的白雲，皆拋諸腦後，所謂「萬里無雲萬里清」。就如唐朝的高僧永嘉大師在其題為《證道歌》一首詩偈中指出的：

江月照，
松風吹，
永夜清宵何所為。[202]

上述這首詩歌描繪一種清新與平和的心境，這也意味者如果一個人沒有在河岸經歷過面對明月高照，以及迎面吹來的從山上松樹和寂靜的山谷習習涼風，他就不會有這種怡然自得的心境。

在現代中國文學史裡，其中有一個文人非常崇尚和讚頌大自然的幽美以及與人類合為一體的，那就是環保分子沈從文。就如他承認過：

我很會想像美麗的景物並且也很會描繪它。[203]

---

[201] 同注31，頁216。
[202] 鄭石岩：《悟看出希望來》，臺北：遠流出版公司，2000，頁193。
[203] 趙園編：《沈從文名作欣賞》，北京：和平出版社，1993，頁590。

　　其實，此言不虛，只要細讀沈從文的小說，就可以知道他可說是文學界裡描繪大自然幽美景物的的佼佼者，這可從他其中的兩篇短篇小說即《小砦》《邊城》裡的兩段描述性文字窺見一斑：

> 地方氣候極好，風景美麗悅目。一條河流清明透澈，沿河兩岸是綿延不絕高矗而秀拔的山峰。善鳴的鳥類極多，河邊黛色龐大石頭上，晴朗朗的冬天裡，還有野鶯和畫眉鳥，以及紅頭白翅鳥，從山中竹篁裡飛出來，群集在石頭上曬太陽。悠然自得囀唱著它們悅耳的曲子。直到有船近身時，方從從容歡噪著一齊向竹林飛去。[204]

> 月光如銀子，無處不可照及，山上竹篁在月光下變成一片黑色。身邊草叢中蟲聲繁密如落雨。間或不知道從什麼地方，忽然會有一隻草鶯「落落落落噓」囀著它的喉嚨，不久之間，這小鳥兒又好像明白這是半夜，不應當那麼吵鬧，便仍然閉著那小小眼兒安睡了。[205]

　　上述兩段描繪大自然界景物文字可說是已凝聚了天地日月精華的聲音，即所謂的「天籟之音」。因此，沈從文曾被形容為：

> 在廣闊無邊、寂靜、美麗的的海岸，他再也禁不住，盡情沉浸在大自然懷抱裡。但是一旦看到一望無際的四周孑然一

---

[204] 《沈從文文集》（第七卷），香港：花城出版社，1983，頁181。
[205] 沈從文：《月下小景》，唐文一編，江蘇：文藝出版社，2009，頁206。

身，他感到寂寞並棄在一旁。[206]

　　同樣的，高行健也像沈從文一樣想逃避那充滿動盪不安的
政治局勢，內心焦慮不安的他也想通過沉浸于幽美的大自然環境
裡，以獲得心靈的清淨。下列一些含有禪意的景色描繪也相當優
美，並不會比沈從文遜色，它可以用來反映他當時的心境：

　　　　那是一個大晴天，天空沒有一絲雲，蒼穹深遠明淨得讓你詫
　　　　異。[207]……

　　上述這句話顯示天空的明朗與平靜，這表示一種禪意即強調
心靈的寧靜。這也意味著高行健的心靈寧靜得像大自然。就如僧
人方會的在一首題為《腳跟下》所說的：

　　　　僧問：「欲免心中鬧，應須看古教。如何是古教？」師云：
　　　　「乾坤月明，碧海波澄。」[208]

　　禪講清淨心靈，[209]「天地間長空月明，碧海波平澄清」這兩
句話是對大自然清明的描寫，它形象地表明禪正如大自然那樣清
淨。那麼，正在為被有關當局監視而忐忑不安的高行健頓時如廣

---

[206] 易小明：《對抗中徹悟人生》，吉首：《吉首大學學報》（社科版），
　　　1991年第1、2期，頁69-77。
[207] 同注3，頁261。
[208] 楊詠祁：《禪語今釋》，江蘇人民出版社，2003，頁297。
[209] 同上，頁296。

闊無邊的天空心懷開闊。

　　同樣的，在《靈山》的第28節裡曾敘及：

　　……更遠處，有個孩子牽著牛繩，把牛放進村邊的一口水塘
　　裡，我望著下方這片屋頂上騰起的炊煙，心中這才升起一片
　　和平。[210]

　　上述這段文字描繪了一幅村莊靜謐的幽美景色。「牛」的描
述象徵著人類的純潔的本性由於欲望已變得如牛一般野性十足，
以致它須教養和匡正，就如牛須放牧和看管一樣。另一方面，炊
煙徐徐從屋頂上的煙囪繚繞上升影射一幅灑脫自在、自得與寂靜
的景象，它也影射著高行健那時的清淨無為的心靈。[211]
　　同樣的，下列這段話也含有禪味：

　　太陽跟著出來了，一下子照亮了對面的山脈，空氣竟然那般
　　明淨，雲層之下的針葉林帶剎時間蒼翠得令人心喜欲狂，像
　　發自肺腑底蘊的歌聲，而且隨著光影的遊動，瞬息變化著色
　　調。我奔跑、跳躍、追蹤著雲影的變化，搶拍下一張又一張
　　照片。[212]

　　上述這段文字顯示高行健的心靈已與幽靜的大自然二合為

---

[210] 同注3，頁170。
[211] 同注208，頁296。
[212] 同注3，頁66。

一，他的心靈純淨得如空氣與漂浮在空中的白雲，這就是所謂的禪的狀態，也是高行健所要追求的人生目標。這也與道家思想所強調的「親近自然」，講究「天人合一」不謀而合，[213]這就如一首題為《溪雲》的詩偈裡所描繪的景象相符：

> 舒卷意何窮，
> 縈流複帶空。
> 有物不累形。
> 無跡去隨風。
> 莫怪長相逐，
> 飄然與我同。[214]

同樣的，下面的短文也是一樣：

> 我信步走去，細雨迷蒙。我好久沒有在這種霧雨中漫步，經過路邊上的臥龍鄉衛生院，也清寂無人的樣子，林子裡非常寂靜。只有溪水總不遠不近在什麼地方嘩嘩流淌。我好久沒有得到過這種自在，不必再想什麼，讓思緒漫遊開去。公路上沒有一個人影，沒有一部車輛，滿目蒼翠，正是春天。[215]

在主人公前往羌族村長的房子途中，由於他已遠離塵世裡的

---

[213] 劉小平：《新時期文學的道家話語》，北京：中國社會科學出版社，2007，頁73。
[214] 同注208，頁218-219。
[215] 同注3，頁25。

喧囂，再加上森林裡的寂靜，所以他的心境也處於寧靜中，思緒也開闊，它好像溪水汩汩地自由地流向遠方。同樣的，春天時草木蒼翠的，一切都發生得很自然，周而復始。

除了禪，道教也對高行健多少影響。道家強調的個人「隱逸」[216]與對主流社會的「疏離」態度是緊密關聯的，是一個合二為一的問題。[217]在文革時期高行健採取疏離態度即逃到野外的山區或寺廟躲避，實際上與道家思想所強調的隱逸精神相契合，難怪在其小說尤其是《靈山》都多多少少含有隱逸話語意味。就如他本身承認：

> 梅：您為什麼會對長江流域的文化特別感興趣？
> 高：……我要找的是一種文人文化，一種隱逸精神，我在南方、在長江流域找到了。[218]

關於在高行健作品中有什麼蛛絲馬跡可以看到道家話語產生的問題，這可在《靈山》第8節和第63節提及「道」的涵義稍露端倪：

> 道生一一生二二生三三生萬物[219]

---

[216] 「隱逸」屬於兩種境界：「『隱』是初級境界，屬於技術操作的境界，它在一定程度上還有所執有所待，所以它基本上就是『身隱』。『逸』是高級境界，屬於藝術審美境界，它在相當程度上已無所執無所待，實現了『天人合一』，所以它基本上就是『道隱』。」同注213，頁134。
[217] 同上，頁133。
[218] 同注31，頁204-205。
[219] 同注3，頁444。

人法地地法天天法道道法自然[220]

　　如果禪式冥思的特點是以自由、平常心和自然為主，同樣
的，道家主要代表老子也強調順其自然，這與道家提出的天道
與人道兩大法則相通。所謂天道自然無為，人道順乎自然。[221]其
實，這兩者的關係是息息相關的，簡而言之，就是所謂的「無為
而無不為」的道性。所謂「無為」是順其自然，不妄為；「無不
為」是說沒有一件事情不是他做的。[222]就如《道德經》的第43節
指出的：

　　　無有入於無間，
　　　吾是以知無為之有益。
　　　不言之教。
　　　無為之益，
　　　天下希及之。[223]

　　對於道的概念，那位老僧人進一步闡釋：

　　　道既是萬物的本源，也是萬物的規律，主客觀都相互尊重就
　　　成為一。起源是無中生有和有中之無，兩者合一就成了先天
　　　性的，即天人合一，宇宙觀與人生觀都達到了統一。道家以

---

[220] 同上。
[221] 同注202，頁24。
[222] 同上，頁73。
[223] 丹明子編著：《道德經》，臺北：大地出版社，2007，頁154。

> 清淨為宗，無為為體，自然為用，長生為真，而長生必須無
> 我。簡要說來，這就是道家的宗旨。[224]

老僧人已把道的概念闡釋清楚，它和強調心靈的清淨的禪
的概念有異曲同工之妙。此外，道教所強調的順其自然以及天人
合一的思想也多少影響高行健的人生哲學。他這次萬里迢迢展開
形體和精神漫遊至靈山之旅就像一個欲達致天人合一的嘗試。誠
然，主人公長途跋涉，從長江上游到東海之濱踏上了人跡罕至的
西南邊區，涉山跋水，浪跡江湖，寄情山水，尋找心馳神往的靈
山——一個與世無爭的世外桃源，並藉此撥開中國西南邊區的神
祕面紗。就如他說道：

> ……那是真正的流浪，在長江流域就走了三次。最長的一次
> 五個月，走了一萬五千公里，[225]……

其實，他這次自我放逐到西南邊區之舉與老子所主張的養生
之道契合，即通過養身隱藏自己以遠離災難。[226]就如《道德經》
的第59節裡提出的：

> 治人事天，
> 莫如嗇。

---

[224] 同注3，頁444-445。
[225] 同注31，頁214。
[226] 牟鐘鑒：《道教通論——兼論道家學說》，濟南：齊魯書社，1991，頁
175-177。

夫唯嗇，
是謂早服。[227]

同樣的，在《道德經》的第13節裡也指出：

寵辱若驚，
貴大患若身。
何謂寵辱若驚？[228]

上述養身論也和莊子在《人間世》提出的吻合：

……自事其心者，哀樂不易施乎者，知其不可奈何而安之若命，德之至也。[229]

此外，在《一個人的聖經》也敘及主人公已對其組織內各種批鬥感到無比厭倦而萌起提出到農村從事勞動的申請，以過平常人的生活，這也和道家思想所主張的謙遜與柔順吻合。就如在《道德經》的第8節中指出的：

上善若水。
水善利萬物，
而不爭；

[227] 同注223，頁205-206。
[228] 同上，頁53。
[229] 莊周：《莊子》，北京：北京出版社，2006，頁195。

> 處眾人之所惡，
> 故幾於道。
> 居善地，
> 心善淵，
> ⋯⋯
> 夫唯不爭，
> 故無尤。[230]

　　無可否認，老莊所提出的的隱逸思想對中國的許多文人如高行健等施予很大的影響。在充滿動盪以及形體與精神受到限制的文革時期，那麼，先在國內逃到邊遠地區，然後在1989年尋求法國的政治庇護以逃避現實的政治殘酷可說是唯一的自救的方式。

　　此外，對於高行健來說，自我被迫流亡國外久而久之也已習以為常。這也意味著他已慢慢地適應在法國巴黎的與中國完全不同的生活方式。這種情況正和匈牙利籍的一名法國批評家兼符號學家托多洛夫（Tzvetan Taborov）對逃亡的釋義契合：

> 逃亡猶如一種經驗而不是歸屬感。因此，逃亡者把逃亡視為甜如麥芽。[231]

---

[230] 同注223，頁35。
[231] Zrvetan Tadorov, *Mikhail Bakhtin,The Dialogical Principle,* trans., Wlad, Godzich（Minneapolis: University Minnesota Press,1984）pp. 382-383.

4.7

尋找心馳神往的靈山

　　雖然在形體與精神漫遊中，一路上幽美的景物可以使高行健獲得心靈上的安寧，但是對於他來說，可以給予他更高層次的精神上滿足卻是尋找到心馳神往的靈山。《靈山》開頭篇就開門見山指出：

> 你坐的是長途公共汽車，那破舊的車子，城市裡淘汰下來的，在保養的極差的山區公路上，路面到處坑坑窪窪，從早起顛簸了十二個小時，來到這座南方山區的小縣城。[232]
> ……
> 你自己也說不清楚你為什麼到這裡來，你只是偶然在火車上，閒談中聽人說起這麼個叫靈山的地方。[233]……你問他哪裡去？
> 「靈山。」……
> 「什麼？」
> 「靈山，靈魂的靈，山水的山。」[234]

---

[232] 同注3，頁1。
[233] 同上，頁2。
[234] 同上，頁3

　　一般上，在還未遊歷之前，漫遊者或旅客通常會設定一個指定的目標。同樣的，《靈山》小說中的主人公亦設立了攀爬靈山作為他漫遊的目標。但是設立目標容易，欲達致它並非想像中那般容易，就如當年唐三藏迢迢千里到印度取經時所經歷過的曲折迂回的路途一樣。

　　兩個「靈」與「山」的字眼越來越引起他的興趣，而這個遊客亦踏上遊歷靈山之途。這足以顯示其具有足夠吸引力之處。

> 你對面這位朋友微眯眼睛，正在養神。你有一種人通常難免的好奇心，自然想知道你去過的那許多名勝之外還有什麼遺漏。你也有一種好心，不能容忍還有什麼去處你竟一無所聞。你於是向他打聽這靈山在哪裡。

> 「在龍水的源頭，」他睜開了眼睛。[235]
> 「這龍水在何處你也不知道，又不好再問。你只點了點頭，這點頭也可以有兩種解釋：好的，謝謝，或是，噢，這地方，知道。這可以滿足你的好勝心，卻滿足了你的好奇，隔了一會，你才又問怎麼個走法，從哪裡能進山去。[236]

> 「可以坐車先到烏伊那個小鎮，再沿尤水坐小船逆水而上。」[237]

---

[235] 同上。
[236] 同上。
[237] 同上，頁4。

「那裡有什麼？看山水？有寺廟？還是有什麼古跡？」你問得似乎漫不經心。[238]

「那裡一切都是原生態的。」

「有原始森林。」

「當然，不只是原始森林。」

「還有野人？」你調笑道。[239]

……

你們笑得就更加開心。他於是點起一支煙，便打開了話匣子，講起有關靈山的種種神奇。隨後，又應你的要求，拆開空香煙盒子，畫了個圈子，去靈山的路線。[240]

……

……你背著旅行袋，在街上晃蕩，順便逛逛這座小縣城，也還想找到一點提示，一塊招牌，一張廣告招牌，那怕是一個名字，也就是說只要能見到到靈山這兩個字，便說明你沒有弄錯，這番長途跋涉，並沒有上當。你到處張望，竟然找不到一點跡象。[241]……

　　通常在未動身前，常愛做出不難達到目的地的假設，更何況一路上還可以向人問路。因此，他一開始就對於攀爬靈山之旅充滿著信心。就如在《靈山》第1節所指出：

　　你也是走南闖北的人，到過的名山多了，竟未聽說過這麼個

[238] 同上。
[239] 同上。
[240] 同上，頁4-5。
[241] 同上。

去處。[242]

事實上，靈山亦名聞遐邇，就如在《靈山》的第一節就指出：

……這靈山並不是真沒有出處，佛祖就在這靈山點悟過摩訶
迦葉尊者。你並非愚鈍之輩，以你的敏慧，你得先找到那畫
在香煙盒子上的烏伊小鎮，進入這個靈山必經的通道。[243]

但是事實上，實際情況並非如此。他一開始就無法確定真正
攀爬之途而不得不斷向人詢問。就如在第3節他向一位採購木材
人員查問：

這靈山怎麼個去法？[244]

同樣的，在《靈山》第25節亦寫道：

「請問，這裡可有個叫靈岩的去處？」你知道靈山那麼高遠
的事問她也白搭，[245]……
……
「噢，他們也是來找靈山的？」你越發有興致。
「有個鬼的靈山喲。我不跟你講了？那是女人求子燒香的地

---

[242] 同上，頁3。
[243] 同上，頁6。
[244] 同上，頁23。
[245] 同上，頁157。

方。」[246]

　　從上述幾次詢問，可以知道他還未死心或是對其最初原定爬山計劃動搖過。但是問題是那些被問的人亦未能給予一個肯定的答案，這亦反映人生之旅程充滿無常因素或未知數成分。就如在《壇經》第8節所指出的。

　　……又，一切諸法若無常者，即物物皆有自性，容受生死，而真常性有不遍之處。[247]

　　由於各種不確定因素，雖然經過一番輾轉折騰，我們往往還是無從到達我們所預定的目的地，以致心灰意冷而不得不折返。與此同時，亦心神不安與失望起來。就如《壇經》第10節的《付囑品》所謂的：

　　……若著相於外，而作法求真，或廣立道場，說有無之過患，如是之人，累劫不可見性。[248]

　　上述語句可用來反映當時主人公的處境。他還是寄望找到正確走向靈山的路線。這可從《靈山》第76節他不斷向一位柱著拐杖穿著長袍的長者詢問：

---

[246] 同上，頁158。

[247] 慧能：《壇經》，宗寶編，梁歸智譯，太原：山西古籍出版社，2007，頁170。

[248] 同上，頁181。

「老人家，請問靈山在哪裡？」

「你從哪裡來？」老者反問。

他說他從烏伊鎮來。

「烏伊鎮？」老者琢磨了一會，「河那邊。」

他說他正是從河那邊來的，是不是走錯了路？老者聳眉道：

「路並不錯，錯的是行路的人。」

「老人家，您說的千真萬確，」可他要問的是這靈山是不是在河這邊？

「說了在河的那邊就在河的那邊，」老者不勝耐煩。[249]

他說可他已經從河那邊到河這邊來了。

「越走越遠了，」老者口氣堅定。

「那麼，還得再回去？」他問，不免又自言自語，「真不明白。」

「說得已經很明白了。」老者語氣冰冷。

「您老人家不錯，說的是很明白……」問題是他不明白。

「還有什麼好不明白的？」老者從眉毛下審視他。[250]

他說他還是不明白這靈山究竟怎樣去法？

　　從幾次老者的指路，照理主人公已經掌握了上山的去向，但是他還是混淆到底靈山是位於河的那邊還是河的這邊，他仍未開竅。於是在《靈山》的第76節，他再次向他提問：

他說他還是不明白這靈山究竟怎樣去法？

老者閉目凝神。

「你老人家不是說在河那邊？」他不得不再問一遍。「可我已經到了河這邊──」

「那就在河那邊，」老者不耐煩打斷。

「如果以烏伊鎮定位？」

「那就還在河那邊。」

「可我已經從烏伊鎮過到河這邊來了，您說的河那邊是不是應該算河這邊呢！」

「你不是要去靈山？」

「正是。」

「那就在河那邊。」

「老人家您不是在講玄學吧？」

老者一本正經，說：「你不是問路？」

他說是的。

「那就已經告訴你了。」[251]

　　通常我們竭盡所能去找某個目的地而遍尋不獲後，都會氣餒而不再找下去，同樣的，主人公亦是如此，就如他說的：

　　他獨自留在河這邊，烏伊鎮的河那邊，如今的問題是烏伊鎮究竟在河哪邊？他實在拿不定主意，只記起了一首數千年來的古謠諺：「有也回，無也回，莫在江邊冷風吹。」[252]

---

[251] 同上，頁530-531。
[252] 同上，頁531。

　　上述引文顯示他再也不執著當初尋找靈山的計劃。這就如《壇經》所指出的：「善知識，內外不住，去來自由，能除執心，通達無礙，能修此行，與般若經本無差別。」[253]

　　我們可用對塵俗間的一切都放下來描述當時他的那種心平神寧的心境，即放棄是一種睿智，它可以放飛心靈，可以還原本性，使你真實地享受人生。[254]

　　事實上，雖然他沒有成功找到靈山，他並沒有蒙受任何損失或失去什麼。就如義存禪師在《五燈會元》[255]卷七所指出的：「……我空手去，空手歸。」[256]

　　上述語句的「空手」帶有兩個不同含義。當提及「空手去」，說明開始學習時什麼都沒有，空空的兩手。「空手歸」，這時的「空」是經過參學，心不執著的空。這空不是去時的空，而是無所不有的空，是不執著任何東西的空。

　　鑑於佛教的真理是「無」，因此本來就沒有爬山路線可以讓我們去領悟或遵循，也沒有進去和出來的問題。這也意味著他到底找到或爬上靈山對他來說已不是很重要的事。誠然，最初他不能放棄既定爬山計劃。就如他在《靈山》的第47節對一位和尚所坦承的：

---

[253] 同注247，頁102。

[254] 魏晉風：《放下》，北京：中國華僑出版社，2009，頁29。

[255] 一部有關禪宗的歷史書籍。同注4，頁462。

[256] 同注208，頁204-205。

「放不下什麼？」他依然面帶微笑。

「放不下這人世間，」說完，兩人便都哈哈笑了起來。[257]

由此可知，他仍不能擺脫一切欲望的控制，這可從《靈山》第81節裡得以佐證：

沒有奇跡。上帝就是這麼說的，對我這個不知饜足的人說的。[258]

這也是他當初想方設法去尋找靈山的原因。這肯定會使他在形體和精神漫遊之際焦慮不安。就如《佛說聖經》所指出的：

一切世間欲，非一人不厭，所有有危害，雲何自喪己？一切諸眾流，悉皆歸於海，不以為滿足，所受不厭爾。[259]

無論如何，最後他終於從自我執著思想桎梏中解脫出來，即不再堅持去尋找靈山。這也顯示在他的內心裡一種頓悟[260]油然而生。這種頓悟將會帶來一種自然的心靈安寧，所顯示的是一種無限的愉悅與精神自由心境，這可說是參禪的最終目標。若按精

---

[257] 同注3，頁303。

[258] 同上，頁562。

[259] 明德編：《有一種心態叫放下》，北京：中國電影出版社，2007，頁41。

[260] 指心理產生一種防衛力和一種頓悟來解決所面對的問題。兩位禪宗派別的創始人，即北派的神秀強調漸悟；南派的慧能則強調頓悟。同注4，頁346。

神分析學家佛洛伊德的看法，禪的這種「開悟」就如他所強調的
「洞察」[261]，即通過不斷的「洞察」可以掃除心靈的污垢，達到
心靈的「淨化」。這也就是為什麼在《靈山》第19節裡，通過現
實生活中的亞當和夏娃造愛興奮到極點時，雙雙在愛欲中沉沒，
忘了天地的存在，感到既恐懼又快樂，尤其是那位第一次享受到
性樂趣的女孩。在最後階段性亢奮中的對話裡，女主人公說道：

> 我不恐懼什麼可我要說我恐懼。
>
> 傻孩子，
>
> 彼岸，[262]
>
> ……
>
> 你從來沒有過？
>
> 我知道早晚有這一天，
>
> 你高興嗎？
>
> 我是你的人了，同我說些溫柔的活，[263]……

誠然，在上述這句話的「彼岸」顯示女方從性方面獲得靈
與欲兩方面的滿足，但這也多少反映主人公亦想獲得生理與心

---

[261] 見徐光興：《心理禪──東方人的心理療法》，上海：文匯出版社，
2007，頁55。

[262] 實際上，「彼岸」一詞是由一個女孩和主人公做愛後獲得性高潮時喊出
來的。漢語的意思是到達彼岸，它表達的意義是離開生又離開死而獲得
解脫。如果執著世俗境界就會有生和死的觀念，就像水有波浪一樣，有
了生死觀就名叫此岸；離開了世俗境界就沒有了生死觀，就像水永遠在
流動，就名叫彼岸，這就叫波羅蜜。同注247，頁100-101，也見同注3，
頁124。

[263] 同注3，頁125。

靈上滿足的欲望。就如日本曹洞宗創始人道元（Dagen，1200-
1253）[264]所指出的：

此岸即彼岸。[265]

道元禪師認為；波羅蜜（Paramitas）的param意思是「彼
岸」，ita意思是「（已經）到達」。所以paramitas的意思是
「（已經）到達彼岸」。換句話說：到彼岸的意思，就是了解
到此岸即彼岸。這樣的話，「此岸」和「彼岸」的分別就不見
了。[266]

這也意味著在他朝向靈山走去途中，不斷地向人詢問到底它
是在岸這邊還是那邊是沒有什麼意義的，因為它們之間沒有什麼
差別。河的兩岸事實上只有一個，不論我們在哪裡，這裡就變成
了那裡。這也意味著兩岸其實只有一岸，生命就是一個，沒有兩
個。[267]所謂「到達」，其實是多餘的。我們必須瞭解你所在的此
岸，即你的生命，和彼岸，和諸佛的生命是同一岸，否則我們對
自己的生命的瞭解便不透徹。[268]因此，當我們設立各種目標去追
求，結果奇妙的是，這些目標其實就在我們身邊。[269]簡而言之，

---

[264] 他是日本的曹洞宗的創始人。同注4，頁150-151。
[265] 前角博雄禪師著，廖世德譯《過無常的生活》（Appreciate Your Life）臺
　　 北：人本自然事業有限公司，2006，頁76、94。
[266] 同上。
[267] 同上，頁76。
[268] 同上。
[269] 同上。

我們的修行是不帶任何目的的。[270]

我們在做某件事時，不要在乎到底「有」或「沒有」或是「得」或「失」。更何況在這次形體漫遊中，從最早設定的目標可以最終變成沒有目標。就如在《靈山》第47節裡，在談及一位真正旅遊者的含義時，該和尚的一句話提醒了他：

> 「我也是個遊離的人，不過不像師父這樣堅誠，心中有神聖的目的，」我需要找話同他說。
> 「真正的行者本無目的可言，沒有目的才是無上的行者。」[271]

上述這句話無形中多少影響主人公對漫遊甚至生存的看法。這就是為何在《靈山》第63節，當那位在一個渡口剛認識的女孩問他要往那裡去時，他如此回答：

> ……我說我走到哪裡算哪裡，無一定目的。[272]……

誠然，他的形體甚至精神漫遊旨在尋找生命的真正意義。從他攀爬靈山的過程，已對生命的真正意義產生了一種頓悟，即人生沒有最終的目標，甚至對自己的本性有了更進一步瞭解。誠然，在沒有考量及人的有限能力和潛能的情況之下，一般人都往往傾向定下各種人生目標。這也意味著不是全部人生目標都能預期達致，更何況人生還存在著許多無常因素。就如莊周所指出的：

---

[270] 同上。
[271] 同注3，頁302。
[272] 同上，頁439。

吾生也有涯，而知也無涯。以有涯隨無涯，殆已；[273]……

　　其中一個導致人們不斷追求更崇高的人生目標或物質享受的因素乃源自人類無止境的欲望。就如在《靈山》第68節裡所指出的：

　　你卻還在爬山，將近到山頂筋疲力竭的時候，總想這是最後一次。等你登到山頂片刻的興奮平息之後，竟又感到還未滿足。這種不滿足隨著疲勞的消失而增長，你遙望遠處隱約起伏的山峰，重新生出登山的欲望。可是凡你爬過了的山，你一概失去興趣，總以為那山后之山該會有你未曾見過的新奇，等你終於已登上那峰頂，並沒有你所期待的神異，一樣只有寂寞山風。[274]

　　鑑於生命短促，再加上人類都以死亡告終，因此有時我們定下如山那麼高的人生目標顯然的毫無意義，以致長期陷入煩惱之中而對人生的真正意義進行深入反思，到底人生的真正意義是什麼？同樣的，主人公在《靈山》第51節裡這麼說：

　　我總在找尋意義，又究竟什麼是意義？[275]……

---

[273] 莊子：《養生主》，北京：北京出版社，2006，頁189。
[274] 同注3，頁485。
[275] 同上，337。

同樣的,在《靈山》的第66節亦提及:

> 你明白你在陰間漫遊,生命並不在你手中,你所以氣息還延
> 續,只出於一種驚訝,性命就懸繫在這驚訝的上一刻與下一
> 刻之間。只要你腳下一滑,腳趾趴住的石頭一經滾動,下一
> 腳踩不到底,你就也會像河水漂流的屍體一樣淹沒在冥河
> 裡,不也就一聲歎息?沒有更多意義。[276]……

上述語句反映生命脆弱的一面,它可隨時像在水上漂流的一
具死屍,一沖就消失得無影無蹤。就如他在《靈山》的第66節所
指出:

> 你同狼沒有多大的區別,禍害夠了,再被別的狼咬死,沒
> 有多少道理,忘河裡再平等不過,人和狼最後的歸宿都是
> 死。[277]

從上述言論顯示,高行健亦對生命是否有意義存疑,這乃是
因為他所面對的最終唯一的悲劇——就是死亡。就如法國的存在
主義哲學家沙特在一篇題為《談人生》一文中指出的:

> 人從出生那一刻起,就開始走向死亡。[278]

---

[276] 同上,467。
[277] 同上,468。
[278] 蔣勳:《孤獨六講》,臺北:聯合文學出版社有限公司,2008,頁37。

　　誠然，沒有人可以倖免於死亡。因此，全部人都對死亡有所恐懼，尤其是那些耆年者。就如沙特所指出的：

> ……一個五十，六十歲的人，事實上已經邁向死亡的路途。[279]……

　　又如美國的精神分析和存在主義學家恩斯特・貝克爾（Earnest Becker）認為：

> 死亡的恐懼與生俱來，人皆有之，它是一種根本的恐懼，影響著其他各種恐懼。不管這種恐懼具有什麼樣的偽裝，卻無人能為之倖免。[280]

　　除了年紀大，各種危險疾病如高行健疑患上的肺癌也是致死的主因，它也會在人的內心裡產生莫大的恐懼感。對於多數人來說，死亡是一件非常可悲的事。這種恐懼確實難以消除。就如蘇聯籍精神分析學家齊爾伯格（G.Zilboorg）認為：

> 沒有人能夠擺脫死亡恐懼，死亡恐懼永遠存在於我們的精神活動之中。[281]

---

[279] [法]西蒙・德・波娃（Simon de Beauvoir）著，賴建誠譯《與沙特的對話》（Entretiens avec Jean-Paul Sartre）臺北：左岸文化，2006，頁411。

[280] [美]恩斯特・貝克爾（Earnest Becker）著，林和生譯《拒斥死亡》，北京：華夏出版社，2001，頁16。

[281] 見Gregory Zilboorg, http://en.wikipedia.org. 28 May 2009.

就如高行健在《一個人的聖經》第54節亦提及：

> 你不再活在別人的陰影裡，也不把他人的陰影作為假想敵，
> 走出陰影就是了，不再去製造妄想和幻象，在一片虛空寧靜
> 之中，本來就赤條條一無牽掛來到這世界，也不用再帶走甚
> 麼，況且帶也帶不走，只恐懼那不可知的死亡。[282]

一位丹麥存在主義學家基爾凱郭（Kierkegard, 1813-1855）
認為，死亡一事乃是人類的一種正常焦慮。誠然，它是人類不得
不面對的殘酷現實問題。就如高行健在《一個人的聖經》的第59
節所坦承的：

> ……誰都逃不脫死亡，死亡給了個極限，[283]……

死亡觀念誠然可以影響許多人包括剛逃離死亡邊緣的高行健
的人生觀。一旦從死亡邊緣逃離出來，猶如獲得重生一般而更珍
惜生命。就如他在《一個人的聖經》的第59節裡提及：

> ……死亡是個不可抗拒的限定，人的美妙就是在這限定之
> 前，折騰變化去吧。[284]

---

[282] 同注12，頁408。
[283] 同上，頁437。
[284] 同上。

　　從上述語句，充分顯示在高行健內心裡對死亡一事產生一種頓悟，即充分利用有限的殘餘生命，即在真正的死亡還未降臨之前，竭盡所能去實現尚未完成的心願。就如他在《一個人的聖經》第59節所指出的：

> ……死對你也該是十分自然的事。你正走向它，但在它到來之前還來得及做一場遊戲，同死亡周旋一番。你還有足夠的餘裕，來充分享用你剩下的這點性命，[285]…

　　在高行健的一篇題為《論文學創作》的論文裡亦提及：

> 就我個人來說，我不相信不死或不朽。一個人當其在世，指望死後不朽，是荒唐的事。寫作或創作，對我來說，只為的更充分感受我在活。不可知的不確定的未來，對我已無意義。[286]

　　高行健的這種死亡觀與中國偉大教育思想家──孔子對生與死的看法不謀而合：

> 曰：「敢問死。」曰：「未知生，焉知死？」[287]

　　上述語句充分顯示活著比任何事情更加重要，蓋死亡乃是一

---

[285] 同上，頁438。
[286] 同注2，頁55。
[287] 楊伯峻譯注：《論語譯注》，北京：中華書局，1980，頁113。

件未可知的事實，而且它也不能用形而上學去加以闡釋或從科學方面論證，這就如想方設法去徒然證明那未可知的上帝存在與否的問題，同出一轍。因此，欲尋找死亡的意義的意圖顯然是徒勞一番。事實上，最重要的是珍惜生命以及活在當下。

誠然，對於高行健來說，從死亡邊緣重生甚至自我強迫式流亡到法國去已使他活得更積極，即下定決心充分利用殘餘的寶貴生命更加勤於創作，俾能達致更輝煌的的人生成就。最後他的一番努力終於獲得回報，即崛起為中國旅法作家榮獲被視為世界最高榮譽的諾貝爾文學獎，可謂吐氣揚眉。故所謂「塞翁失馬，焉知非福」。因此，即使死亡之神隨時降臨，他亦死而無憾。這種心理有準備的面對死亡淡然境況正如德國哲學家尼采（Nietzsche）所指出的：

> 「……當我願意死，死就來到。」[288]……

這也意味著高行健其實要死得其時，死得其所。這就是尼采所謂的「成就之死」，即一個人再通過自己的創造性活動賦予自己，人類和大地以新的意義之後死去。就如尼采所說的：

> ……當你們死，你們的精神和道德輝燦著如落霞之環照著世界，否則你們的死是失敗的。[289]……

---

[288] 根據尼采的永恆重現理論，這種死亡稱為「自由的死」。見段德智：《死亡哲學》，臺北：洪葉事業有限公司，1994，頁293。

[289] 尼采認為，許多人的生和死都是失敗的，因為他們毫無創造和進取精神。同上，頁294。

　　其實，高行健看透死亡的事實無疑的與一位奧大利精神病學家惠特弗蘭德相符：

　　　　「從某個角度來看，敢於直接面對死亡，生命才變得有意
　　　　義。」[290]

　　在整個漫遊過程，其中一個令他深思的人生課題就是人生是否有意義的問題。但是經過一番深入洞察以及反思後，他才頓悟到人生其實沒有任何意義。這可從《靈山》第57節裡得以佐證：

　　　　不要去摸索靈魂，不要去找尋因果，不要去搜索意義，全都
　　　　在混濁之中。[291]

　　同樣的，《靈山》的第8節亦提及：

　　　　……生活本身並無邏輯可言，又為什麼要用邏輯來演繹意
　　　　義？[292]……

　　有鑑於此，主人公並不能針對人生的真正意義達致一個結論。這可從《靈山》第81節得以佐證。他在窗外雪地裡見到一隻

[290] 曾煌棠：《認識生死學》，臺北：楊子文化股份有限公司，2005，頁
　　 75。
[291] 同注3，頁381。
[292] 同上，頁53。

很小很小的青蛙，眨巴一隻眼睛，另一眼圓睜睜，一動也不動，直望著他。它那眨巴著一隻眼睛是否含有特別意義，他不能肯定。就如他所謂：

> 我盡可以以為這眨動的眼皮中也許並沒有什麼意義，可它的意義也許就正在這沒有意義當中。[293]

上述語句也可以用來反映人生可能並沒有任何意義，但是其意義可能就涵蓋在其無意義之中，好像他已明白人生的意義。這也就是為什麼他說：

> 我不知道我什麼也不懂，還以為我什麼都懂。[294]

最初，他還裝著他明白其含義，蓋那只青蛙在其背後看著他。其實他還是不明白。就如他在《靈山》的第81節承認：

> 我其實什麼也不明白，什麼也不懂。[295]

明乎此，要瞭解人生意義顯然徒勞而已。更重要的就是只有繼續活下去。這種看法亦與中國文學大師林語堂（1895-1970）的人生觀吻合：

---

[293] 同上，頁562。
[294] 同上。
[295] 同上，頁563。

……我以為人生並不定要有什麼目的或意義。[296]……

　　同樣的，一位美國哲學家惠特曼（Walt Whiteman）亦持有相同看法：

　　　　我這樣地做一個人，已夠滿足了。[297]

　　有鑑於此，在他致力於尋找恒久的靈山過程中，才能感覺到空洞的，抽象的「永恆」沒有意義[298]，蓋它充滿無常因素。當務之急就是充分利用剩餘生命繼續寫作，就如他所指出的：

　　　　如今你獲得了新生，揀起的這條生命想怎麼用就怎麼用，你就要讓你這殘存的性命活得還有點滋味。最重要是活得快活，為自己活而自得其樂，別人如何評說，全不在乎。[299]

　　對於剛從兩次死亡邊緣脫離出來的高行健來說，當務之急就是珍惜殘餘的生命作人生最後衝刺，就如他在《聖經》的第61節指出：

　　　　把此時刻作為起點，把寫作當做神遊，或是沉思或是獨白，

---

[296] 林語堂：《優遊人間》，西安：山西師範大學出版社，2007，頁9。
[297] 同上。
[298] 同注8，頁69。
[299] 同注12，頁306。

從中得到欣悅與滿足，也不再恐懼甚麼，自由是對恐懼的消除……永恆這對你並沒有切身的意義，這番書寫也不是你活的目的，所以還寫，也為的是更充分感受此時此刻。[300]

　　永恆只存在當下一刻。這可說是高行健對永恆與瞬間的一個禪悟。[301]在一篇標題為《阿誰求見》一文裡：

僧問：「道在何處？」
師曰：「只在目前。」[302]

　　上述語句充分顯示在一千年前，禪宗即慧能已經告訴你我們如何把握住瞬間的生命，[303]即存在於當下，也是一種永恆。否則，生命毫無意義。這就是悟到生命只能由色（不是情，而是瞬間）入空（不是虛無，而是永恆）。[304]就如主人公在《一個人的聖經》的第57節指出的：

永恆的只有這當下，你感受你才存在，否則便渾然無知，就活在當下，感受這深秋柔和的陽光吧！[305]

　　上述語句充分顯示自我存在的重要性。這與存在主義所主張

---

[300] 同上，頁443
[301] 同注8，頁70。
[302] 這意味著禪道就存在日常生活中而不必去尋找。同注208，頁28。
[303] 同注102，頁10。
[304] 同注8，頁70。
[305] 同注12，頁438。

的存在先於本質，[306]即強調個人具體存在與主體性。[307]如此，我們才能達致真正的人生目標。

對於高行健來說，自從被證實誤患肺癌後，無疑的給他帶來新動力，即更加珍惜生命，尤其是當他自我強迫性流亡法國後，已使他獲得充分的形體與精神自由，無形中使他下定決心更積極寫作。就如下列語句表達了其決心：

……而你也只需要從中走出來，用不著同一個死人的影子（指毛澤東）打仗，再耗費掉你剩下的這點生命。[308]

在一項劉再復與高行健之間的談話中，亦提及：

劉：……有了逃亡，我們才能源源不絕的讓思想湧流出來。
高：……今天我們有這樣的機會….能自由寫作應該珍惜這種機會，也許我們還可以工作一、二年吧。[309]

在這次形體漫遊中或在現實生活中，主人公當然找不到真正的靈山。但是從精神漫遊中，他也找不到心靈中所嚮往的靈山。事實上，靈山就在自己的身上，即在其心靈深處，他找到

[306] Jean-Paul Sastre, Existentialism and Human Emotion（New York: Philosophical Library, INC, 1957）p.15.
[307] 同注208，頁112。
[308] 同注12，頁156-157。
[309] 同注102，頁5。

了靈山，那就是自救之道。[310]就如在吳承恩《西遊記》的85回
亦提及：

> 佛在靈山莫遠求，靈山只在汝心頭。人人有個靈山塔，好向
> 靈山塔修。[311]

這也意味著它不用向外尋找。這種情境就如慧能在自己的身
心中油然而生一種頓悟，[312]即不依靠外部世界尋求救主，而是靠
一種內在的力量以解放身心獲得大自在。就如高行健所指出的：

> 慧能提示了一種生存的方式，他從表述到行為都在啟示如何
> 解放身心得大自在……他不宣告救世，不承擔救世主的角
> 色，而是啟發人自救。[313]

由此可知，禪宗所給予高行健的影響至深且巨。就如他所承
認的：

> ……《靈山》中雪地裡出現的青蛙便構成一個意象，這種體
> 悟如同禪的境界。[314]……

---

[310] 同注8，頁170。
[311] 吳承恩：《西遊記》，台南：世一文化事業有限公司，1980，頁984。
[312] 同注102，頁7。
[313] 同上。
[314] 同注31，頁58。

　　劉再復把靈山比作高行健的精神圖騰。[315]但是靈山事實上可以比作一座難以摧倒或移動的精神堡壘。它反映他那尋找一片能帶給他心靜的淨土[316]的決心未曾動搖過，雖然他面對各種阻難。

　　高行健亦對真正的自由意義產生瞬間的頓悟。在《在一個人的聖經》第39節曾提及：

　　　　自由自在，這自由也不在身外，其實就在你自己身上，就在於你是否意識到，知不知道使用。[317]

　　　　說佛在你心中，不如說自由在你心中。[318]……

　　更重要的是對於人生的意義亦產生瞬間的頓悟如下：

　　　　自由不是賜予的，也買不來，自由是你自己對生命的意識，這就是生之妙，[319]……

　　上述感受是在他自我強迫性流亡法國後抒發的。法國猶如他的靈山，蓋它提供了一個能讓他安心自由寫作的平臺。就如他在《文學的理由》一文裡所指出的：

　　　　我還應該感謝的是法國接納了我，在這個以文學與藝術為

---

[315] 同注8，頁170。
[316] 同注4，頁236-237。
[317] 同注12，頁306。
[318] 同上，頁307。
[319] 同上，306。

榮的國家，我既贏得自由創作的條件，也有我的讀者和觀
眾。[320]......

從上述語句充分顯示最後他終於在法國巴黎找到了他的一片
淨土，這將能使他實現他的最後人生目標。就如美國存在主義心
理學家羅洛・梅（Rollo May）所指出的：

只有自由，存在才屬真實…自由乃是……存在的本質。[321]

誠然，精神自由與自我存在是他一生中所嚮往以及追求的兩
項人生目標，俾能獲得形體與精神自由以進行自我表述。就如高
行健在《論創作》裡的一篇題為《作家的位置》一文指出：

……在民主制度的西方國家，作家的處境誠然好得多，大可
以寫他想寫的書，從事他想做的文學，只要不靠此謀生，自
由便掌握在自己手中。[322]......

總而言之，如今高行健不但獲得完全的形體自由，而且更重
要的是他也在美麗與理想的西方世界裡獲得全面的精神自由。他
的這種心平情境在《一個人的聖經》的第61節反映：

如今你就是一隻自由的鳥，想飛到哪裡便儘管飛去。你覺得

---

[320] 同注31，頁9。
[321] 同注92，頁9。
[322] 同注31，頁31。

面前似乎還有片處女地，至少對你而言是新鮮的。[323]

　　這個美麗的世界與莊周在《逍遙遊》[324]一文所描述的情境一致：在這篇短文裡，描述一條魚自由自在地在大海裡遊來遊去，而大鵬鳥則在一望無際的天空裡翱翔。在這個世界上的靈魂很自由。當人的靈魂自由時，他就像一條魚與一隻鳥。[325]對於莊周來說，那種優美是一種自由的狀態，當我們的靈魂處於絕對自由狀態，自我改變將會發生即自己再也不受到束縛。如此，他將能從束縛他的環境中擺脫出來，從而達致真正的精神自由。[326]

　　誠然，高行健就如一只大鵬鳥從中國土地飛向西方遼闊的天空，又一面盡情地發出個人流亡聲音。他不但冷靜地鳥瞰這個宇宙，而且他那響徹雲霄的自由之聲，全世界的人包括其祖國的人民都可以聽到。就如劉再復在《從中國土地出發的普世性大鵬》一文所指出：

　　　　高行健從中國土地出發，已經飛向很高很遠的萬裡天空，但
　　　　他已不孤獨，今天我們正在面對著他，世界也面對著他。[327]

　　誠然，有哪一個流亡作家包括高行健不想在有生之年回歸

---

[323] 同注12，頁443。

[324] 莊周：《莊子》，北京：北京出版社，2006，頁173-174。

[325] 蔣勳：《美的覺醒》，臺北：遠流出版事業有限公司，2006，頁300。

[326] 同上，頁301。

[327] 劉再復：《從中國土地出發的普世大鵬》，香港：《明報》，2005年3月，頁67。

祖國懷抱？所謂倦鳥知還，希望有朝一日，他這只自由的大鵬鳥
也像1970年諾貝爾文學獎得主即俄國作家索忍尼辛（Aleksandr l.
Solzhenitsy）（1918-2008）一樣告老衣錦榮歸，[328] 並親吻祖國的
遼闊土地。

---

[328] 在上個世紀末，即1994年，當他歸國（俄羅斯）時形式相當特別：他是
從俄國最遠的邊境起始的，他乘火車，橫穿整個俄國，一站一站地下車
以親吻遼闊的土地，既是親吻，也是巡視。在每個地方和對人民發言，
最後一站總統葉爾欽（Bovis Nikolayevich Yeltsin）親自到中央車站去
迎接他。詳見貝嶺：《訪談哈金：文學中的流亡傳統與移民經驗》，
archieve.penchinese.com/zyxz/35/035hj3.htm., 2015年10月9日，p. 2.

第五章

其他形式的逃亡

5.1

前言

通過自我被迫流亡，高行健也希望從婚俗、意識形態或主義、市場、自我的束縛中逃亡。鑑於這兩部小說《靈山》與《一個人的聖經》都被視為形體兼精神逃亡的小說，對於高行健來說，除了形體逃亡是實質的逃亡之外，其他如婚俗、市場、自我等也算作一種形式的逃亡。就如劉再復指出：

> ……到了西方，面臨的又是無所不在的籠罩一切的全球化潮流，又必須再次逃亡，這是逃離市場、逃離被商品化。這一性質的流亡，不僅是退居異國他鄉，而且是退居社會邊緣，從社會潮流中剝離出來，保持住精神獨立和生命個性。[1]……

> ……但高行健非常清醒，他及時逃避這一切，回歸到被革命者們所恥笑的精神貴族的古典之路。高行健認為，這種選擇，這種逃亡，便是自救。[2]……

---

[1] 劉再復：《高行健論》，臺北：聯經出版事業股份有限公司，2004，頁5。
[2] 同上。

　　劉再復在2001年11月號的《明報月刊》刊載的一篇題為〈高行健的第二次逃亡〉文章中曾指出：

> 他在香港接受中文大學授予「榮譽博士」後，這可能是他的「光榮旅程」的句號。並在當年9月在臺灣舉辦畫展前夕，特別告訴我，他將作第二次逃亡，此次逃亡是從公眾形象的光環中逃亡。從鮮花、獎品與桂冠的覆蓋中逃亡。[3]……

　　由此可見，我們無疑的肯定可以從其兩部小說《靈山》、《一個人的聖經》中聆聽到高行健的流亡聲音和對命途多舛的悲歡聲。

---

[3] 同上，頁222、223。

5.2

從婚姻桎梏中逃亡

在文革之前，人際關係包括家庭成員間的關係可說是相當融洽和穩定，這與儒家所強調的家庭和社會之間的和諧與融洽關係以促進社會和國家的繁榮與穩定契合。就如孔子在《大學》一書中的《聖經章》中所強調的：

> ……古之欲明明德於天下者，先治其國。欲治其國者，先齊其家。欲齊其家者，先修其身。欲修其身者，先正其心。欲正其心者，先誠其意。欲誠其意者，先致其知。[4]

無可否認，要打造一個美滿的家庭，那就要維持家庭成員間如兄弟姐妹、夫妻、父子之間的和諧與融洽關係。就如在《中庸》的第一章，即《行遠章》裡摘用《詩經》中的詩句所強調的：

> ……《詩》曰：「妻子好合，如鼓瑟琴。兄弟既翕，和樂且耽。宜爾室家，樂而妻孥。」子曰：「父母其順矣乎！」[5]

---

[4] 傅雲龍譯注：《大學》《中庸》，北京：外語教學出版社，1996，頁 3-4。

[5] 同上，頁39。

　　上述這種融洽的家庭氣氛多少可以從高行健的家庭反映出來。但對於高行健來說，那些習以為常的溫馨的事物卻都已不見了。[6]溫暖的家庭，優越的地位，良好的人際關係，父親和他朋友文雅的談吐，還有西裝領帶。旗袍高跟鞋，家庭聚會等等，這些記憶，對於高行健來講是非常珍貴的[7]。

　　1950年後，他們一家到了南京，這一切皆因他們一家人和一位表伯父之間的融洽關係所致。表伯父的母親就經常到高行健家居住，所以表伯父的父親和高行健的父親就像親兄弟一樣來往。[8]

　　高行健一家在其表伯父的庇護下過得還挺好。[9]

　　但是，很不幸的自發生文革以來，這種強調和睦融洽家風的崇高的傳統道德價值觀不再存在。其中一個主要原因是極權專制政權於1957年展開一系列的極端的反右運動[10]，以及於1966年至

---

[6]　高行健曾回憶道：1949年以後，中國共產黨建立了新政權，成立了新興的國家，中國一切都改變了。所以他才說那些溫馨的家庭事物的已不見了。見陳袖、季默：《依稀高行健》，臺北：讀冊文化事業有限公司，2003，頁16。

[7]　同上，頁17。

[8]　表伯父的父親是個大買辦資本家，還娶了好多小老婆。後來表伯父在南京軍區已經是一名高幹部了，所以高行健一家就在南京安頓下來。見伊沙：《高行健評說》，香港：明經出版社，2000，頁64-65。

[9]　同上，頁65。

[10]　「反右運動」是中華人民共和國建立後，由於毛澤東面對越來越多的批評言論，中共於1957年發起的第一場波及社會各階層的群眾性大型政治運動。其中一個判定右派分子的標準是反對社會主義制度者，如宣揚資本主義制度者。高行健的二叔也在反右運動中被打成右派。其中一個處理右派分子的最嚴重罪行就是進行勞動教養計劃。詳見http://zh.wikipedia.org/wiki/反右運動，2015年9月24日，也見同注6，頁16。

1976年文革發生期間實行的勞改計劃[11]所致。這些勞民傷財涉及
全民的苛政不但導致家破人亡，而且人與人之間的信任已喪失殆
盡。就如高行健回憶起：

> ……尤其是到了後來，政治化的不停的運動，人與人不能信
> 任，互相之間的揭發持續不斷，以前的那種人際關係更令他
> 懷念。[12]……

無可否認，在毛澤東掌權時代（1949-1976）尤其是在文革
爆發期間，人際關係錯綜複雜，甚至為了保障自身安全，夫妻之
間也要劃清界限。高行健就因曾經歷過被第一任妻子告發在家手
寫反革命的文章的慘痛經驗，只因為反感他浪費時間從早到晚寫
作以致家徒四壁，手頭拮据。[13]由於他非常遺憾妻子的背叛的舉
動，最終與她離婚。在《一個人的聖經》的第43節裡曾敘及主人
公與妻子倩發生激烈的爭執：

> 「你不信上帝，不信菩薩，不信所羅門，不信阿拉，從野蠻

> 人的圖騰到文明人的宗教，你同時代的人更有許多創造，諸
> 如遍地立的偶像，天上也莫須有的烏托邦，都令人發瘋得莫
> 名其妙……」[14]

　　爭執的起因是他妻子無意中讀到一張他來不及燒掉的薄薄的
信紙上寫滿上述敏感言論。誠然，這種無神論以及抨擊毛澤東的
塑像與社會主義實行的烏托邦社會的言論若被告發出去肯定會惹
禍上身，而且他妻子還指責他是造反派：

> 「你就是敵人！」[15]
> ……
> 女人一步步後退，緊緊依住牆，蹬得土牆上的沙石直掉，叫
> 道：「你是一個造反派，臭造反派！」[16]

　　可以想像他妻子竟然對做這樣的指控，怎不令他感到又氣憤
又恐懼？就如他說的：

> 和他同床就寢的女人忿恨吐出的這句話，令他也同樣恐懼。
> 從倩放光的眼中也反射出他的恐懼。[17]

　　主人公這種激烈反應正和弗羅姆，一位著名的美國心理學家

---

[14] 高行健：《一個人的聖經》，臺北：聯經出版事業公司，1999，頁334。
[15] 同上。
[16] 同上，頁335。
[17] 同上，頁334。

所指出的相符：

> 有一種由特殊的形勢引發的，是在自己或他人的生命和完整
> 受到侵犯，或者自己贊同的觀點受到攻擊時的反擊，這種破
> 壞性是在自然情況下發生的，即為了維護或承認自己的生命
> 而做出的破壞。[18]

因此，鑑於主人公的生命在當時受到威脅，因此有如此大的
反應是正常的：

> 「究竟要鬧什麼？」他霎時憤怒了，逼近他。
> 「你要殺死我？」倩問得古怪，可能看見了他眼冒凶光。[19]
> 「殺你做什麼？」他問。
> 「你自己最清楚，」女人低聲說，屏住氣息，膽怯了。
> 如果這女人再叫喊他是敵人，他當時很可能真的殺了
> 她。[20]……

隨著他和妻子的正面衝突，厭恨他的妻子真的向有關當局告
發，以致它採取行動調查他。在《一個人的聖經》的第3節曾這
樣反映：

---

[18] [美]埃裡希·弗羅姆（Erich Fromm）著，劉林海譯《逃避自由》（The Fear of Freedom），北京：國際文化出版社，1988，頁125。
[19] 同注14，頁335。
[20] 同上，頁335-336。

> ……他結婚十多年來一直分居的妻子通過作家協會的黨委就
> 找居民委員會調查過，黨甚麼都要管，從他的思想，寫作到
> 私生活。[21]

　　對於主人公來說，自己髮妻對他的指控和背叛比別人的更加
嚴重，這就是為什麼他表示以下的遺憾：

> 他已經多次被出賣和告發過。[22]
> ……
> ……嚴重的是他妻子，要是告發有據，拿到他偷偷寫下的那
> 怕是一張紙片，那年代就足以把他打成反革命。[23]……

　　在《一個人的聖經》的第52節裡曾提到他與第一任妻子離婚
的原因：

> 他卻還在辦離婚。他妻子倩寫信向作家協會告發他思想反
> 動，可沒有憑據。他解釋說她文革中精神受了刺激，不正
> 常，再加上是他提出離婚因而憎恨他的緣故。……剛恢復作
> 業的法院尚有太多的老怨案來不及處理，不想再製造新的麻
> 煩，他這才終於解脫了這場婚姻。[24]……

---

[21] 其實，除了第一任妻子外，當他還在大學期間，一位他曾愛上的女生曾
　　向黨支部彙報思想，把他對當時共青團宣導青年必讀的革命小說《青春
　　之歌》的挖苦話順帶也報告了。共青團支部便認為他思想陰暗，這還不
　　那麼嚴重，但以致他未能入黨。同上，頁18-19。

[22] 同上。

[23] 同上，頁20。

[24] 同上，頁397。

這次被妻子背叛的慘痛經歷當然令他始料不及，因為這與妻子指責他有外遇的那種背叛完全迥異。因此，他內心所受的煎熬與折磨非筆墨可以形容。這就是為什麼雖然目前他在法國已有一位女友，[25]但他已決定不再婚。就如他朋友說的：

> 第二次婚姻失敗後，老高堅持不結婚，他認為婚姻是一種束縛，合得來就同居，合不來就散夥，這樣彼此都自由。[26]……

同樣的，在《一個人的聖經》的第3節也指出：

> ……可他並不想再娶妻，這十多年徒有法律約束的婚姻已經夠了。[27]……

同樣的，在《一個人的聖經》的第16節也敘及：

> 你說你害怕婚姻，害怕再受女人制約。你有過妻子，已經懂得婚姻是怎麼回事，[28]……

---

[25] 據他的一位朋友指出：高行健目前的女朋友不到40歲，是北京第二外國語學院的學生，後來隨同中國訪問團到法國，便留在法國讀書，而與高行健相識同居。她有一個很別致的法文名字，即西零，大概是在西方飄零的意思吧。同注8，頁84。

[26] 同注8，頁83。

[27] 同注14，頁19。

[28] 同上，頁141。

同樣的，在《靈山》的第39節也提及：

> ……我同女人的關係早已丧失了這種自然而然的情愛，剩下的只有欲望。那怕追求一時的快樂。我也怕擔當負責。[29]……

鑑於高行健有過兩次婚姻的失敗，無疑的他對婚姻已喪失興趣和信心是可以理解的，更何況他當時已年屆69歲，結婚不結婚已是不重要了。他所需要的只是一個性伴侶，在有生之年繼續享受性樂趣，就如主人公在《靈山》和《一個人的聖經》中離不開女人一樣，雖然曾討厭女人，但他還是需要女人，只因這個世界有了女人變得更精彩，更何況女人是上帝為男人而創造的，而且女人也可說是藝術家的創作泉源。當然，高行健的人生最重要的目標還是繼續在藝術領域裡創作。就如在他和旅英作家馬建的對談中相當坦白承認：

> 他說，當然，沒有女人這世界就不存在，男人離開女人也很難活下去，我就離不開女人。一部作品如果沒有女人別說難讀下去，寫起來都乏味。[30]

---

[29] 高行健：《靈山》，臺北：聯經出版事業公司，2000，頁242。

[30] 馬建：〈無限的的遐想〉，載《解讀高行健》，明報出版社有限公司，2000，頁207。

5.3

從各種意識形態或主義束縛中逃亡

　　除了逃離極權專制統治外,高行健也想從奉行已數百年之久的各種意識形態或主義擺脫出來。所謂意識形態是指在一定經濟基礎上形成的,人對於世界和社會的有系統的看法和見解、哲學、政治、藝術、宗教、道德等是它的具體表現。[31]從政治意識形態來看,隨著西方國家於1919年1月18日在巴黎的和平會議上拒絕了中國的各項索求,[32]中國轉去實行以馬克思、恩格斯為基本思想的共產主義以擺脫帝國主義國家的侵犯。[33]從此以後,共產主義便開始在中國人民的生活各領域裡實行。

　　從政治意識形態來看,唯一的人民要在日常生活奉行和遵

---

[31] 中國社會科學院語言研究所編輯室主編:《現代漢語詞典》,1994,頁1495。

[32] 其中參與在巴黎的凡爾賽宮舉行和平會議的西方國家包括美國、英國、法國、義大利等。其中中國的索求包括取消帝國主義在華的特權、取消日本的21項索求、把日本佔領的青島退還予中國等等。詳見刑濤、紀江紅編:《中國通史》,北京:北京出版社,2003, 頁308-309。

[33] 於1905年,當《民報》刊登了一篇關於馬克思生平的文章後,共產主義便開始在中國盛行。詳見Edwin Pak-wah Leung, *Essentials of Modern Chinese History, 1800 to The Present,*（ New Jersey: Research & Educational Association, 2006）, pp. 67-68.

守的是毛澤東的政治思想，就如主人公在《一個人的聖經》裡
指出：

> ……黨只允許一個思想，即最高領袖的思想。[34]……

對於毛澤東思想的推崇備至可從人民在日常生活中奉行窺見
一斑。它已被編成必須人手一本的《毛澤東語錄》，[35]因為它不
但必須在正式場合宣讀，而且在日常生活中也規定要奉行。這種
情況可以在《一個人的聖經》的第13節和第10節反映：

> ……清晨六點鐘廣播喇叭一響，便都起床，二十分鐘內刷牙
> 洗臉完畢，都站到土牆上掛的偉大領袖像前早請示，唱一遍
> 語錄歌，手持紅小書三呼萬歲，然後去食堂喝粥。之後，集
> 中念上半個小時《毛著》，[36]……
> ……
> 安排好的發言一個比一個尖銳，越來越猛烈。發言前，導言
> 先引用《毛語錄》來對照他的言行。[37]……
> ……

---

[34] 同注14，頁154。

[35] 1960年，林彪開始了一場把人民解放軍變成「學習毛澤東思想的大型學
校」運動，林著手用這所學校教育全國人民——把教育過程變成神化毛
澤東和毛澤東思想的過程。正是軍人的總政治部在1964年5月出版了第一
版《毛主席語錄》。這本語錄不久便以「紅寶書」著稱，人們對它頂禮
膜拜。詳見https://www.marxists.org/chinese/reference-books/meisner/mao_
china_and_after_18.htm.，2015年10月2日。

[36] 同注14，頁110。

[37] 同上，頁111。

> ……下班之後還要加班稿《毛著》學習小組，拉人陪綁，誰
> 不參加，便認為思想有問題。[38]……

從上述三句話，顯示從1949年開始，毛澤東的思想就如一部
《聖經》一樣拿來作為人民日常生活中的行為指南，這也表示
他在人民心中佔有多麼崇高的地位。這也可從下列幾句話看得
出來：

> ……一名從部隊轉業來的政工幹事也穿的舊軍裝，指揮大家
> 唱連隊戰士們天天都唱的《大海航行靠舵手》，……「東方
> 紅，太陽升，中國出了個毛澤東，」[39]……
> 「我支持同志們，向反黨、反社會主義、反毛澤東思想的黑
> 幫開火！」[40]……

> 他身前和左右，這時候都有人站起來舉臂高呼：
> 「打倒一切牛鬼蛇神！」
> 「毛主席萬歲！」
> 「萬歲！」
> 「萬萬歲！」

> 口號聲這時便此起彼伏，一波比一波整齊，越加強勁，幾次
> 疊進之後，便全場一致高呼，像沒過頭頂的波浪，如海潮勢
> 不可阻擋，令人心裡發毛。他不敢再左右張望，第一次感到

---

[38] 同上，頁84。
[39] 同上，頁50-51。
[40] 同上，頁51。

　　這司空見慣的口號的威懾力。這毛主席並非遠在天邊，並非是一尊可以擱置一邊的偶像，其威力無比強大，……[41]

　　從上述四句話，可以證明在人民的心中，毛澤東就像至高萬能的上帝，這可從下列這句話證明：

　　……偉大光榮正確的黨！比上帝還正確，還光榮，還偉大！永遠正確！永遠光榮！永遠偉大！[42]

　　中國人民對毛澤東思想的推崇備至是可以理解的，因為他把中國從實行帝國主義的西方國家的壓迫解放出來，[43]無疑的他像是中國人民崇拜的救世主。這與弗羅姆，一位美國心理學家針對一部分德國人對納粹主義的推崇備至的立場相符。[44]他也認為任何政黨奪權後就利用人們害怕孤立和相對薄弱的道德原則來贏取人民的效忠。[45]同樣的，毛澤東於1949年從國民黨手中奪過政權成立中華人民共和國後，他通過無產階級專制來鞏固其政權。這

---

[41] 同上，頁51-52。

[42] 同上，頁50。

[43] 從1939年，中國就於1842年8月涉入和英國展開的鴉片戰爭，緊隨著在1856年涉入和英國與法國的戰爭，緊接著於1900年它涉入和八國聯軍之戰爭，然後又於1937年和日本打戰。詳見穀玉榮：《歷史》，北京：華文出版社，1998，頁66、79、100。

[44] 在其一篇題為《納粹主義心理學》，他從心理學角度分析兩批德國人對納粹主義所持有的不同立場。其中一部分人未作任何有力抵抗便對納粹政權俯首稱臣，但他們也沒成為納粹意識形態及其政治實踐的崇拜者；另一部分人則受這種新意識形態的吸引，並狂熱地追隨他。詳見同注18，頁148。

[45] 同上，頁149。

也意味著他權力至上和可以為所欲為，更何況1970年中共九屆中全會通過的新憲草的第二條寫道：

> 毛澤東主席是全國各民族人民的偉大領袖，是我國無產階級專政國家的元首，是全軍的最高統帥。[46]

甚至在新憲草第二十六條也寫道：

> 公民最基本權利和義務是擁護偉大領袖毛主席。[47]……

誠然，自中華人民共和國成立之後，中共於1954年訂出一部憲法列明：

> 中華人民共和國的一切權力屬於人民，人民行使權力的機關是全國人民代表大會和地方各級人民代表大會。[48]

憲法也規定：

> 中華人民共和國公民有言論、出版、集會、結社、遊行、示威的自由。[49]……

---

[46] 許行：《毛澤東神權時代》，香港：開拓出版社，1988，頁166。
[47] 同上。
[48] 同上，頁114。
[49] 同上。

　　可是，令人遺憾的是自己訂了法律，又從不遵守。他唯一要別人遵守的是他的指示，這種指示被稱為「最高指示」，有如封建帝王的「聖旨」一樣。[50]其實這無疑的與濫用職權無異。

　　無可否認，若要展開任何大型的革命或政治改革運動需要強大的權力以及排除異己或所謂的「清黨」也需要有權力。對於權力的需要可說是導致文革爆發的主要因素。例如一位中國歷史學家韋政通引用弗羅姆的話語指出：

> 當他越來越想成為神明，他越來隔離自己。這種隔離使他感到更恐懼。每個人都會成為他的敵人。於是，為了消除這種恐懼，他肯定會擴大其勢力、殘忍與自戀。[51]

　　事實上，毛澤東這種一言堂以及暢所欲為的極權專制統治肯定引起很多嚮往言論自由和行動自由的人民包括高行健在內的內心不滿，但是奈何苛政猛於虎，情勢所迫，不但不敢怒更加不敢言，猶如啞子吃黃連，有苦說不出，只好默默承受一切。就連中共老黨員包括總理周恩來在內也不敢公開批評他或反對他，因為他們都把他的個人地位捧得太高，相等於「神」。[52]而且在毛澤東掌權時代，若要逃避他實行的各種苛政，如勞改計劃，只好想方設法找藉口如高行健以去大西南山區林場體驗伐木工人的

---

[50] 同上。
[51] 韋政通：《無限風光在險峰》。臺北：立緒文化事業公司，1999，頁266-267。
[52] 同注46，頁253。

生活等等藉口而得以豁免，從而就趁機在國內做短暫的自我被迫放逐。而且在當時中國那個半封閉時代，就只能做到國內逃亡而已。直到後來中國實行經濟改革開放政治後，中國人民才開始多少有機會出國遊學或訪問或受邀到外國去給講座，舉辦畫展等等。一些就在那兒投石問路，看看有沒有機會繼續留下來，就如高行健在1987年應聯邦德國莫拉特藝術研究所邀請赴德藝術創作，他就捉緊機會轉而居留巴黎。[53]然後在1989年天安門事件發生受通緝後，就尋求政治庇護定居在法國巴黎，從而就能永遠擺脫政治意識形態的糾纏，使他有個自由寫作的環境。

鑑於人民在毛澤東時代在言論和行動方面受到諸多限制，再加上人民盲目地崇拜他，使到他更加橫行霸道，倒行逆施。其中在文藝領域方面的幹預就是一個典型例子。比如當時只允許一種刻板式劇情所謂的「樣板戲」[54]演出。在文學領域方面，眾所周知，西方文學理論尤其是各種文學寫作手法對於中國當代文學作家施予很大影響，這是因為它有些理論與中國傳統的闡釋學即對文本的注解有雷同之處。[55]但是，很不幸的在當時所有文學創作包括其主題、表現手法、內容等都需符合和延續革命現實主義傳

---

[53] 此外，他也斷斷續續受邀到德國、新加坡、英國等舉辦個人畫展、朗誦會等。同注1，頁329。

[54] 指「文化大革命」期間被樹為戲劇改革樣板的八個現代戲。它們是：京劇《智取威虎山》《海港》《紅燈記》《沙家》《奇襲白虎團》《龍江頌》，芭蕾舞劇《紅色娘子軍》、《白毛女》。見李行健編：《現代漢語規範詞典》，聯營出版（馬）有限公司，2006，頁1515。

[55] Lee, Mabel, 「*Walking Out of Other People's Prison：Liu Zaifu and Gao Xingjian on Chinese Literature in the 1990s*」，Asian African Studies5（1996），p. 90.

統，這也意味著各種西方先進的文學理論如現代主義等都不能被採用在文學創作裡。誠然，其中一些比較前衛的作家如高行健盡力想擺脫這種舊框框，而躍躍欲試用現代主義的藝術手法去寫戲劇或短篇小說。其中包括1930年代至1980年代盛行一時的文學理論是佛洛伊德的精神分析學理論。[56]就如高行健承認：

> 中國當代作家無疑可以從他們的作品中得到啟發與借鑒，就如同我們曾經從古典浪漫主義與現實主義中得益一樣。[57]……

> 我應該承認西方現當代文學對我的刺激遠大於中國同期的文學。[58]……

由於在新時期發覺有很多作家多多少少採用現代主義寫作，迫得中共領導人鄧小平不得不採取行動展開一項所謂的「反精神污染運動」以排斥人民的精神受到西方文化的影響。[59]在《靈山》的第6節曾提及：

> ……經濟體制改革，物價上漲，清除精神污染，電影百花獎，等等等等，那個喧囂的世界都留給了城市，對他們來說

---

[56] 同上，頁99。

[57] 高行健：〈遲到的現代主義與當今中國文學〉，載《沒有主義》，臺北：聯經出版事業公司，2001，頁112。

[58] 同上，頁10。

[59] 同注55，頁100。

　　這都太遙遠了。[60]⋯⋯

同樣的，在《靈山》的的37節裡也提及：

　　⋯⋯那時候，每到吃飯的時候，我那小姪女總要看電視，可
　　她那裡知道，電視裡的節目都是對精神汙染的討伐，[61]⋯⋯

　　鄧小平展開的這種反西方文化的運動無疑的是毛澤東的翻
版，這也意味著鄧小平仍多少延續著毛澤東的文藝政策。而首當
其衝受到批判的當然是指向包括作家在內的文藝工作者。在當
時，任何文學作品被懷疑含有現代主義成分就在大眾媒介如報章
口誅筆伐，如高行健的第一本探討西方文學理論的手冊《現代小
說技巧初探》[62]最先被指有悖於革命現實主義的傳統而受到作家
協會秘書馮牧的批判。[63]
　　但是更加嚴重的是在1983年，賀敬之曾經對現實主義與現
代主義的課題展開嚴厲的抨擊，並且這本手冊被列為主要批判目
標。[64]就如他回憶道：

---

[60]　同注29，頁39。
[61]　同上，頁224。
[62]　從1980年至1981年，這份手冊曾連續刊登在《隨筆月刊》，後來它刊登
　　在《小說界》裡並曾獲得王蒙、劉心武、馮驥才，《讀書》、《上海文
　　學》的讚揚，後來在《文藝報》受到嚴厲的批判。Lee, Mabel,「 *Noble
　　in Literature 2000 Gao Xingjian's Aesthetics of Fleeing*」, Volume 5 Issue 1
　　（March 2003）, Article 4, http://docs.lib.purdue edu/clcweb/vol5/iss1/4, pp.2.
[63]　同上。
[64]　同上。

……這本書裡沒有任何政治內容，甚至沒有談到意識形態，也沒有談到什麼哲學問題，僅僅談了小說的形式、小說技巧。[65]……

於2004年6月27日，在一項與法國報章《世界報》（Le Monde）記者珍拉道印（Jean-Luc Douin）的訪談中，高行健曾對上述負面批評表示了以下遺憾：

我的第一部書是關於現代小說寫作藝術。我卻成了被批判的目標。我已經被標籤為現代主義的支持者……被疑與西方文學相符。我已經犯上錯誤，即導致精神污染。我已經動搖革命現實主義的基礎，他們要我自己在報章自我批判。[66]

但是，使他更加困惱的是他的兩部戲劇即《絕對信號》曾引起現代主義與現實主義[67]的爭論，以及在1983年演出的《車站》被令在主要雜誌如《文藝報》、《戲劇報》《北京日報》等公開自我批判。[68]無疑的，這種種的負面批判使高行健忐忑不安，因為這也意味著有關當局將會對他採取某種行動。果然不出他所

---

[65] 高行健：《論創作》，臺北：聯經出版事業股份有限公司，2008，頁213。

[66] Gao Xingjian, Interview by Jean-Luc Douin 「*Literature Makes it Possible to Hold to One's Awareness of Oneself as Human*」見http://www.diplomatie.gouv.fr/label_France/ENGLISH?LETTERS/gao_xingjian/page, 2004-06-27, p.3.

[67] 同注8，頁67-68。

[68] 高行健：《沒有主義》，臺北：聯經出版事業公司，2001，頁183。

料，不久就有風聲說賀敬之將會送他到青海去勞改。[69]

其實，高行健的好友劉再復也曾面臨如同他差不多一樣的遭遇。他的一篇題為《文學的反思和自我的超越》[70]因論及文革時期的文學作品所鼓吹塑造的英雄人物欠缺人的血肉和人的靈魂，，一時引起文學界一番論爭，共有28篇文章熱烈討論它，結果他被有關當局大力抨擊以致在1985年被囚禁幾個月。[71]由於他在1989年學運事件中曾寫文章批評中國文化而被列入黑名單。結果迫得他不得不離開他那片熱愛的黃色國土。[72]

鑑於針對革命現實主義與現代主義的不同而引起的論爭，高行健曾表達了他的遺憾：

> 圍繞中國當代文學的種種論爭，諸如，何謂真實，革命現實
> 主義抑或不加限定的現實主義，現實主義抑或現代主義或後
> 現代主義，馬克思主義抑或人道主義，革新與傳統與何謂傳
> 統，形式與內容之辯證與形式主義，以及所謂民族性、階級
> 性、黨性、人民性、性格抑或個性與典型與否，以及性與道

---

[69] 同上。

[70] 劉再復認為「文學是人學」這個命題在文革期間被一些鼓吹塑造「高大完美」英雄人物的「根本任務」論者所借用。但是，有一點很奇怪，就是他們所塑造的英雄，卻沒有人的血肉，沒有人的靈魂。他批評在文革時期，多數詩歌都欠缺感情成分。據他指出，文學主體包括三個最重要構成部分，即（i）作為創造性主體作家；（ii）作為文學對象主體的人物形象；（iii）作為接受主體的讀者和批評家，中國文學長期以來就發生主體性失落的現象。詳見何火任：《當前文學主體性問題的論爭》，福州：海峽文藝出版社，1986，頁58、61、73。

[71] 同注55，頁105。

[72] 同上。

德與教育意義與文字之遊戲可否，其實都來自官方對文學創
作設下的一道道限制，歸根究底，無非是文學與政治，與現
實社會，與倫理道德的關係。[73]……

從上述這句話，可以看得出高行健對1979年代至1989年代期
間所發生的各種無謂的論爭感到多麼厭倦，這可從下列的這句話
反映出來：

這類文學與政治的爭論，你已膩味了，[74]……

鑑於各種主義或意識形態對文學所帶來的負面影響，高行健
提出一種新的文學類型即冷的文學，以區別于熱的文學，即那種
文以載道，抨擊時政、幹預社會乃至於抒懷言志的。[75]
就如他進一步闡述道：

文學作為人類活動尚免除不了的一種行為，讀與寫雙方都自
覺自願。因此，文學對於大眾或者說對於社會，不負有什麼
義務，倫理或道義上的是非的裁決其實都是好事的批評家們
另外加上去的，同作者並無關係。[76]

尤有進者，冷的文學也與任何主義沒有關係。就如高行健

---

[73] 同注68，頁121。
[74] 同注14，頁300。
[75] 同注68，頁16。
[76] 同上。

強調：

> 非消費品的文學，即冷的文學，不順應潮流，不追求時髦。
> 只自成主張，自有形式，自以為是，逕自找尋一種人類感知
> 的表述方式。[77]

　　對於高行健來說，創作完全是非常個人的事情，即他寫作完全是為了抒懷言志，這就是文學的本質。就如唐宋八大家之一韓愈在其一篇題為《送孟東野[78]序》所指出的：

> 大凡物不得其平則鳴。……人之於言也亦然。有不得已者而
> 後言，其言也有思，其哭也有懷。凡出乎口而為聲者，其皆
> 有弗平者乎？[79]

　　上述語句反映了文學的功能是為了表述自己，它與別人毫無關係。這也意味著作家需對自己負責而不是對社會，[80]這是因為嚴肅的文學作品和一般文學作品比較，其對社會的影響是微不足道和隱晦性的。它不像古代和現代的所謂道德文章或說教文章承擔任何社會責任。其實，古代的文學傳統概念是和政治掛鉤的，

---

[77] 同上，頁22。
[78] 指孟郊，即韓愈的一位好朋友。韓愈為了降級的他寫了這篇序言安慰他，並歡送他赴江南任職為縣長。詳見陳霞材、閻鳳梧：《唐宋大家文選譯注》，人民出版社，1986，頁52-54。
[79] 同上，頁52。
[80] 同註68，頁16。

即用來治國和穩定國家。就如魏文帝曹丕[81]（187-226）在其一篇
文章《典論‧論文》中指出：

> 蓋文章，經國之大業，不朽之盛世。[82]……

　　眾所周知，在19世紀末和19世紀初，鑑於中國長期內憂外
患，因此政治改革極需文學發揮其輔助作用。因此「蓋文章，經
國大業」顯示作家已繼承了傳統的文學概念。無可否認，中國文
人從古至今，都多少受到魯國第22代君主魯襄公[83]（西元前575
年-西元前542年）在其文章裡《魯襄公二十四年》裡所強調的文
人的社會角色，即「三不朽」影響：

> 二十四春，穆叔如晉。范宣子逆之，問焉，曰：「古人有
> 言曰，『死而不朽』何謂也？「穆叔未對。豹聞之，大上
> 有立德，其次有立功，其次有立言，雖久不廢，此之謂不
> 朽。」[84]

　　這也難怪中國文人基於愛國使命自古以來都把「經國立業」

---

[81] 曹操的第二個兒子。他是建安文學的主要代表。這篇《典論‧論文》可
說是魏晉南北朝的第一篇文學評論。詳見張夢新編：《大學語文》，杭
州：浙江大學出版社，2005，頁98。

[82] 萬雲駿編：《新編古代文學精解》，上海：社會科學出版社，1992，頁
148。

[83] 魯國的第22代君主，二十四年是指前549至前789。詳見吳澤編：《中國
歷史大辭典》，2000年，頁2939。

[84] 李夢生：《左傳》，上海：古籍出版社，2004，頁794。

視為己任。結果是很多知識份子如魯迅，由於受到尼采的超人思想[85]影響，他們都立志要肩負著救國救民的重任。這種愛國舉動就是高行健所反對的所謂的「社會良知」，這是因為他強調的是「個人良知」，即親身體驗及履行其道德責任。[86]就如他指出：

> 作家不是社會的良心，恰如文學並非社會的鏡子。他只是逃
> 亡於社會的邊緣，一個局外人，一個觀察家，用一雙冷眼加
> 以觀照。作家不必成為社會的良心，因為社會的良心早已過
> 剩。他只是用自己的良知，寫自己的作品。他只對他自己負
> 責，或者也並不多擔多少責任，[87]……

其實，長期以來，所謂的「社會良知」早已充斥在知識份子甚至社會民眾間，這是因為在共產社會所強調的是集體思想意識。就如它所實行的勞改計劃就是一個典型的集體行動計劃。基於國家、民族利益，很多人包括知識份子不管喜歡不喜歡一律都

---

[85] 「超人」學說是由著名的德國哲學家尼采所提出的哲學思想，它可說是尼采哲學思想的內在精神。他強調在痛苦面前做一個強者，用新的希望，新的意志力去肯定人生的意義。詳見https://zh.wikipedia.org/wiki/超人說，2015年7月21日；或原淩雪《淺析尼采的「超人」學說》，doc. qkzz.net/article/b355bbbe-28a4-4918bda6-Oc8dbb8Oc.htm.

[86] 對於筆者，高行健的批評有其進步的一面，但是由於兩個生在不同時代的作家，即魯迅生在一個內憂外患的二十世紀初，他懷有救國救民的責任並沒有錯，所謂「國家興亡，匹夫有責」，那麼高行健對他的批評可說是有欠公平和有些主觀。更何況社會良知有其共時性也有其歷時性。鑒於存在時代界限，因此，生於不同時代的高行健對魯迅的批評不合乎時宜。詳見劉再復：《罪與文學》，香港：牛津大學出版社，2002，頁424。

[87] 同注68，頁22。

積極參與。就如美國芝加哥大學教授馬克・里拉（Lilla Mark）[88]
所批評的：

> ……當知識份子對自己可能幫助暴政或專制政治的危險喪失
> 警惕的時候，他們的思想就會在「不計後果」和「不負責
> 任」的歧路越滑越遠。[89]

但是問題關鍵是在任何計劃實行期間卻出現乖離與濫權現
象，就如橫行霸道的紅衛兵迫害無辜的作家或民眾就是最好的例
子。更令人感到詭異的是受壓迫的也包括那些大力支持的人士，
其中包括高行健在內。就如高行健帶有諷刺的批評道：

> 中國知識份子歷來深受儒家士大夫文化的影響，總以救國救
> 民為己任，往往犧牲個人自身的價值，天降大任於斯人，革
> 命與救國都勇猛得很，固然可貴。然而，國也好，民也好，
> 並未救得了，到頭來只留下一筆歷史糊塗賬，總也理不清，
> 有幸當政時誠然英雄，過後下臺又罵為狗屎，[90]……

---

[88] 政治學者，思想史家，美國最具有影響力的知識份子之一。他以六位
著名的知識份子的生平行藏為據，講述這些思想家如何被激情或對風
潮所迷惑。在其《知識份子的政治問題》一文裡曾論及知識份子究竟
應該如何介入政治，指出重點不在於知識份子是否應該參與政治，
而在於如何參與政治，以怎樣的價值立場，為何目的參與政治。他
所擔心的是知識份子由於陷入精緻的思想遊戲而忘記了「哲學與政
治權力行使之間的關係」，因而淪為「被暴政濫用」或被政治勢力
利用的可能。詳見www.dajianet.com/news/2014/1127/20926.shtml,.p.1
或Book.ifeng.com/a/20150304/13113_0.shtml

[89] 同上。

[90] 同注68，頁120。

　　無可否認，長期以來，作家的角色是和社會良知分不開的。就如高行健指出的：

> 如今，一個作家如果不同政治黨派聯繫在一起。社會便不可能再聽到他的聲音。那時代的作家，有兩種身分，一方面是個人身分的作家，又可以成為思想領袖，有如沙特。[91]

　　有鑑於此，在文革期間，在極權專制統治之下，做什麼事都是強調以集體行動，集體聲音為主，包括在文學作品裡也只能聽到為無產階級鬥爭的聲音。對此，高行健深表遺憾：

> 可是，把文學的社會性僅僅限制在政治功能或倫理規範狹小的框架裡，把文學變成了政治宣傳和道德說教，甚至成為政黨派別鬥爭的工具，則更是文學的不幸。[92]……

　　同樣的，在其一篇題為《中國流亡文學的困境》也提及：

> ……可一個作家倘也照某種主義的規範去寫作，這作品多半要遭殃。[93]……

---

[91] 〈論文學寫作〉，載高行健《沒有主義》，臺北：聯經出版事業公司，2001，頁76。一位法國哲學家。

[92] 同上，頁5。

[93] 同上，頁124。

同樣的，在其一篇文章《我張一種冷的文學》曾表示遺憾：

> 近一個世紀的中國文學則被政治和倫理的是非弄得疲憊不
> 堪，又落進種種的主義，即所謂意識形態與創作方法論爭的
> 泥坑中難以自拔，其實同文學都沒多大關係。[94]……

鑑於各種盛行的意識形態給作家帶來各種有形無形的災難，
高行健率先主張一種冷的文學，這不可不說是一種創見與遠見
卓識。

其中一個他主張沒有主義原因是為了獲得表述個人聲音的自
由，如此，他可以隨意寫他喜歡寫的東西，雖然它含有某種主義
成分。就如他強調道：

> 沒有主義，其實是一大解脫，所謂精神自由也就是不受主
> 義的束縛，於是，才天馬行空，來去自在，說有規矩就有
> 規矩，說無則無，就有規矩也是自立規矩，說無便自我解
> 脫。[95]

誠然，自由地抒發心聲可說是高行健一生所追求的目標，這
是因為群體聲音和群體意志可以給某個人帶來約束或麻煩。就如
他在一篇題為《個人的聲音》的文章中提及：

---

[94] 同上，頁17。
[95] 同上，（6）。

……國家政權訴諸集體意志對個人總是一種制約，當它超越一定限度，侵害到個人的基本人權便成為壓迫。[96]……

這就是為什麼高行健一生所要爭取的是：

脆弱的個人，一個作家，孑然一身，面對社會，發出自己的聲音，我以為這才是文學的本性，[97]……

接下來，他指出：

……知識份子的精神創造原本是個人的行為，以個人面對社會，雖然不免孤單，可較之那虛妄的集合，且不管在什麼響亮的口號下，來得都更為實在。[98]

那麼，為了獲得個人聲音表述的自由，他所寫的沒有和任何意識形態或主義掛鉤，這是因為它不是有如宗教般自然承繼。就如他在《一個人的聖經》的第29節指出的：

……你母親把你生下來的時候並沒有主義，[99]……

同樣的，在《沒有主義》這本書裡的序言也指出：

---

[96] 同上，頁100。
[97] 同上，頁5。
[98] 同上，頁104-105。
[99] 同注14，頁236。

……人生本來沒有主義[100]……

對於沒有主義的重要性，我們可以從以下聲明窺見一斑：

個人能對權力、對習俗、對迷信、對現實、對他人和他人的
思想、對物說不，大抵是做人的最後一點意義，如果這生存
多少還有點意義的話，這便是沒有主義。[101]

沒有主義，是現今個人自由的最低條件，倘連這點自由也沒
有，這人還能做人嗎？要談這樣或那樣的主義之前，先得允
許人沒有主義。[102]

可是，很不幸的，長期以來，多數文學作品都或多或少被文
學評論家和某種主義掛鉤起來。他對此深表遺憾：

文學本來大抵沒有使命，沒有集團，沒有運動，沒有主義，
作家只孑然一人，自成一格，種種主義的標籤無非他人貼上
去的，好分門別類加以歸檔，或加以出售。[103]

同樣的，各種文學流派也是後人分類的結果，完全是為了把

---

[100] 同注68，頁（6）。
[101] 同上，頁（7）。
[102] 同上，頁（5）。
[103] 同上，頁28。

某種問題解析得更清楚。在其一篇題為《中國逃亡文學的困境》中也提及：

> 時髦與主義，同強加在作家身上的政治壓力一樣，都是文學
> 自由創作的障礙。後者是他人外加的，前者則來自作家自
> 己。我不認可什麼主義，雖然有的研究者出於做學問的角
> 度，時而把我納入先鋒派，時而又成了尋根派，現代主義，
> 存在主義，後現代主義，以及歸於荒誕，其實我的東西有時
> 又非常現實，只不過不成其為主義。[104]

高行健對各種主義的反對無疑與中國的學者胡適（1891-1962）的看法不謀而合：

> ……
> 第二、空談外來進口的「主義」，是沒有用處的。一切主義
> 都是某時某地的有心人，對於那時那地的社會需要的
> 救濟方法。……
> 第三、偏向紙上的「主義」，是很危險的。這種口頭禪很容
> 易被無恥政客利用來做種種害人的事。[105]……
>
> 我因為深覺得高談主義的危險，所以我現在奉勸新興論界的
> 同志道：「請你們多提出一些問題，少談一些之紙上的主

---

[104] 同上，頁124。
[105] 胡適：《胡適文選》，臺北：遠東圖書公司，2000，頁24。

義。[106]

　　另外一個導致高行健提倡文學應遠離主義影響的原因是全球
化衝擊所致，更何況改革開放政策已實施多年，中共對經濟的發
展更加關注，再加上更開放的文藝政策也已實施多年，中國作家
儘管採用現代主義去創作，只要不批評政府，當局是不會干涉或
過問的，就如高行健所指出的：

> 再說，當今的文學已無主義可言，而且沒有什麼可以稱之為
> 主流的，除了時髦。所謂後現代主義，不過研究者的一種概
> 括，既無代表作，也無代表性作家支撐門戶。現今的文學創
> 作越益成為作家個人的活動，文學流派和集團在西方事實上
> 已經成為歷史。[107]
> ……現今這意識形態崩潰而理論爆炸的時代，雖然時髦年年
> 有。更替也越來越快不再有甚麼可以依賴的主流。我以為不
> 妨稱之為沒有主義的時代，因為意識形態的構建已被不斷更
> 迭的方法所替代。[108]……

　　無論如何，在這個全球化時代，雖然已不流行主義不主義的
問題，但是高行健還是懷疑受意識形態毒素腐蝕不淺的中共當局
能夠開放到何種程度，就如他指出：

---

[106] 同上，頁25。
[107] 同注68，頁124。
[108] 同上，頁106。

> 要贏得沒有主義的自由，不能不反對專政，不管這專政打何
> 種旗號，法西斯主義、共產主義、民族主義，種族主義，還
> 是原教旨主義。[109]

　　有鑑於此，高行健認為自己現在自我被迫流亡到法國可說是
一項明智之舉，從而能逃離極權專制的有形無形的控制，也從而
能永遠逃離各種殘餘主義毒素的侵害。這就是為什麼在《一個人
的聖經》的第18節裡，他會有感而發：

> 如今，你沒有主義。一個沒有主義的人倒更像一個人。一條
> 蟲或一根草是沒有主義的，你也是條性命，不再受任何主義
> 的戲弄，寧可成為一個旁觀者，活在社會邊緣，雖然難免還
> 有觀點、看法和所謂傾向性，畢竟再沒有什麼主義，[110]……

　　在一項與日本著名作家大江健三郎的對談中，談到《邊緣》
的課題時[111]，高行健曾提及流亡對表述自由的重要性：

> 在一個無法自由表述的社會中，流亡是唯一的出路。當今社
> 會也屢見不鮮。自古以來，從戰國時代的詩人屈原，到清代
> 的小說家曹雪芹，這兩位中國文學史上最偉大的詩人和作
> 家，前者不得不流亡，後者則隱遁於社會邊沿，生前作品都

---

[109] 同上，頁（5）。

[110] 同注14，頁157。

[111] 法國愛克斯——普羅旺斯圖書節邀請大江健三郎訪法，於2006年10月15
日針對《邊緣》為題與高行健對談。同注65，頁324-333。

不得公之於世，[112]……

同樣的，在《靈山》的第72節也提及他是個沒有主義的人：

他說他壓根兒沒有主義，才落得這分虛無，[113]……

其中一個高行健很獨特的文學立場，即堅持沒有主義對表述自由的重要性。從這個角度來看，總而言之，高行健對二十世紀末的當代文學史的貢獻是他不但是現代主義的先驅，也是現代主義的終結者。[114]

---

[112] 同上，頁326。

[113] 同注29，頁504。

[114] 王德威：〈沒有現代主義〉，載《聯合文學》，2002年2月，頁74。

5.4

從市場壓力中逃亡

　　除了逃避極權專制統治和各種主義，高行健也設法從市場壓力中逃離出來。[115]

　　劉再復的憂慮是可以理解的，這是因為高行健已經來到一個市場差不多完全陌生的西方國度，長久以來，他的主要市場是中國的讀者以及海外華人，而不是西方讀者。可以預見未來他的文學作品包括其獲獎作品《靈山》和《一個人的聖經》的市場肯定會有限量的。

　　但是，更加令人擔憂的是全球化潮流不但涵蓋經濟領域，也涵蓋20世紀的電子媒介領域。大眾傳播媒介作為發表並傳播文學作品形式的劇變肯定會對文學的發展帶來極大影響。無可否認，在電子媒介還未出現前，大眾傳播媒介諸如報章、雜誌、電視扮演著極其重要的角色。

　　若加以研究，18世紀末文學的文本是以線裝書形式出現。迄至19世紀，它已變成以平裝書和報刊為主。這也意味著它們比線裝書更加便宜並能以商品式直接面向市場，文學的傳播方式也

---

[115] 同注1，頁5。

趨向「商業化」和「市場化」。[116]就中國文學發展的角度來看，西方的產業革命以及資本主義工商業的急劇發展，在打開中國市場以後，已導致在中國湧現許多商業大都市。緊隨著市民對訊息和娛樂的需求，形成了廣泛的市場。出版業尤其是在隨著資本主義大工業生產以及引進新型的印刷技術後，大大降低了書刊的印刷成本，這也間接帶動中國文學在20世紀初的蓬勃發展。[117]結果到了20世紀初，在短短幾年時間內，共有2000種以上的小說得以出版，[118]甚至由於市民階層對小說有濃厚興趣，刺激了文人的創作，從而產生了一支職業小說家隊伍。[119]

迄至20世紀末，隨著電訊技術的進步與複雜化，進入了所謂電子傳媒時代，[120]這個時代的文學如廣播文學、電視文學、網路文學的出現，改變了單一的紙質媒介存在方式，[121]形成了所謂的電子傳媒話語權力。無可否認，通過快捷的電子傳媒傳播文學方式的多樣化，其中最大的壓力來自電視文學傳播與網路文學傳播，再加上以商業化策略營運的大眾報刊如通俗化讀物、時尚雜誌、娛樂性報紙等等迅速崛起。這導致進入20世紀90年代之後，文學書籍與文學期刊作為文學傳播的第一載體，普遍面臨了生存

---

[116] 袁進：《近代文學的突圍》，上海：人民出版社，2001年，頁151-152。

[117] 同上，頁230。

[118] 同上。

[119] 復旦大學編：《中國近代文學史稿》，1956年，頁200。

[120] 它們以電子符號的形式存在於電波和網路中，以無形的直接傳輸和有形的磁帶、光碟等形式呈現。詳見路善全：《中國傳媒與文學互動研究》，北京：中國社會大學出版社，2007年，頁6。

[121] 同上。

危機。[122]實際上，早在1985年，純文學期刊的生存危機已初見端倪，那就是通俗文學刊物帶來的衝擊。[123]結果是所謂的純文學期刊，在20世紀90年代裡幾乎沒有一家期發行量超過10萬冊。[124]

就如王蒙指出：

> 視聽藝術、傳媒與互聯網技術與發展正在奪走讀者，而上述種種的純文學含量是很低的。[125]
> 文學刊物與文學書籍的發行量銳減。一些文學刊物現在的發行量是1980年時的十至三十分之一，一些長篇小說的始發行量是50年代時期的十至二十分之一。[126]

無可否認，長期以來，現代媒體與文學領域的互動關係發展迅速猛進，更日新月異，並於1994年在當代中國文學發展史上出現了所謂的網路文學。[127]

所謂網路文學是指通過對網路轉載或在網路上發表的文學，包括網路化了的印刷類文學和直接在網路上創作和發表的網路原創文學。[128]這一種新的文學創作類型的產生無疑的未來對傳統文

---

[122] 陳霖：《文學空間的裂變與轉型》，合肥：安徽大學出版社，2004年，頁110。

[123] 同上，頁110-111。

[124] 同上，頁111。

[125] 王蒙：〈誰來拯救文學與文學能拯救誰〉，載潘耀明主編：《大家》，北京：作家出版社，2006年，頁41。

[126] 同上，頁40。

[127] 同注120，頁171。

[128] 同上。

學的發展帶來另外一種衝擊和挑戰。

　　網路文學的其中一個特點就是任何人都可以寫，不論是業餘作家還是專業作家都可以涉入其中。不過，一般上，創造網路文學的作者多數在業餘時間為了悅己悅人而進行的活動，因此，它比較含有娛樂性質而不承擔社會重任，這也使它更接近大眾文學。根據一項對原創網路文學作品的調查，計有43%是網戀故事，17%是笑料，以及15%是英雄故事。[129]其故事情節和結構簡單，能引人入勝，不像傳統嚴肅文學那樣難於明白，因採用現代主義的寫作手法寫出來，如果沒有掌握一些基本的文學理論，根本就無從理解其內容。

　　另外一個網路文學的好處是作者和讀者的互動是雙方面的。例如在閱讀過程或閱讀後，若有任何不明白或疑問之處，馬上就可通過網路聯絡作者提問，而作者也會立刻回答釋疑，而且他也可針對小說的情節或結構提出批評，無形中他也間接或直接牽涉在寫作中，可謂一舉兩得。間接地，讀者的閱讀水準也跟著提高。不像以前，讀到文本有不明白之處，往往會有如丈二和尚摸不著頭腦，永遠得不到解答而憋悶於心。據接受學理論指出，任何文學作品的藝術價值只有通過讀者鑒賞，才能達到比較完美的實現。[130]

　　此外，在網路發表的作品也可避免任何出版機構和編輯，權威的審稿，而不必面對如高行健被退稿[131]的打擊或失望。在《尋

---

[129] 同上，頁183。
[130] 同上，頁188。
[131] 同注65，頁198。

找心中的靈山》一文中，高行健曾提及：

> ……四人幫粉粹後，我把我在農村裡寫的稿子寄給許多刊物的編輯部，但全部被退稿了，[132]……

　　無可否認，在經濟全球化之際，全世界包括中國也進入一個所謂消費時代。在一個競爭激烈的消費社會，那麼作為商品之一的文學作品，若要獲得廣大的銷售市場，那麼其包裝形式或傳播方式必須加以調整，以迎合購買力強消費者的需求，那麼含有某種特點和創意的網路文學就應運而生，可謂正合時宜。

　　其中一項由發展迅速的電子媒體所帶來的效應就是電子社區的產生，這無形中不但把空間的距離拉近，而且人類的心靈也無形中拉近了，即零距離，這當然有悖於強調距離是一種標準審美的傳統文學。

　　鑑於電子媒體對文學領域的影響巨大，一位美國學者即希利斯‧米勒（J.Hillis Miller）認為文學時代已結束。[133]

　　長期以來，高行健已習慣用筆寫作而不是電腦，[134]但是他已

---

[132] 同上。

[133] 他於2000年受邀到北京的國際學術的研討會發表題為《未來世界和中國的文學理論》。實際上，他是引用法國結構哲學家德里達‧米勒在其一本書《明信片》裡的一句話：在特定的電信技術王國中，整個文學時代將不復存在。德里達‧米勒的意思是文學（即使不是全部）走向終結了，文學的時代已經過去了。見杜書贏：《文學會消亡嗎》，廣州：中山大學出版社，2006年，頁6。

[134] 在一項與王建明的訪談中，高行健承認到現在他還沒有一台電腦，甚至是一名電腦盲。王建民專訪高行健《中文的勝利超越國界》見《亞洲週刊》第14卷43期，也見同注30，頁54。

做好心理準備去面對這一切，這是因為他向來所主張的是接近冷
的文學，這是一種強調審美和知識價值近似精緻的文學類型。[135]
就中國當代文學來講，文學可以分成兩種：一是精英文學，二是
通俗文學。前者是指1919年五四運動以來由社會知識精英創作出
來的優美而又具有崇高價值的文學作品。[136]它的其中一項特點就
是它具有政治性與社會性功能。[137]這清楚顯示文學的主觀性，即
以強調個性為主而忽略了讀者的存在。[138]對於筆者來說，這個闡
釋多少符合劉再復所提出的文學主觀性的概念。誠然，高行健也
醒覺到在實行控制式經濟制度的中國，要靠嚴肅文學寫作找尋生
計或過著舒適的生活是一件相當困難的事。這種情況只能發生在
實行自由經濟體制的商業化西方國家。就文學本質來講，文學作
品不是商品。因此它應該和市價分開。但是與此同時他也承認文
學作品也接近是商品，這是因為在這個商品社會全部東西都是商
品。[139]這可從他於2005年2月在與劉再復的一項訪談中提及：

> 劉：還有一點我想討論的。你批評民族文化可能會變成政治
> 　　話語，那麼，現在全球化的潮流鋪天蓋地，認同這一潮

---

[135] 在19世紀末，英國文學和多數以英語為主的國家，把文學分成兩大類：
　　屬於上層社會的精英與真實文學：一種是通俗文學。見Abdul Majid
　　bin Nabi Barksh, *The Popular Culture Controversy,* （ Penang: Research
　　Publication, 1983）, p.11.

[136] 黃永林：《大眾視野與民間立場》，北京：新華出版社，2005年，頁
　　86。

[137] 它強調文學作品的功能旨在人民之間提高政治意識來拯救中國。同上，
　　頁44-46。

[138] 同上，頁93。

[139] 同注65，頁226。

流，是不是也有問題？

高：「全球化」是無法抗拒的，這是現時代普遍的經濟規律，而且不可逆轉，只能不斷協商和調節，面對這全球化的市場經濟，別說個人無能為力，就連政府也無法用行政手段或立法來加以阻擋。[140]……

文學不是商品，不能同化為商品。這是我們能說的。但是，全球化的潮流正在改變文學的性質，把文學也變成了一種大眾文化消費品。[141]……

同樣的，在一篇題為《中國流亡文學的困境》高行健也提及：

簡而言之文學，已遇到世界性危機，這並非僅僅對中國流亡作家而言。文學正從一般公眾的社會生活中退出，同大眾傳播媒界越來越沒有關係。作家的社會職能也被記者取代，電影電視排擠了小說，流行歌星壓倒了詩人，決定劇作命運的是導演。作家只從事文學，作家謀生的職業，已近於宣告結束。這恰是中國作家流亡國外始料未及的。那麼，這種流亡還有什麼意義？[142]

從高行健上述這句話，清楚顯示不管喜歡不喜歡，他不得不接受全球化波及文學領域的事實。但是在其下意識裡他當然反對全球化。這可從他在一篇題為《文學的語言》[143]中看得出來：

---

[140] 同上，頁311。
[141] 同上，頁312。
[142] 同注68，頁123。
[143] 這篇講演是於2001年在香港大學發表的。詳見潘耀明主編：《明報月

……而當今的作家，有一個任務，或者說有一種需要，或者
說有一種迫切感，必須抵制商品化。如果文學還要自救的
話，作家除了要超越社會、政治的制約，以及自我膨脹。自
我迷戀與虛妄，還需要與社會的商品化保持足夠的距離，這
就是新的世紀文學所面臨的問題。[144]……

　　實際上，高行健不大受到文學全球化的影響，這是因為他寫
作完全是為了獲得表述自由而不靠它來尋找生計或是過著舒適的
生活，而他也知道這不可能發生在中國。這可從他的小說《靈
山》的有限銷量看得出來：

……我所以甘心流亡。毋需回避，只因為尋求表述的自由。
我表述，我才存在。我非常清楚我現今的作品，除了國內國
外若干朋友和幾位研究中國文學的西方學者之外，讀者寥
寥。倘得以翻譯出版，只能說承蒙厚愛。我一本《靈山》寫
了七年，稿費不及我寫這書花掉的煙錢。臺灣的出版社來的
結帳單注明，一年來賣掉九十二冊。我講的是事實，並且不
認為這有什麼不好，我甚至認為這更接近文學的本性。[145]

　　同樣的，在一項於1993年9月18日在悉尼他與楊煉的一項訪
談中，他也提及：

刊》，2001年3月。
[144] 同注65，頁226。
[145] 同注68，頁123。

> ……比方說我在臺灣出的一本書，第一年寄來帳單，只賣出
> 九十幾本，第二年六十幾本，第三年我去了臺灣，也只增加
> 到兩百來本，而出版社一下子印了兩千本，早著呢。[146]

　　事實上，自古以來，嚴肅文學作品如《紅樓夢》、《水滸
傳》等的銷售量都極有限。尤有進者，在現今這個消費社會，各
種大眾文化充斥市場。就如王蒙指出：

> 消費性的文學作品日益氾濫，包括港臺通俗文學作品在內的
> 言情、武俠、明星自述，政要秘聞、乃至封建迷信之作，以
> 及各種報屁股文章、小女人文學在商業上常常比嚴肅文學作
> 品成功。[147]

　　高行健上述有感而發的遺憾和憂慮當然是有根據的。據一項
由中國政府的網路，針對兩百四十萬網路使用者的調查有關在這
60年來60位最有影響力的文化人顯示：發覺臺灣著名已故歌星鄧
麗君竟排名第一，只有老舍和冰心排名第五和第七。[148]
　　高行健當然醒覺到這個事實。但是在他還未離開中國前或離
開後，向來主張嚴肅文學以及冷的文學的他已準備面對各種市場
的壓力。就如他指出：

---

[146] 高行健：〈流亡使我們獲得什麼〉，載《沒有主義》，頁165。
[147] 同注125，頁41。
[148] 此外，另外三位作家成功登上排名榜是巴金、金庸、瓊瑤。見〈作家大
　　失影響力〉，南洋商報，2009年9月10日。

......寫作時不再想到可能的讀者，如果有讀者的反應，當然
是有意義的事情。但這不是寫作的目的。如今我人在西方，
市場的需求同樣窒息人。我寫作時不考慮讀者。[149]

　　他之所以如此認為是因為他已習慣過著普通的生活方式，更
何況想要在當時共產中國過著舒服安逸的生活是不大可能的。就
如他指出：

......在這個極權制度下，有政治壓迫，如今在這西方的商品
社會，有市場的壓迫。你如果沒有物質生活的保障，要想得
到自由表述的這份奢侈，就得自己去奮鬥。[150]

　　無可否認，他這一生所奮鬥的是要爭取作為一位職業作家的
自由表述的自由而不是在榮獲諾貝爾文學獎後過著那種榮華富貴
的生活。就如他指出：

我是個做創作的人，追求的不過是創作的自由，物質生活對
我並不重要。在大陸，我也可以生活得更好，我之所以惹這
些麻煩，就是因為我要寫我自己想寫的東西，而大陸不具備
這個條件。[151]

---

[149] 同注68，頁67。
[150] 同上，頁73。
[151] 同注65，頁199-200。

　　這就是為什麼他指出文學不是可以賺錢的消費品。這種獨特的看法和許多唯利是圖的其他中國作家不同，他們為了迎合大眾口味而被迫與商品潮流有所妥協，[152]其中如王朔和賈平凹那種大眾文學作品而不是精英文學作品就是最好例子。[153]但是他涉入這種嚴肅寫作必須付出某種代價，即準備過中等生活和面對寂寞。就如他說的：

> ……作家如果不屈從這種潮流，不追蹤時尚的口味，製作各種各樣的暢銷書，就只有自甘寂寞。因此，問題轉而就變成了作家自己是否耐得住寂寞。可用句老話：「自古聖賢皆寂寞。」所以，退一步來說，從來如此，而文學並沒有死亡。[154]……

　　無可否認，寫作可說是一種精神活動，不可寄望能夠名利雙收。因此，高行健需要逃離充滿挑戰而又複雜的市場。如此，他才能繼續寫作並從而獲得心靈上的滿足。如果每位作家都能如高行健那樣放得下，那麼文學就不會死亡或結束。

---

[152] 李澤厚、劉再復：《告別革命》，香港：天地圖書有限公司，2004，頁218。
[153] 同上。
[154] 同注65，頁312。

5.5

從「自我」桎梏中逃亡

　　除了從極權專制政治、主義與市場壓力中逃亡，唯一令高行健也想一併逃亡或勇於卸下或撕下的就是「自我」的各種虛偽面具，還原為一個脆弱的人。誠然，他曾窮其一生精力來擺脫「自我」的束縛。據特沙魯勒斯（Thesaurus）詞典的解釋：「自我」是指對自己的優點自我膨脹。[155] 而牛津法查（Fajar）詞典則解釋為對己身的個人經驗與對事物的觀點，尤其是指與人或外面世界接觸方面。[156] 根據《現代漢語規範詞典》的解釋：指自己的思想、意志、精神等。在其底下列出幾個含有負面意思的詞語，如自我標榜，自我吹噓、自我解嘲、自我陶醉等。[157] 從其一系列含有貶義的例詞，可以看得出「自我」是一個貶義詞。

　　奧地利心理學家兼精神分析分析學家佛洛伊德在其人格結構理論中指出：人格是由「本我」、「自我」、超我」[158] 三部分組

---

[155] http://www.thefreedictionary.com/ego. 2009年3月19日。

[156] Hornby，A. S. *Oxford Fajar Advanced Learner's English Dictionary*．trans. Dato' Asmah Haji Omar（Penerbit Fajar Bakti Sdn. Bhd. 2001），p. 570.

[157] 同注54，頁2006年，1733。

[158] 「本我」（id），代表本能欲望，是一種混沌狀態，它一味追求自然本能的宣洩和滿足，不受邏輯，理性，社會習俗等等一切外在因素的約束，僅受自然規律即生理規律支配，遵循快樂原則行事；「自我」（ego）代

成。無可否認，一個人的性格一般上是由佛洛伊德的人格結構理論即「本我」、「自我」、「超我」這三個部分塑成甚至決定。由於這三者相輔相成，缺一不可，牽一髮而動全身，也就是說若確保要人格結構完整，這三者之間除了互動外，也須互補。但在現實社會中，理想與現實是畢竟有差距的，這三者自古以來都難以有效地磨合在一起，這也難怪多數人的人格包括高行健的都或多或少帶有某些缺陷，很難可以十全十美，除非是聖賢。若加以研究，我們可以從《靈山》的主人公的形體和精神漫遊中，可以多少看到主人公的「自我」的複雜性格方面所引起的各種心理和生理方面的衝突，而通過《一個人的聖經》所描述他的在文革期間的慘痛經歷，也不例外。

在《靈山》這部長篇小說裡，在主人公展開朝向靈山漫遊之際，最初他尋找靈山的決心並沒有動搖過。因此他不斷向人詢問有關去靈山的路途，一心一意就是要找到攀越靈山的方向，主要是為了滿足「本我」以及自我實現即人類最高層次的需要。由於開始階段執著要達致這個目標，以致引起了內心的焦慮不安。就如《壇經》在第17節中指出：

　　……念念之中，不思前境。若前念今念後念，念念相續不

表理性，它總是清醒地正視現實，遵循「現實原則」行事，根據外部世界的需要來對本我進行控制和壓抑；「超我」（superego）是人格結構中的最高層次，是人性中最高級的、道德的、超個人的方面，它遵循的是道德原則。超我代表理想和良心，理想確立道德行為標準。詳見降紅燕；《20世紀西方文學批評理論與中國當代文學窺》，成都：四川大學出版社，2006，頁6。

斷，名為繫縛。於諸法上，念念不住，即無縛也。[159]

如果我們有各種欲望如對過去懷舊，對目前發生的事情堅持或所謂的「執著」[160]和追求未來的希望，肯定會給我們帶來各種煩惱。誠然，對某種好的事情堅持下去將會帶來好的效應。但是在很多情況它不是件好事。這是因為某種計劃目標達致或某種負面行為是否能改變與否胥視「本我」「自我」「超我」因素即實際現實情況或所謂的人為因素決定，主人公對找不到心靈中的靈山也能處之泰然。這也意味著他不再執著之前定下來的堂皇計劃。一切在盡力而為失敗後而隨命運安排，即所謂的隨遇而安，不再強迫自己去進行該計劃。這不意味著他持有消極態度如聽天由命之類，相反的，他表現了積極的一面，因為至少他已曾嘗試努力去做只是失敗而已，更何況某件事做得成功與否最終是上天或人為因素決定，完全不在我們掌控之內。

若加以研究，高行健在這兩部小說裡，高行健處於極其冷靜和清醒的狀態，對自己進行嚴格的自我解構。[161]對於高行健來說，其中一個導致人始終很難從自我觀念的束縛中擺脫出來的其

[159] 郭朋：《壇經》，成都：巴蜀書社，1996，頁92。
[160] 根據佛教教義，這種情況就是佛教所謂的「我執」。我執又稱「我見」，就是錯誤地以為存在著「我」這個能夠支配自身和環境的主體，以為主觀努力可以改變一切，因而蠢蠢欲動，忙忙碌碌。「諸法無我」否定了「我」的存在，不但人無我，而且法無我，不但人無法主宰任何事情，連神也主宰不了事物的發展變化。所謂萬能的上帝是不存在的。如果有上帝，祂也是因緣和合而成的，是受因果律支配的，是身不由己的。詳見黃國勝：《佛教與心理治療》，北京：宗教文化出版社，2004，頁88。
[161] 同注1，頁55。

中一個主要因素是鑑於人性的脆弱所致。人性最大的弱點是什麼？無可否認，人性的弱點很多，計有貪婪、自私、自負、好逸惡勞、優柔寡斷、虛榮、膽小、剛愎自用、猜忌、悲觀、膨脹、虛偽、怕死等等。對於高行健來說，每個人包括那些愛在社會充當「社會良心代表」的所謂「聖人」，以及那些企圖製造一個新的「超人」上帝來取代原來的上帝的尼采都是自我膨脹的發瘋者，由於他們已忘記自身也是一個常人一樣具有人性弱點與缺陷的人，一個在內心同樣潛藏著黑暗地獄的人。[162]所以他們變得那麼自負。若要停止發瘋，其自救的方法就是回歸到「脆弱的人」原本面目，如此才能回歸到對自身的清醒認識，[163]才不會唯我獨尊，不可一世。就如在一篇題為《另一種美學》中，他說：

> 回到繪畫，是回到人，回到脆弱的個人，英雄都已經發瘋了。[164]……

因此，高行健認為把個人還原為一個脆弱的人，才能更清楚地自我認識自己，以及對我浪漫情懷的抑制。[165]這就是禪宗所謂的「明心見性」，就是說每個人都有一顆清瑩明澈的自性，勖勉我們要好好地認清自己，瞭解自己。[166]

---

[162] 同上，頁183。
[163] 同上，頁55。
[164] 高行健：《另一種美學》，臺北：聯經出版社，2001，頁56，也見同上。
[165] 同注1，頁55。
[166] 陳榮波：《禪學闡微》，臺北：志文出版社，1984，頁36。

　　就從自我解構來看，主要表現在其兩部小說對現實描述的著筆有力度，而這種力度與深度，又與高行健的敢於赤裸裸地撕下自我虛偽面具緊密相關。就《靈山》內容、風格與寫法來看，它著重於探索主流社會文化之外的邊緣文化與原始文化。主人公在形體和精神漫遊中展開的探索就是要尋找生活的真實，最終他從羌、苗等少數民族的生活方式中尋找到。其中包括苗族的自由開放式的求愛風俗，[167]以及那些民間藝術如民歌等。[168]這些沒被儒教污染的真正的民間文化都可以反映人之初的真實生活。[169]

　　誠然，《靈山》除了具有充滿文化氣息這一特徵之外，還有一個最重要的特點就是反映「內心真實」的描述。高行健一再說明，他的寫作寫的不是現實，而是「現實背後人的內心感受」。[170]就如他指出：

> 追究真實，這種好奇心，出於想認識生活。只要還活著，便總有這種追究真實的好奇心，創造性也就來自於此。哲學家經過思辨想達到的真理，我們則企圖盡量貼近去感受這總也無法解釋的神祕的真實。[171]……

　　例如高行健在與法國作家德尼‧朗格裡的一項針對《論文學

---

[167] 同注29，頁241-242。

[168] 同上，頁311-327。

[169] 羅多弼（Torbjorn Loden）撰，傅正明編譯，《〈高行健的〈靈山〉'六義'》，香港：明報月刊第35卷第11期，總419期，2000年1月，頁33。

[170] 同注1，頁128。

[171] 同注68，頁83。

寫作》的長談錄音中曾說過：

> ……寫的就是現實，文化大革命中的赤裸裸的現實，我身邊
> 發生的事。[172]……

　　若加以細讀，不難發覺不論是《靈山》還是《一個人的聖
經》，都有如在新時期文學中一部引人觸目的小說，即張賢亮的
《男人的一半是女人》一樣，都含有大段大段的，充滿了性誘惑
的赤裸裸的性心理和性行為描寫，其實這無非是要通過這些性描
寫來反映在那個封建專制時代男女之間對長期受壓抑的性欲強烈
的渴望需求，這也意味著它間接帶有政治性意義。這也難怪它不
但反映了男性的內心的真實，也反映了在性方面向來處於屈辱和
被動地位女性的真正的內心世界。例如在《靈山》的第19節中男
女主人公第一次做愛時有一段詩情畫意的描述：

> ……
> 你突然聽見了她的呼吸，伸手摸到了她，在她身上遊移，被
> 她一手按住，你握住她手腕，將她拉攏過來，她也就轉身，
> 捲曲偎依在你胸前，你聞到她頭髮上溫暖的氣息，找尋她的
> 嘴唇，她躲閃扭動，她那溫暖活潑的軀體呼吸急促，心在你
> 手掌下突突跳著。
> 你說你要這小船沉沒。
> 她說船身已經浸滿了水。

---

[172] 同上，頁65。

你分開了她，進入她潤濕的身體。

就知道會這樣，她歡息，身體即刻鬆軟，失去了骨骼。

……

然後是滾燙的面額，跳動的火舌，立刻被黑暗吞沒了，軀體扭動，她叫你輕一點，她叫喊疼痛！她掙扎，罵你是野獸！她就被追蹤，被獵獲，被撕裂，被吞食，啊──這濃密的可以觸摸到的黑暗，混沌未開，沒有天，沒有地，……

……

洪水大氾濫之後，天地之間只剩下了一條小船，船裡有一對兄妹，忍受不了寂寞，就緊緊抱在一起，只有對方的肉體才實實在在，才能證實自己的存在。

你愛我，

女娃兒受了蛇的誘惑，

蛇就是我哥。[173]

　　上述這段文字描述了一對男女第一次做愛時的既渴望而又興奮的真實內心複雜感受。尤其是那多情的女孩，既羞澀，恐懼但又渴望，最後進入忘我的境界，第一次嘗到了性樂趣，但又矛盾地嗔怪這個有如亞當的是頭野獸，是誘惑她的蛇，但她和蛇緊緊

---

[173] 同注29，頁121-126。

地糾纏在一起，說「蛇是我哥」。[174]

又如從《靈山》的第45節裡敘及主人公如何和一位萍水相逢的文化館女圖書管理員發生的一夜情，也可以看到男女之間經歷了愛欲的衝突，以及反映女孩那種渴望被愛的真實感覺。

> 「我什麼都看不見！」只匆忙摸索她扭動的身體。
> 她突然挺身，握住我手腕，輕輕伸進被我扯開的襯衣裡，擱在她鼓脹脹的乳罩上，便癱倒了，一聲不響。她同我一樣渴望這突如其來的肉體的親熱和撫愛，是酒，是雨，是這黑暗，這蚊帳，給了她這種安全感。她不再羞澀，鬆開握住我的手，靜靜聽任我把她全部解開。我順著她頸脖子吻到了她的乳頭，她潤濕的肢體輕易便分開了，我吶吶告訴她：
> 「我要佔有你……」
> 「不……你不要……」她又像是在歎息。
> 我立即翻到她身上。
> 「我就佔有你！」我不知為什麼總要宣告，為的是尋求刺激？還是為了減輕自己責任？
> 「我還是處女……」我聽見她在哭泣。
> 「你會後悔？」我頓時猶豫了。
> 「你不會娶我。」她很清醒，哭的是這個。
> 糟糕的是我不能欺騙她，我也明白我只是需要一個女人，出於憋悶，享受一下而已，不會對她承擔更多的責任。……
> ……
> 可我又止不住喜歡她，我知道這不是愛，可愛又是什麼？她

---

[174] 同注29，頁126。

　　身體新鮮而敏感，我再三充滿欲望，什麼都做了，就越不過
這最後的界限。而她期待著，清醒，乖巧、聽任我擺佈，沒
有什麼比這更刺激我的，我要記住她身體每一處幽微的顫
動，也要讓她肉體和靈魂牢牢記住我。[175]……

　　從上述這個多情女主人公和男主人公的做愛過程中，可以看
得出男女之間對性愛這回事的不同心理和生理反應。像這個女圖
書管理員和男主人公素昧平生，只是初次和他見面就和他發生性
關係，這只能從男女之間性心理和情感心理這兩方面的差異來分
析。根據性心理學家分析，在男人看來，性與愛完全是兩回事，
他們找女人只純粹是為了滿足生理上的需求，就如文中男主人公
馬上和女主人公做愛一樣，只是「享受一下」而已。但是從情感
心理差異角度來看，由於女性情感豐富，對女人來說，性極少只
是性，一定要有點感情才有可能發生。[176]他們最大的心願是被人
愛，這裡的愛當然遠不止做愛而已。由此可見，這位還是處女身
的女主人公第一次就把她那寶貴的貞操獻給一個陌生人，可以想
像她內心的那種充滿矛盾與掙扎的微妙複雜心理。

　　誠然，在《一個人的聖經》裡，通過男主人公先後與七個女
子的性愛關係也可以看出女性的內心真實情感。例如在他和那位
德國女子馬格麗特做愛之際，可以看得出男女之間對性愛的心理
差異：

---

[175] 同上，頁289-291。

[176] [澳]芭芭拉‧皮斯（Barbara Pease）、艾倫、皮斯（Allan Pease）著，羅
　　拉譯《為什麼男人想要性，女人需要愛》（Why Men Want Sex & Women
　　Need Love），廣州：廣東人民出版社，2013，頁142。

「你不也一樣？」你手順她肩膀滑下去，握到她乳房，緊緊捏住。

「你還要操我？」她垂頭問你，一副失神的樣子。

「那兒的話！馬格麗特……」你不知如何解釋。

「你泄完了，在我身上呼呼就睡著了。」

「真糟糕，像個動物！」

「沒什麼，人都是動物，不過女人要的更多是安全感。」她淡淡一笑。[177]

　　無可否認，從心理和生理方面看，女人生性柔弱，需要男人的保護或給予安全感。這可從主人公在某城市的火車站遇到兩派武鬥人馬槍戰時，他在碼頭護著一個陌生的女孩，然後她以許英的名字一起登記住進一家旅店，[178]就這樣地他和還是處女的她發生一夜情：

　　黑暗中，她突然抽搐起來，他一把抱住那抖動的身體，吻到了汗津津的面頰、鬆軟的嘴唇，鹹的汗水和眼淚混在一起，雙雙倒在床席上。他摸到同樣汗津津的乳房，解開了褲腰間的鈕扣，手插到她兩腿間，全都濕淋淋，她也癱瘓了，任他擺弄。他進入她身體裡的時候兩人都赤條條的……

　　他於是又一次同她做愛，這回她毫不遮擋，他感到她挺身承

---

[177] 同注14，頁97。

[178] 同上，頁240-251。

應。他承認是他把她從處女變成女人，他畢竟有過同女人的
經驗。[179]……

就風格與寫法來看，《靈山》側重於寫內心世界，《一個人
的聖經》著重描寫現實社會中一場把億萬中國人捲入的極為瘋狂
而荒謬的文化大浩劫。[180]無論如何，這兩部小說除了展示女人在
性愛方面的內心真實外，高行健也想通過《靈山》和《一個人的
聖經》揭示人性脆弱的一面。就《靈山》的內容來看，他首先坦
白揭示自我脆弱的一面。當他被診斷得了肺癌後，他曾經這麼悲
觀說道：

> ……我這景況如同殺人犯證據確鑿坐等法官宣判死刑，只能
> 期望出現奇跡，我那兩張在不同醫院先後拍的該死的全胸片
> 不就是我死罪的證據？[181]

上述這句話是他去醫院作預約的斷層照相時說的。在這個就
要知道複診結果的關鍵時刻，不知為什麼他突然間內心變得脆弱
起來以致祈求神明的保佑。就如他指出：

> 我不知什麼時候，未曾察覺，也許就在我注視窗外陽光的那
> 會兒，我聽見我心裡正默念南無阿彌陀佛，而且已經好一會
> 了。從我穿上衣服，從那裝著讓病人平躺著可以升降的設

---

[179] 同上，頁250-251。
[180] 同注1，頁139。
[181] 同注29，頁75。

> 備像殺人工廠樣的機房裡出來的時候，似乎就已經在禱告
> 了。[182]

其實，他原本是個無神論者，[183]我們可以從當他看到一個壯
年的男人或是一個年輕漂亮的女人也在寺廟裡禱告時，他就露出
不屑的語氣道：

> 這之前，如果想到有一天我也禱告，肯定會認為是非常滑稽
> 的事。我見到寺廟裡燒香跪拜喃喃吶吶口念南無阿彌陀佛的
> 老頭老太婆，總有一種憐憫。這種憐憫和同情兩者應該說相
> 去甚遠。如果用語言來表達我這種直感，大抵是，啊！可憐
> 的人，他們可憐，他們衰老，他們那點微不足道的願望也難
> 以實現的時候，他們就禱告，好求得這意願在心裡實現，如
> 此而已。我不能接受一個正當壯年或是一個年輕漂亮的女人
> 也禱告。
> 偶爾從這樣年輕的香客嘴裡聽到南無阿彌陀佛我就想笑，並
> 且帶有明顯的惡意。我不能理解一個人正當盛年，也作這種
> 蠢事，[184]……

但是人畢竟不是上帝，也有其脆弱的一面。當面臨死神正
向他逼近時，內心的恐懼難以筆墨形容，一時感到孤立無助與渺
小，與其坐以待斃，不如向無所不能的神明默默祈禱作垂死掙

---

[182] 同上，頁75-76。
[183] 同注1，頁125。
[184] 同注29，頁76。

扎。就如《靈山》中的主人公一樣：

> ……但我竟然祈禱了，還十分虔誠，純然發自內心。命運就這樣堅硬，人卻這般軟弱，在厄運面前人什麼都不是。[185]

　　就《一個人的聖經》小說中，最能反映主人公脆弱的一面即虛榮、自負、膨脹、虛偽是在文化大革命發生的一切。在文化大革命中，基於迎合群眾情緒，主人公一開始就積極參與由毛澤東展開的革命運動以表示回應支持。為了得到別人的尊敬與認同，這個「自我」──他充當造反派的精神首領。[186]這也可從《一個人的聖經》的第十九節反映出來：

> 他夾在人群中默默目睹了這番場面，心裡選擇了造反。他是在上班的時間溜出去的，到西郊的幾所大學轉了一圈。在北京大學擠滿了人的校園裡，滿樓滿牆的大字報中，看到了抄錄的毛澤東那張《炮打司令台部──我的一張大字報》。
> 他回到機關裡的辦公室還激動發燒得不行，當天夜裡，等夜深人靜，也寫了張大字報，沒熬到人上班時再徵集簽名，怕早晨清醒過來也就失去了這番勇氣。他得趁夜半還沒消退的狂熱，把這張大字報貼出來，為打成反黨的人平反，群眾需要英雄為之代言。[187]

---

[185] 同上，頁76。
[186] 同注1，頁59。
[187] 同注14，頁159-160。

　　無可否認，在開始階段，由於崇拜毛澤東為國家和人民的救星，高行健對革命活動充滿激情參與。就如他承認：

> 可有這種情況。中國文化大革命的初期，毛澤東有許多漂亮話是能迷惑人的。我就受過迷惑。……[188]

　　唯一個可以讓他在支持毛澤東的革命政策嶄露頭角的方法就是擔任組織裡的頭頭。例如他在和法國作家德尼。朗格裡的長談錄音中承認：

> ……文化大革命初期，我出來造反，當過一派紅衛兵組織的頭頭，……[189]

　　主人公在《一個人的聖經》裡也承認：

> 空蕩蕩的樓道裡，零零落落的幾張殘破的舊大字報在過堂風中悉索作響，這種孤寂感大抵也是英雄行為必要的支撐。，悲劇的情懷下萌生出正義的衝動，就這樣他投入賭場，當時卻很難承認是不是也有賭徒心理。總之，他以為看到了轉機，為生存一搏和當一回英雄，兩者都有。[190]

　　無可否認，在現實社會裡，有很多人或多或少都喜歡擔任某

---

[188] 同注68，頁60。
[189] 同上。
[190] 同注14，頁160。

組織的領袖的傾向，好像每個人都是天生的領袖。就如主人公在
《靈山》的第65節裡就指出這個人性的弱點，即喜歡擁有權力或
當權威：

> 人都好當我的師長，我的領導，我的法官，我的良醫，我的
> 諍友，我的裁判，我的長老，我的神父，我的批評家，我的
> 指導，我的領袖，全不管我有沒有這種需要，人照樣要當我
> 的救主，[191]……

其中一個人愛當領袖的原因是它象徵權力，至少他可以管別
人而不被人管。就如主人公在《一個人的聖經》裡就指出：

> ……群眾需要領導，猶如羊群離不開掛鈴鐺的，那帶頭羊不
> 過在甩響的鞭子逼迫下，其實並不知要去哪裡。然而，他至
> 少不必再回到辦公室每天坐班，來去也無人過問。[192]……

一旦擔任組織的頭頭也可以讓他有機會在他主任面前自我炫耀
或表現自己的領導能力，從而獲得上頭的信任和同事的尊敬。這就
導致他更加自我膨脹。這可說是高行健所詬病之處，就如他抨擊：

> ……他人都成了地獄，唯我獨尊，可不就成了上帝。自我膨
> 脹到這個地步，也會成為地獄。[193]

---

[191] 同注29，頁456。
[192] 同注14，頁164。
[193] 同注65，頁313。

　　他這種自我膨脹的情形有如當年的魯迅充當革命鬥士和民族救主一樣。[194]這可在《一個人的聖經》的第19節中反映出來：

　　……霎時間他不說成了英雄，也好歹是眾人注目的勇士，[195]……

同樣的，在《一個人的》聖經》的19節也敘及：

　　……他一個小編輯，在這等級森嚴的機關大樓裡竟然成了個顯目的人物，儼然把他當成首領。[196]

　　對於高行健來說，這些自稱是民族和國家救星的其實是受到尼采的「超人」思想影響。這種自我膨脹心態最令他反感和反對。就如主人公在《一個人的聖經》的第59節裡指出：

　　……你就是條脆弱的性命。超人要代替上帝，狂妄而不知所以，你不如就是個脆弱的凡人。[197]……

　　事實上，主人公曾承認自己同父親一樣是個生性溫和的

---

[194] 同上。
[195] 同注14，頁163。
[196] 同上，頁164。
[197] 同上，頁437。

人，[198]可見他個性軟弱。[199]因此，在開始階段當他看到組織裡發生各種文鬥或武鬥時，內心感到無比恐懼，但是為了生存，滿足其虛榮感，他心裡卻選擇了造反。[200]所謂造反，就是積極投入角鬥場，為生存一搏。其實，他的內心怯弱到極點，但卻硬要裝扮為英雄，首先出來貼出大字報，結果騎虎難下，於是他又不得不革命到底，從瘋狂走向更大的瘋狂。[201]多麼可悲。

在最初階段，由於他看不到逃避勞改的機會，他只好戴上假面具佯裝成革命計劃的熱誠支持者。這也意味著他還是逃不出自己設下的牢獄。

但是，久而久之，由於對組織內發生的各種無人道的批鬥已厭倦了，他自我膨脹的心態就無形中日漸減退了。就如從下面這句話可以看得出他的厭倦心理：

> ……文化大革命初期，我出來造反。當過一派紅衛兵組織的頭頭，可這種群眾組織內部爭奪權力的鬥爭，很快便令我反感，好不容易才抽身脫了出來。[202]……

於是，他開始想方設法要退出他在組織內所擔任的職位。最後他提出到農村去接受勞動改造的申請終於獲得有關當局的批

---

[198] 同上，頁269。
[199] 同注1，頁142。
[200] 同上。
[201] 同注1，頁59。
[202] 同注68，頁60。

准。[203]在《一個人的聖經》的第40節就提及：

> 無非是從此當個農民，憑力氣掙飯……他得混同在鄉裡人之
> 中，不讓人覺得他有什麼可疑之處，在這裡安身立命，沒准
> 就老死在此，給自己找一個家鄉。[204]

　　無論如何，在整個10年文革期間，高行健不能夠擺脫在專制極
權統治下的陰影。雖然他曾說過他不要活在別人的陰影下，但是迄
今它還是不能忘掉他在文革時期所遇到的一切恐怖事件。這可從他
承認迄今他還是揮不掉他對毛澤東的憎恨的程度看得出來。[205]
　　文革後，雖然實行更加開放的文化政策，但當他的戲劇《車
站》被禁演後，他才發覺有關當局還是對作家的作品施加嚴厲的
監查。無形中他作為一個獨立自主的作家的尊嚴已受損，為了維
護尊嚴即作為人的最基本權利，導致他興起了他自我國內流亡的
念頭。這一切都在《靈山》或《一個人的聖經》裡反映出來。這
就是為什麼劉再復認為，從《靈山》到《一個人的聖經》是一個
尋找過程，也是一個擺脫精神牢房的過程，而《靈山》可讀作一
個精神囚徒越獄的故事。[206]但是對於筆者來說，無論《靈山》還
是《一個人的聖經》更可以看作是一個身陷形體兼精神囚徒越獄
的故事。
　　比較起來，從所反映的「自我」角度來看，這兩部被視為

---

[203] 同注14，頁302。
[204] 同上，頁318。
[205] 同上，頁404。
[206] 同注1，頁67。

逃亡的小說有迥異之處。前者《靈山》描述的是開始主人公非常
執著要找到靈山才甘休，但是尋尋覓覓找不到後，才頓悟原來靈
山本來就早已存在每個人的心靈深處。這時他才放下來，不再執
著。而後者《一個人的聖經》則在自我膨脹後，因看透了所謂的
革命也不過是極權專制者為了鞏固政權而搞的政治無產階級鬥爭
而厭倦以致退居幕後，總算頓悟得以放下身段而脫身。因此他有
感而發道：

> ……你恐怕應該感謝的是對這自我的這種意識，對於自身存
> 在的這種醒悟，才能從困境和苦惱中自拔。[207]

　　這一頓悟才讓他醒覺自身存在比任何名利地位更重要，這是
因為只有自身存在或自救，他才可以繼續寫作從而實現作家本體
性的最高層次，即作家的自我實現[208]。根據劉再復的看法，自我
實現是為了實現自己的理想力量、智慧力量、道德力量、和意志
力量。而自我實現的需求則不僅回歸自我，而且把自我的感情推
向社會推己及人，在愛他人、愛人類中來實現個體的主體價值，
此時，作家既有自我，又超越自我而重心在於對他人的愛。主體
性很強的作家總是把愛心往更深廣的境界推廣，而且最後總是達
到一種高度的超我境界，這就是「無我」境界。[209]這與高行健強

---

[207] 同注14，頁445。
[208] 何火任編：《當前文學主體性問題論爭》，福州：海峽文藝出版社，
　　　1986，頁75。
[209] 同上，頁79。

調文學是人類生存和人類困境而不是政治的見證[210]相符。這表示
他對人類生存問題關懷備至，文學對他來說實際上是人自身存在
和他生存的環境的觀照、關於社會百態以及人際間的關係，[211]簡
而言之，文學就是把人生百態，包括人內心種種複雜的、陰暗的
方面，如實道來。因此，文學留下的是超越時代、超越國界、超
越語種、甚至超越民族、超越人種的人類生存的見證。[212]這顯示
他多少懷有北宋著名思想家、文學家兼政治家范仲淹的那種「先
天下之憂而憂，後天下之樂而樂」的胸懷。從心理角度來看，像
高行健這個作家的創作過程可以概括為：自身——超越自己——
無我[213]。

　　對於高行健來說，長期以來，由於他喜歡獨善其身，但內心
又有強烈的表述需要，唯有通過自言自語來抒發內心的感受。這
對於他來說是有必要的，以確認自身存在的價值。因此，有須訴
諸語言來表述，否則思想就停止了，這感受就停止了。[214]就如高
行健指出：

> ……我所以甘心流亡，毋需回避，只因為尋求表述的自由。
> 我表述，我才存在。……[215]

---

[210] 同注65，頁252。
[211] 同上，頁221。
[212] 同上，頁243。
[213] 同注208，頁80。
[214] 同注65，頁227。
[215] 同注68，頁123。

　　在整個形體和精神漫遊中，另一個引起高行健冥思的人生大課題就是關於死亡的問題，所謂自古英雄誰無死，更何況我們這些凡夫俗子。事實上，每個人都對死亡感到無比恐懼，這也反映人性最脆弱的一面。就如高行健從小就對死亡感到恐懼，他在《一個人的聖經》的第54節就承認：

> ……在一片虛空寧靜之中，本來就赤條條一無牽掛來到這世界，也不用再帶走甚麼，況且帶也帶不走，只恐懼那不可知的死亡。[216]
>
> 你記得對死亡的懼怕從兒時起，那時怕死遠超過今天，有一點小病便生怕是不治之症，一有病痛就胡思亂想，驚慌得不行，如今已經歷過諸多病痛乃至於滅頂之災，還活在這世上純屬僥倖，[217]……

　　高行健對死亡更感到恐懼是在他被診斷出患上肺癌之際，就如他自己也承認：

> 你對死亡恐懼都是在心力衰弱的時候，有種上氣不接下氣的感覺，擔心支撐不到緩過氣來，如同在深淵中墜落，這種墜落感在兒時的夢中經常出現，令你驚醒盜汗，[218]…….

　　但是，當他想到他還有很多事情包括寫一部比較有分量小

---

[216] 同注14，頁408。

[217] 同上。

[218] 同上。

說還沒完成，就這樣一死了之，那不是死而有憾嗎？無論如何，他要和死神作垂死掙扎，為了在死亡面前的最後一絲抗爭，他選擇了自我國內流亡，展開了一段對人生問題包括死亡冥思之旅。最後他得到頓悟而豁然開朗，即死亡是人生的一個無可避免的事實，它含有其深一層的意義，只好坦然面對它。在《一個人的聖經》的第54節就曾這樣指出：

> 你再清楚不過生命自有終結，終結時恐懼也同時消失，這恐懼倒恰恰是生命的體現，……[219]

有鑑於此，我們不需要再浪費時間去探索人生的真正的意義，現在最重要的是要珍惜生命。就如他指出：

> 你只看重生命，對生命還有點未了之情，[220]……

有很多批評家或讀者對《靈山》與《一個人的聖經》的情節含有諸多性描寫而加以垢病，其實從文學角度來看，它含有某種政治隱喻意義，即男人代表獨裁者（如毛澤東）通過性關係或強姦（指極權專制）把虐待和壓迫施予女人（人民）身上。就如他在《一個人的聖經》的61節中指出：

> ……可以強姦一個人，女人或是男人，肉體上或是政治的暴

---

[219] 同上，頁409。
[220] 同上，頁410。

力，但是不可能完全佔有一個人，精神得屬於你，守住在心裡。[221]

　　誠然，經過努力尋尋覓覓後，《靈山》裡的主人公還是無法找到靈山，事實上，主人公最後沒有找到靈山，他只在《靈山》最後一節裡指出：最後發現上帝就在青蛙眼裡，即靈山就在每個生命的徹悟之中。到了《一個人的聖經》，就更加明確地點明：靈山就是自己身上的那一點永不熄滅的幽光，即自己內心的力量[222]，只要在逆境（泥沼）中充分發揮並守護著它，就得以自救。他指出：

　　　　……他合掌守住心中那一點幽光，緩緩移步，在稠密的黑暗裡，在泥沼中，不知出路何處，小心維護那飄忽的一點幽光。[223]……

　　就如牟宗三（1909-1995），一位臺灣著名的儒學家在其一篇題為《自由主義之理想主義的根據》中指出：

　　　　……在共產黨的統治下，的確是無自由的，不但知識階級沒有自由，就是共黨所挾持的「人民」何嘗有自由。它騷擾到生活的任何處。[224]……

---

[221] 同上，頁446。
[222] 同注1，頁68。
[223] 同注14，頁446。
[224] 牟宗三：《生命的學問》，臺北：三民書局股份有限公司，2004，頁

　　誠然，在整個10年文化大革命中，高行健一直都想方設法堅持守護著那一點點幽光俾不會熄滅，即表述個人的自由，更何況現在他已自我被迫流亡到法國，那點幽光已變成亮光。這將確保在他心中他所建立的那一座靈山將會得以屹立不倒，那他將會永遠都會有那汲汲守護著的表述自己的自由。

　　無論如何，在他還沒有決定自我流亡到法國之前，他還是有多少猶疑不決是否要離開那個他熱愛的祖國，這是鑑於文化情結所致。他對那個生於斯，長大成人、受教育、甚至經歷過文革的慘痛事件的祖國，他何曾有過離開這片黃土的念頭，因此難免會有依依不捨之情懷，畢竟人都或多或少有懷舊的心理。

　　但是一旦他所乘搭的飛機升上空中那剎那，一股坦然的心情油然而生，即已準備接受流亡到法國的鐵一般的事實。就如他在《一個人的聖經》的第3節中指出：

> 這之前，他沒有想到他會離開這國家，只是在飛機離開北京機場的跑道，嗡的一聲，震動的機身霎時騰空，才猛然意識到他也許就此，當時意識的正是這也許。就此，再也不會回到舷窗下那土地上來⋯⋯.這疑問是之後派生出來的，答案隨後逐漸趨於明確。[225]

　　無可否認，從《靈山》和《一個人的聖經》的描述中，可以

232。
[225] 同注14，頁24。

看到高行健的一生可謂命途多舛，一生都活在煩憂中。事實上，就如前角博雄（1931-1995）一位日本著名的禪師曾指出：

> 所以，我們的煩惱來自何處？很簡單。我們的煩惱來自自己那些以自我為中心的觀念。[226] 既然這些煩惱都來自「自我」，那麼要去除它，我們就要覺醒[227] 才是上上之策。

但是，幸好主人公自經歷過一連串挫折和事故後，他才放下一切，導致他不再執著各種塵世紛繁的事情。就如他說：

> 你不知還會做出甚麼事情來，又還有甚麼可做，都不用刻意，想做便做，成則可不成則罷，而做與不做都不必執著，[228]……．

從這句話裡，可以看得出高行健已看透人世間的一切是是非非，準備以平常心去面對一切在有生之年發生的任何事情，一切都順其自然而不必執著，這與釋迦牟尼所強調的教導是一致的：

> 捨棄自我的執著，因為事事物物都是無常的。[229]

---

[226] 詳見前角博雄禪師著，廖世德譯《過無常的生活》（Appreciate Your Life），臺北：文化事業有限公司，2001，頁86。

[227] 「覺醒」的障礙永遠都是我、我、我。我的感覺、我的思想、我的痛苦、我的觀念——所有這些都要從一開始就去除，因為這些東西都是片面的，相對的觀點。同上。

[228] 同注14，頁410。

[229] 聖嚴法師：《禪的世界》，臺北：法鼓事業文化有限公司，1999，頁

　　當我們對某種意念不再執著，我們不會再有任何邪念。這也與一位來自潙山的靈祐（771-853）禪師[230]與一位僧人有關「道」的對話相符：

　　　　僧問：「如何是道？」師曰：「無心是道。」[231]

　　根據禪宗教義，自性，用現代的語言來講是指「自我」。[232]禪宗派別之一的南禪創始人慧能強調的自性是清淨的、美的、可以說真、善、美的統一，因而是神聖的。[233]這裡所講的自性就是本性，強調頓悟本性。[234]高行健這時清淨的心靈顯然是受到這種頓悟本性的影響。

　　無論如何，一般人包括高行健本身迄今顯然的擺脫不了充滿原始欲望的「自我」的束縛。就如主人公在《一個人的聖經》的第54節裡提及：

　　　　……當然也照樣會有觀點、看法、傾向乃至憤怒，尚未到憤

　　　214。
[230] 唐代禪宗僧人，潙仰宗創始人之一。潙山位於湖南省的寧鄉西。見任繼愈編：《佛教小辭典》，上海：上海辭書出版社，2006，頁130。
[231] 楊詠祁：《禪語今釋》，南京：江蘇人民出版社，2003，頁330。
[232] 同上，頁372。
[233] 禪是對自性的肯定與灑脫，核心問題是自性。自性，用現代語言來看是自我。南禪創始人慧能強調自性，自性就是本性。自性是清淨的，自性是萬事萬物的基礎。西方講的「自我」，是原始或者是充滿欲望的。同上。
[234] 同上。

怒都沒力氣的年紀，自然也還會有所義憤，不過沒那麼大的激情。可七情六欲[235]依然還有，就由它有去，但再沒有悔恨，也因為悔恨既徒勞且不說損傷自己。[236]

　　根據佛教教義，《成唯識論》認為，眾生有六種主要煩惱：貪、瞋、癡、慢、疑（猶疑）、惡（錯誤見解）。[237]總之，佛教認為人世間的一切鬥爭和痛苦都是貪、瞋、癡所致，再加上我們擺脫不了塵世間的社會習俗的約束和各種是是非非等等，這一切都可說是自我束縛的根源，也是導致塵世間的各種悲劇發生的原因。就如高行健在其一首題為《逍遙如鳥》的詩歌中，提及：

你畢竟不是鳥
也解不脫
這無所不在
總糾纏不息[238]

　　對於筆者來說，其中一項令高行健難以自拔的「自我」問題是文化情結。雖然他曾說過作為流亡作家，如果沉浸在回憶和鄉

---

[235] 七情是指喜怒哀懼愛惡欲七種情感。六欲是指生、死、耳、目、口、鼻的欲。同注54，頁1015。

[236] 同注14，頁410。

[237] 魏承思：《中國佛教文化論稿第三章：中國佛教道德》，www.liaotuo.org/fjrw/jsrw/wcs/60927.html.，2015年8月30日。

[238] 高行健：〈逍遙如鳥〉，載《游神與玄思》——高行健詩集，臺北：聯經出版事業股份有限公司，2012，頁29。

愁中，也是一種慢性自殺。[239]無論如何，體內早已流著中國的血液。不論喜歡不喜歡，他對中國仍有牽念之情。就如臺灣名作家黃春明於2001年10月2日與高行健針對《作家心靈之路》對話中曾提及：

> 高行健說他不眷戀那塊土地，那個家鄉，各位千萬不要從片段的話語去質疑他的關懷。……一個人再如何遊離，東奔西走，都不可能對自己的家鄉沒有情感。[240]

就連高行健也坦白承認：

> ……你也可以說我是中國作家，因為我的出身是中國人，這沒必要否認，中國許多豐富的文化，遺產都在我的血液中。[241]

此外，其中一項人類基本需求即滿足佛洛伊德所強調的本我（id）尤其是力比多（libido指性本能）的需求也是高行健一生無可避免的事情。由於他曾被女人所累，因此他憎恨女人，但是由於敵不過生理上的原始本能需求，這就是道家哲學所強調的的不可拂逆的天性。因此，無論如何，在有生之年，他還是需要女人，因為性是快樂的源泉。因此如果年屆76歲的他，身邊還有個女伴，不足為奇。

---

[239] 同注65，頁248。
[240] 同上，頁235-236。
[241] 同上，257。

　　另一個令高行健避不開的自我問題是他那堅定不移的文學立場，即為了捍衛他表述個人聲音的自由，他堅守著不向政治、市場和媒介壓力屈服的崇高的文學立場。這可從他拒絕美國劇院想要修改《逃亡》[242]劇本內容窺見一斑。就如他指出：

> ……我在中國的時候，共產黨尚不能讓我改本子，更別說一家美國劇院。[243]

　　從這句話可以看得出他那獨特的文學立場，這也反映他是一個獨特立行的作家。

　　但是，他對中國人民迄今還無法逃避極權專制政權的桎梏深表遺憾。通過《逃亡》一劇，他如此反映：

> 青年人：（轉為冷靜，含有敵意）原來你也在逃避我們？逃
> 　　　　避民主運動？
> 中年人：我逃避一切所謂集體的意志。
> 青年人：都像你這樣，這個國家沒有希望了……
> 中年人：我只拯救自己，如果有一天這個民族要滅亡，就活
> 　　　　該滅亡！你就要我這樣表白嗎？還有什麼要問的？

---

[242] 《逃亡》的時間是六四之夜，地點是廢倉庫的地下室，人物則只有三個：一個青年學生，一個學生救助下的姑娘，一個厭惡政治但又參加簽名抗議的中年知識份子。三個人在逃亡中發生思想衝突。見同注1，頁52-53。

[243] 高行健：《逃亡》，臺北：聯合文學，2001，頁107-108。

審問結束了嗎？

青年人：（茫然）你是一個……

中年人：個人主義者還是虛無主義者？我也可告訴你，我什
麼都不是，我也不必去信奉什麼主義。[244]

從上述兩個人的對話中，可以反映這個年輕人能夠逃脫強權
政治，但很難逃脫集體意志和國家神話這種觀念。[245]劇中的青年
人仍然被圍困在悲壯的觀念中，仍然把敢於逃避集體意志伸張自
由思想權利視為「沒有希望」，這其實正是最難逃開的自我設置
的地獄。[246]

其實，劇中的中年人可說是高行健的代言人，因為他說自己
沒有奉行任何主義。可是，令高行健感到遺憾的是他自己和少數
具有良知的作家能成功逃亡到國外，而大多數知識份子雖然比較
傾向受到西方個人主義的思想影響，但畢竟未能徹底擺脫中國傳
統倫理社稷為重即根深蒂固的愛國主義的影響而繼續受困於強權
政治的桎梏。[247]就如他抨擊：

作為中國社會一個階層的知識份子的個體意識也相當薄弱，
通常並不以個人的身分面對社會，儘管那種孤獨感在魯迅的
前期著作中時時流露。其實，知識分子的創造精神正在於個
人的獨立不移。知識份子個人面對社會，這一存在才更為真

---

[244] 同注1，頁52-53。
[245] 同上。
[246] 同上。
[247] 同注68，頁99。

實。知識份子的自我如果也消溶到那集體的大我，或所謂我們，這自我便不復存在。[248]

無可否認，長期以來，國家意識不曾和個人意識分開，這是因為集體意識已下意識地根深蒂固在人民心理所致。這就是為什麼高行健說道：

> ……我以為人生總也在逃亡，不逃避政治壓迫便逃避他人，又還得逃避自我，這自我一旦覺醒了的話，而最終也逃脫不了的恰恰是這自我，這便是現代人的悲劇。[249]

誠然，對於高行健來說，他這一生最難逃避的是他自己本身而不是別人。[250] 這當然有其邏輯的一面，主要原因是人性與生俱來的很多弱點所致，簡而言之，即人性的脆弱的方方面面使到很多人都難以克服自我為中心的問題。就如高行健指出：

> ……但在人性層面上，人類卻不見有多大長進。人類發明了那麼多的醫藥，但人性的弱點無藥可治。今天的人甚至比過去更脆弱。[251]

---

[248] 同上，頁102。

[249] 同注243，頁109。

[250] 據沙特謂，別人是個人爭取自由的最大障礙。如果一個人不把別人屈服，他將會被別人屈服。那麼他將會成為奴隸。見張華金、鮑宗豪：《自由：追求與迷誤》，上海：社會科學院出版社，1990，頁89。

[251] 劉再復：《思想者十八題——海外談訪錄》，香港：明報出版社，2007，頁11。

　　這也意味著這些人性脆弱的一面或多或少會體現在我們日常
生活與人交際時的言談舉止中，更何況我們在日常生活中的所作
所為，一般上都易受到與生俱來的七情六欲控制或影響。這也難
怪在《逃亡》一劇中，那位姑娘不客氣地對那位非常自我的青年
人抨擊道：

> 姑娘：（大發作）……你們（指男人）只允許你們有欲望，
> 　　　卻不允許一個你們占為己有或所謂你們愛的女人除
> 　　　你們之外也還有欲望，你們所謂的自由、精神、意
> 　　　志，只允許你們有，不允許別人也有，你們只會把自
> 　　　己的痛苦轉嫁到別人身上，可一個個都又自私、又
> 　　　醜陋、又猥瑣，還一個個都努力要表現你們那個自
> 　　　我。[252]……

　　由這位姑娘這句話，可以看得出一般人在日常生活言談舉止
中或多或少都會自我為中心。這就是為什麼劉再復指出：高行健
在《逃亡》的劇作及之後的闡釋中，給人類文化提供一個最清醒
的認識-----「自我」乃是最後最難衝破的地獄。[253] 如果沙特貢獻
的「他人是自我的地獄」是個哲學命題，那麼高行健貢獻的「自
我是自我的地獄」對筆者來說則不僅是一個文學命題，也是一個
哲學命題。[254]

---

[252] 同注243，頁98。
[253] 同注1，頁53-54。
[254] 劉再復認為「自我是自我的地獄」只是一個文學命題而已。見同上，頁54。

　　無可否認，令高行健感到慶幸的是他能通過自我被迫逃亡或自救而得以踏上西方的自由之旅，即去尋找心馳神往的靈山。這可確保他以後可以獲得形體和精神自由，即自我表述的自由。顯而易見，除了難於逃脫自我設下的地獄之外，最終令高行健感到慶幸的是自己還能夠能從婚姻、意識形態或主義、市場壓力中逃亡出來，這總比很多流亡作家或目前仍被極權專制統治的中國人幸運。

第六章

總結

　　《靈山》與《一個人的聖經》的主題事實上都與流亡有關，其內容無疑地亦互相有關連。通過在《靈山》所陳述的在國內流亡，以及在《一個人的聖經》自我強迫式國外流亡，可以間接或直接地聽到高行健的流亡聲音。其流亡聲音與眾不同之處是它不代表其他人的聲音，相反的，它只單單是代表個人所發出的聲音。

　　事實上，一生中高行健所爭取的是自由表述的聲音。這無疑地與他所奉行的比西方英雄式個人主義[1]還要個人的極端個人主義有關，無疑地，它與當時大行其道的革命文學[2]所強調的集體思想背道而馳，即：

> 革命文學應當是反個人主義的文學，它的主人翁應當是群眾，而不是個人；它的傾向應當是集體主義，而不是個人主義。反對個人主義思想的文學。[3]

　　其中一個革命文學的先驅魯迅曾針對30年代的文壇指出：

> 各種主義的名稱的勃興，也是必然的現象。世界上時時有革命，自然會有革命文學。世界上的民眾很有些覺醒了，雖然有許多在受難，但也有多少占權，那自然也會有民眾的文學

---

[1]　方梓勳：《你畢竟不是一隻鳥》，《明報》第三卷，2008年4月，頁66。
[2]　自1923年，有一群共產黨員提出並宣導革命文學的概念，宣傳一些革命文學的主張和有關馬克思主義的藝術概念，其中先驅包括郭沫若、蔣光慈。見殷國明：《中國現代文學流派發展史》，廣東：高等教育出版社，1989，頁247-249。
[3]　同上，頁253。

——說得徹底一點，則第四階級文學。[4]

由此可知，自20世紀初開始，唯一可以在文學作品反映的聲音是革命。就如郭沫若（1892-1978）所指出的：

只有一種真正的文學就是革命文學。[5]

同樣的，一位著名的女作家張抗抗也承認：

……在70年代開始學習寫作，當然得嚴格遵守革命文藝理論的指導，否則根本不能發表。我也不可倖免地遭到「政治導向」的嚴重污染。[6]……

但是身為一位先鋒與持有個人立場的作家，高行健當然不要

---

[4]　其實，自19世紀90年代，從1919年開始發展的中國現代文學至中國當代文學曾先後經歷兩次文學方面的革命，其雛形可以溯源自「五四」新文化運動所展開的文學革命思潮，其中一個「五四」文學思潮的特點是通過提倡文學與邦強國的救亡作用。但是隨著1927年大革命失敗後，由於國民黨以清黨之名開始大戮共產黨及革命群眾，而死剩的青年們再次陷入被壓迫的境遇，於是革命文學在上海再次活躍起來。中國共產黨率領人民開始了革命，無產階級革命的展開和階級隊伍的壯大為革命文學的產生和發展提供了後備的群眾基礎。因此，革命文學的萌生可以追溯到20年代初期，其時「五四」落潮，中共成立，一些有識之士開始反思文學革命。他們認為文學革命太注重形式的革新，無力改變現狀，而必須宣導革命的文學，提倡文學為革命鬥爭服務，為廣大受苦受難的群眾發言。同上，頁246，也見盧洪濤：《中國現代文學思潮史論》，北京：中國社會科學出版社，2005，頁143-147。

[5]　郭沫若：《革命與文學》，載《創造月刊》，1926年5月16日，第一卷。

[6]　張抗抗編著：《你是先鋒嗎？》，上海：文匯出版社，2002，頁182。

受到一種含有集體革命聲音所拘束，蓋這將磨滅或扼殺其創作能力。有鑑於此，他竟敢向當局挑戰而嘗試採用西方寫作技巧進行寫作，如戲劇《車站》，《絕對信號》，亦包括他未自我放逐去法國前所著的《靈山》。[7]不過，隨著有關當局在中共文藝政策緊縮期（1982-1985）對其戲劇提出批判以及禁演，他才醒覺左傾的文藝政策仍由鄧小平延施下去。

事實上，在最初階段，他尚未下定決心自我放逐到外國去，更何況他沒有看到任何逃亡的機會。這可以從他拒絕了一個德國基金會所提供的經費予他繼續在那兒畫畫的獻議得以佐證，因為他還打算在中國繼續寫作。[8]就如他指出：

> 接著，又有（德國）基金會來找我，說要收藏我的畫，要提供經費支援我畫畫。不過，當時我並沒有答應下來，那時我對中國沒有死心。還想回去寫作，因此，我就回去了。[9]

因此，當時他只好暫時在國內自我放逐，即在中國西南邊遠地區展開形體以及精神漫遊，並尋找心馳神往的靈山。其實，在實際生活中靈山並不存在，它只不過用來當作他最後精神堡壘，

---

[7] 于1982年，高行健年開始寫這部小說，而於1989年9月定居法國後完成。見高行健：《沒有主義》，臺北：聯經出版事業公司，2001，頁127。
[8] 1985年，他受到德國一個文化交流機構邀請到德國訪問，那是一個半年的計劃，還給他一筆錢。見高行健：《創作論》，臺北：聯經出版事業股份有限公司，2008，頁202。
[9] 同上。

作為捍衛他不容摧倒或剝奪的自我表述個人聲音的自由，這也意味著共產極權政治不能壓制其精神自由。他不期望別人或向外尋找給予他自我表述的自由，蓋它已像座靈山高高地聳立於其內心深處。就如在《一個人的聖經》的第53節裡可以傾聽到一個放逐者的心聲：

個人的內心是不可以由另一個人征服的，除非這人自己認可。[10]

在《一個人的聖經》的39節亦提出：

自由不理會他人，不必由他人認可，超越他人的制約才能贏得，表述的自由同樣如此。[11]

無論如何，在1987年，受到一個法國戲劇機構邀請訪問後，當初繼續留在中國寫作的心願就開始多少動搖，蓋據他說中國作家協會還在找他麻煩。[12]不再回去祖國以及在法國尋求政治庇護的念頭越來越堅決，尤其是天安門事件發生後。他是其中一名流亡作家被列入叛徒的黑名單內，蓋他針對極權統治者對手無寸鐵的群眾進行殘無人道射殺發出血淚控訴的抗議聲音，再加上他的全部作品在中國大陸禁售。這些負面因素導致他對祖國心灰意冷，萬念俱灰以致興起了自我流亡在法國的堅決念頭。

---

[10]　高行健：《一個人的聖經》，臺北：聯經出版事業公司，1999，頁404。
[11]　同上，頁307。
[12]　同注8，頁202。

其實，有感於在中國難以獲得一百巴仙的自我表述的自由而法國卻能提供這個優越的條件，故自我被迫兼自願流亡法國可說是最後但又是一個明智的抉擇。就如他所言道：

> 我是個做創作的人，追求的不過是創作的自由，物質生活對我並不重要。在大陸，我也可以生活得很好，我之所以惹這些麻煩，就是因為我要寫我自己想寫的東西，而大陸不具備這個條件。[13]

一位著名的臺灣女作家陳若曦於2007年11月27日在《亞洲週刊》的一項訪談中亦指出：

> 但是在大陸中國還是沒有自由。我所郵寄予朋友的東西卻收不到。他們還在檢查中。[14]

另一項更令全世界震驚的是於2009年6月25日，為了配合慶祝中華人民共和國成立六十周年紀念，約有100個自由文人、異議人士、基本人權律師、作家包括劉曉波[15]等被當局軟禁或逮捕。[16]

從以上強烈行動，再次證明中國當局迄今仍對言論自由施加壓制。這也難怪六四運動學運領袖王丹於2009年6月26日強烈抨

---

[13] 同上，頁199-200。

[14] 陳若曦：《寫出兩岸的滄桑與希望》，見《星洲日報》，2008年11月27日，頁7。

[15] 據報導，他被扣留並被控告犯上煽動與顛覆罪名，見《光明日報》，2009年6月26日，B12。

[16] 同上。

擊曰：「中國所謂的言論自由空間完全是一派謊言。」[17]

　　無論如何，對於筆者來說，高行健確是太過理想主義，蓋他期待中國當局賦予一百巴仙的言論自由，這對於多數亞洲國家來說可說是天方夜譚之事。很不幸的是他長期活在毛澤東時代與鄧小平掌政過渡時期，當時鄧小平比較注重實行經濟開放政策以及多少的政治改革政策，但是他仍多少沿襲傾左的文藝路線。就連高行健也坦承國家民主化不是一蹴即就的事情。[18]不過，隨著經濟改革開放如火如荼地展開，以及左傾文藝遺風的淡化，已有跡象顯示更加開放的文藝政策將指日可待。如除了顛覆活動，從89年代末，各種現代派創作手法已被中國作家如莫言，蘇童，王安憶等屢用來創作而安然無事，即可見其文藝政策多少開放的端倪。

　　高行健對個人聲音的執著亦與其受到各種意識形態如政治或文學思潮所牽累的慘痛經驗有關。由於其文學作品如現代派戲劇與反映大眾聲音的社會現實主義不一致，以致其兩部戲劇遭到公開批判，並且還謠傳他將被送去清海勞改，這些在文革時期所經歷的慘痛遭遇已足夠使他恐懼，以致他迫不得已趕快逃至中國西南部一帶避難。作為一個有獨特思想的作家，當然不肯向極權統治者壓力低頭。唯一的辦法就是通過自我強迫式放逐或自我逃亡以自救，並籍以維護其無價的個人聲音。鑑於各種主義帶來的災難，他提出了「沒有主義」與「冷文學」來避免政治或文學思潮介入文學之中。

---

[17] 同上。
[18] 同注8，頁199。

　　可是很不幸的迄今中國仍出現多少對書刊施加的管制，就如對高行健文學作品在中國禁售即可見一斑。這無疑地欲嚴禁讓國人在中國繼續聽到他個人的表述聲音，亦包括對共產極權政治發出的抗議之個人聲音。這也顯示文藝政策的開放還是有所保留。據劉再復謂，際此面臨21世紀之際，還是有很多作家脫離不了各種意識形態的框架。[19]這也難怪高行健視其流亡聲音為個人聲音，蓋無數中國作家迄今仍競相附和百多年來已大行其道的集體意志聲音，這也是為什麼高行健偶爾亦會表達其多少感到孤獨的心聲的原因。如在其《必要孤獨》一文裡[20]，就可傾聽到其一個身為流亡作家在海外的孤獨聲音。這種寂寞與依念中國家園情懷本已是流亡群中一種普遍的心理狀態。但是根據他在《一個人的聖經》所述及在祖國經歷過的文革慘痛遭遇，若他亦附和那些集體聲音，那麼他將掉進無比痛苦的深淵，即永遠失去其個人表述自由。對於筆者來說，高行健仍是一位個性相當內斂的作家。故他比較喜歡過獨居而不喜歡熱鬧的群體生活，這亦與其極端的個人主義有關。這也難怪他獲得了諾貝爾文學獎後，他選擇了做第二次的逃亡，[21]即避開一切無謂的社交活動，如此才能使自己擁有更多個人表述自由的空間。高行健的個人獨居的情境就如一座超群巍峨面對大地的靈山。他所面對的孤寂與唐朝詩人陳子昂在一首其所寫的詩歌所反映的孤寂近似：

---

[19] 劉再復：〈後諾貝爾時期高行健的心思索〉，《聯合文學》，2008年5月11日，第24卷，第7期，頁47。

[20] 同注8，頁341。

[21] 高行健：《高行健論》，臺北：聯經出版事業股份有限公司，2004，頁222-224。

前不見古人，後不見來者。

念天地之悠悠，獨愴然而淚下。[22]

　　高行健的個人聲音發出亦與他堅持文學本性的立場不無關連。蓋文學的本性旨在表達個人內心深處的感受，這是極個人的事情，因此文學與政治或任何主義毫無牽連，這也意味著文學沒有承擔任何社會責任以及不做政治宣傳工具。因此，高行健作為一個極有個性的作家，他拒絕擔任人民的代言人，救國救民的民族英雄。對於他來說，文學的主要使命就是發出真實的聲音，而不是像在毛澤東掌政時期那些左傾作家那樣發出激昂的政治吶喊聲。因此，文學應遠離政治，市場壓力及大眾傳播媒介的幹預，如此才能發出真實的個人聲音，這就是高行健自涉足於寫作後獨立不移的文學立場。就如他所說的：

　　什麼地方才能找到這真實的人的聲音？文學，只有文學才能
　　說出政治不能說的或說不出的人生存的真相。[23]……

　　有鑑於此，身為一個具有立場的作家，他應該退回到社會邊緣以扮演一個冷靜的社會觀察者，並對人類生存困境及人性見證。誠如他指出的：

---

[22] 孟慶文編：《新唐詩三百首賞析》，海口：南海出版公司，1995，頁11-12。
[23] 同注8，頁34。

> 作家不如回到觀察者的身分，以一雙冷靜的眼睛看這人生百
> 態。[24]……
> ……作家，歸根結底，得是人性的見證者。[25]

　　發出個人聲音的傾向亦與文革時期四周緊張而又敏感的社會
環境氛圍有關。蓋處於那個你虞我詐的虛偽社會環境裡，自我封
口會比大發偉論來得安全，因為只要說錯一句話，就會被扣上一
頂反革命的帽子。另一方面，他亦已厭倦了恭聽那種充滿虛偽成
分的集體聲音。因此，高行健比較喜歡獨居與自甘寂寞於寫作之
中，蓋通過寫作可與它直接對話。[26]

　　因此，他已對獨居的寂寞習以為常，自得其樂。這對他來
說利多於弊，蓋這可使他能專心創作。誠如他在《創作倫》裡的
〈作家的心靈之路〉一文中指出：

> 可能是天性，我寫作時很有耐性，一個人待著，我覺得非常
> 舒服；這種孤獨對創作而言，我認為是必要的。[27]……

　　同樣的，在《一個人的聖經》的第56節亦提及：

24　同上，頁18。
25　同上，頁27。
26　同注7，頁65。
27　同注8，頁248。

……那怕獨處也總自言自語，這內心的聲音成了對自身存在
的確認。[28]……

對於高行健來說，有必要自言自語，若沒有語言表述，思想
與感情將會終止。他這種情況就如已故中國著名作家巴金當年在
寫《滅亡》時一樣：

> 我有感情必須發洩，有愛憎必須傾吐，否則我這顆年輕的心
> 就會枯死。所以我拿起筆，在一個練習本上寫下一些東西來
> 發洩我的感情、傾吐我的愛憎。每天晚上我感到寂寞時，就
> 攤開練習本，一面聽巴黎聖母院的鐘聲，一面揮筆，一直寫
> 到我覺得腦筋遲鈍，才上床睡去。[29]

就如他以《〈靈山〉與小說創作》為題在香港城市大學演講
會上所說的：

> 我首先把文學變成一種自言自語。[30]……

就如他承認：

> 《靈山》就是這麼一個複雜的內心獨白，訴諸假的對話，或

---

[28] 同注10，頁420。

[29] 這句話是他於1927年4月的夜晚，在巴黎拉丁區一所公寓的五層樓上開始
寫《滅亡》的一些章節時說的。見巴金：《隨想錄》，北京：人民文學
出版社，1980，頁44。

[30] 同注8，頁227。

訴諸內心的對話。實際上是獨白，本質上他是一個長篇的獨白，或者叫自言自語。[31]

　　另一項有關高的獨特流亡聲音即採用人稱代詞來發出其流亡聲音。在《靈山》，三種人稱代詞一起採用，即第一人稱「我」，第二人稱「你」以及第三人稱「他」，而在《一個人的聖經》，為了能更冷靜描述文革大災難的慘痛經歷，以及避免含有情緒化成份，因此僅採用第二人稱「你」以及第三人稱「他」而避免採用第一人稱「我」。若加以比較，在《靈山》，形體和精神漫遊者在中國境內所發出的流亡聲音可說是含蓄式，以及出奇冷靜，反而在《聖經》裡，對極權政治發出的抗議控訴的流亡聲音則極充滿情緒化。無論如何，不管是在《靈山》抑或《聖經》發出何種聲音，所發出的唯一資訊是永遠遠離極權專制政治的桎梏以尋找一片淨土，以捍衛聳立於心靈中的靈山，即寶貴的自我表述的自由。

　　此外，另一項有關其獨特流亡聲音是其欲從各種其他形式逃亡的心願，即婚姻的桎梏，各種意識形態或主義，市場壓力甚至是自我的束縛。在這些逃亡形式中，其對自我觀念束縛難以擺脫或逃離的坦承表態，反映其坦率及真實的一面。蓋事實上，形成自我人格的主要元素即七情六欲乃與生俱來，無論德行如何超凡脫俗，人總多少會表現自我的一面，故不論凡人甚至超人總擺脫不了自我地獄的束縛。此乃人性最可悲的一面。

---

[31] 同上，頁219。

　　總而言之，通過《靈山》與《一個人的聖經》將能直接或間接地聽到高行健個人的流亡聲音。他所要傳達的唯一訊息就是自我強迫式流亡甚至逃亡以自救的重要性，以確保聳立於內心中的靈山永遠屹立不倒。據劉再復謂，高行健贏取了諾貝爾獎後，就進行第二次逃亡。誠如他在《高行健論》所指出的：

> 作家必須退回到他自己的角色中，而要完成這種退回，就必須逃亡，從「主義」逃亡，從「集團」中逃亡，從政治陰影中逃亡，從他人窒息中逃亡。[32]

　　一言以蔽之，對於高行健來說，寫作一事仍極個人的事情，與人無關。故捍衛以及維護這個人化而不代表他人的流亡聲音乃是比任何事情更重要以及責無旁貸。

　　綜上所述，高行健的自我強迫式流亡到法國之舉正合時宜，蓋他真正地能遠離極權統治中心，然後獨居於國外邊緣。他可謂真正是一個與眾不同作家。其地位就如靈山聳立於山脈之中，鶴立雞群。在國外定居亦意味著他可以確保其個人獨特的表述聲音自由得以繼續存在。就如他在與日本的著名的諾貝爾獲獎作家即大江健三郎的一項有關《邊沿》對話中所指出的。

> 我總也在逃亡，對此還十分自覺，也可以說是命中註定，總也在這種狀態下，而且對這邊沿狀態甚為滿意。我以為我這

---

[32] 同注20，頁212。

樣的作家，處於社會邊沿是極為正常的，恰恰得以自救。我
如果要發出自己的聲音，首先自言自語，全然是個人的聲
音，獨立不移，並不期待回音，倘這聲音畢竟觸動一些讀
者，對我來說就已經很寬慰了。[33]

同樣的，高行健亦在《論創作》中強調謂：

……對我有意義的，是在創作中自己做出了什麼，什麼是屬
於自己的。所以我倒過來強調個人，強調個人的聲音，而個
人的聲音應該盡可能是獨特的聲音。[34]

總而言之，誠然，通過《靈山》和《一個人的聖經》，我們
可以間接直接地聽到高行健的以下流亡聲音：

它只是個人的聲音而不代表別人的聲音；
反對極權專制政治對於言論自由的桎梏；
呼籲文學領域遠離政治與主義的干預；
通過形體與精神逃亡自救以獲得形體與精神自由；
主張一種遠離政治干預以及對社會不負有任何義務的冷的文學。

---

[33] 注8，頁325。
[34] 同上，頁248。

參考書目

A. C. Bhaktivedanta Swami Prabhupada（1997）. *The Journey of Self-Discovery*. Australia:

The Bhaktivedanta Book Trust International,Inc.

Abdul Majid bin Nabi Baksh （1983）. *The Popular Culture Controversy*. Penang: Research Publication Penang.

A.Wahab Ali （2000）. *Kritikan Estetik Sastera*. Kuala Lumpur: Dewan Bahasa dan Pustaka.

巴金：《隨想錄》（北京人民文學出版社，1980）。

[美]恩思特・貝克爾（Becker，Ernest）著，林和生譯《拒斥死亡》（*The Denial of Death*）北京：胡夏出版社，2001）．

貝嶺編：《作為見證的文學》（臺北：自由文化出版社，2009）。

曹文軒：《中國八十年代文學現象研究》（北京：作家出版社，2003）。

曾煥棠：《認識生死學》（臺北：揚智文化事業股份有限公司，2005）。

C. F. Fong, Gilbert dan Lee, Mable trans. *Cold Literature*,Selected Works by Gao Xingjian,2005. Hong Kong: Zhongwen Daxue Chubanshe.

巢峰：《文化大革命詞典》（香港：港龍出版社，1993）。

陳霖：《文學空間的裂變與轉型》（合肥：安徽大學出版社，2004）。

成明編譯：《馬斯洛人本哲學》（北京：九州出版社，2003）。

陳榮波：《禪學闡微》（臺北志文出版社，1984）。

陳思和編：《中國當代文學史教程》（上海：復旦大學出版社，1999）。

陳霞材、閻鳳梧：《唐宋大家文選譯注》（山西：人民出版社，1986）。

陳義芝編：《劉再復精選集》（臺北：九歌出版社，2002）。

丹明子編：《道德經》（臺北：大地出版社，2007）。

《鄧小平文選（1975-1982）》（北京：人民出版社，1983）。

段德智：《死亡哲學》（臺北：洪葉文化事業有限公司，1994）。

杜書瀛：《文學會消亡嗎》（廣州：中山大學出版社，2006）。

杜友良編：《簡明英漢世界文學詞典》（北京：中國對外翻譯出版公司，1992）。

Edwin Pak-wah Leung（2003）. *Essentials of Modern Chinese History. 1800 to The Present.* New Jersey: Research & Educational Association.

方梓勳：《論戲劇》（臺北：聯經出版事業股份有限公司，2010）

Fatimah Busu（2003）. *Teori dan Memupuk Bakat dan Minat Penulisan Kreatif, Teori dan Proses.* Bentong: PTS Publications & Distributors Sdn.Bhd.

Freud, Sigmund（1973）. *Introductory Lectures On Psychoanalysis,* ed. James Strachey and Angela Richards, trans. James Strachey. London: Penguin Books Ltd.

佛洛伊德（Freud Sigmund）著，林克明譯《愛情心理學》（Sexuality and the Psychology of Love）（北京：作家出版社，1986）。

[美]埃裡希‧弗羅姆（Fromm，Erich）劉林海譯《逃避自由》（Escape from Freedom）（北京：國際文化出版公司，2002）。

豐一吟：《我的父親豐子愷》（北京：團結出版社，2007）。

Frank J,Bruno（2002）. *Psychology. A Self Teaching Guide.* New Jersey: John Wiley & Sons，Inc.

傅正明：《百年桂冠-諾貝爾文學獎世紀評說》（臺北：允晨文化實業股份有限公司，2004）。

傅雲龍譯注：《大學》（北京：外語教學出版社，1996）。

_____《中庸》（北京：外語教學出版社，1996）。

Pipit Maizier trans. Gao Xingjian. *Gunung Jiwa.* Yogyakartai Jalasutra, 2003.

_____《一個人的聖經》（臺北：聯經出版公司，1999）。

_____《靈山》（臺北：聯經出版公司，2000）。

＿＿＿＿＿＿《有只鴿子叫紅唇兒》（廣西：灕江出版社，2000）。

＿＿＿＿＿＿《沒有主義》（臺北：聯經出版公司，2001）。

＿＿＿＿＿＿《逃亡》（臺灣：聯合文學出版社有限公司，2001）．

＿＿＿＿＿＿《論創作》（臺北：聯經出版事業股份有限公司，2008）。

＿＿＿＿＿＿《洪荒之後》（臺北：聯經出版公司，2015）。

Fong C. F, Gilbert,Lee,Mabel,trans. Gao Xingjian, Cold Literature. Hong Kong: The Chinese University Press, 2005.

龔鵬程：《異議份子》（臺北：INK印刻出版有限公司）。

穀玉榮：《歷史》．（北京：華文出版社，1998）。

郭強生：《在文學彷徨的年代》（臺北：立緒文化事業有限公司，2002）。

前角博雄禪師（Hakuyu Taizan Maezumi）著，廖世德譯《過無常的生活》（Appreciate Your Life）（臺北人本自然文化事業有限公司，2006）

Hamzah Hamdani（1998）. *Konsep dan Pendekatan Sastera*. Kuala Lumpur: Dewan Bahasa dan Pustaka.

Hawthort, Jeremy（2001）*Studying The Novel,* 4th ed. London: Arnold Condon. J.W.Arrow Smith Ltd., Bristol.

何火任編：《當前文學主體性問題論爭》（福州：海峽文娛出版社，1986）。

泓逸編：《拈花說禪》（北京：新世界出版社，2007）。

Hornby A. S.（2001）. *Advanced Learner`s English-Malay Dictionary*，trans. Asmah Haji Omar. Shah Alam: Penerbit Fajar Sdn Bhd.

胡適：《胡適文選》（臺北：遠東圖書公司，2000）。

黃國勝：《佛教與心理治療》（北京：宗教文化出版社，2004）。

黃希庭編：《簡明心理學辭典》（合肥‧：安徽人民出版社，2004）。

黃永林：《大眾視野與民間立場》（北京：新華出版社，2005.）。

慧能：《壇經》宗寶編，梁歸智譯（太原：山西古籍出版社，2007）。

Ingermanson, Randy & Economy, Peter（2010）. *Writing Fiction For Dummies*. Indiana: Wiley Publishing, Inc.

Jack J. Spector（2006）. *A Study in Art and Psychoanalysis and Art.* Sichuan: Renmin Chubanshe.

《簡明中國古典文學辭典》編寫組：《簡明中國古典文學辭典》（南昌：江西人民出版社，1983）。

Jean- Paul Sartre（1957）. *Existentialism and Human Emotion.* New York: Philosophical Library，INC.

[印]克里希那穆提（Jiddu Krishnamurthi），廖世德譯《心靈自由之路》（The Flight of the Eagle）（北京：九州出版社，2005）。

＿＿＿＿＿＿＿＿＿（1969）. *Freedom From The Known,* ed. Mary Lutyens. New York: Harper Collins.

季默、陳袖：《依稀高行健》（臺北：讀冊文化事業有限公司，2003）。

簡政珍：《放逐詩學》（臺北：聯合文學出版社，2003）。

蔣勳：《美的覺醒》（臺北：遠流出版社實業股份年有限公司，2006）。

＿＿＿＿＿＿＿《孤獨六講》（臺北：聯合文學出版社有限公司，2008）。

金劍：《美學與文學新論》（臺北：臺灣商務印書館，2003）。

金麗紅、黎波：《王朔文集—摯情卷》（北京：華立出版社，1992）。

Khalid M. Hussain（1985）. *Kamus Dwibahasa.* Kuala Lumpur: Dewan Bahasa dan Pustaka.

鄺邦洪：《新時期小說創作潮流研究》（廣州：廣東人民出版社，1997）。

Kwok-Kan Tam ed.,（2001）. *Soul of Chaos. Critical Perspectives on Gao Xingjian.* Hong Kong: The Chinese University Press.

[法]西蒙‧德‧波娃（Simon de Beauvoir）著，賴建誠譯《與沙特的對話》（Entretiens avec. Jean-Paul Satre, 臺北：左岸文化，2006）。

雷光照編：《語文知識詞典》（河北：人民出版社，1984）。

鄺道元：《水經注》（上）（北京：華夏出版社，2006）。

李鐸：《中國古代文論教程》（北京：北京大學出版社，2007）。

李思屈：《昆德拉》（臺北：上海文化事業有限公司，2003）。

李夢生：《左傳》（上海：古籍出版社，2004）。

劉安海、孫文憲：《文學理論》（武漢：師範大學出版社，2001）。

李行健編：《現代漢語規範詞典》（北京：外語教學與研究出版社，語文出版社，2004）。

李澤厚、劉再復：《告別革命》（香港：天地圖書有限公司，2004）。

前博雄禪師著，廖世德譯《過無常的生活》（Appreciate Your Life）（臺北：人本自然文學事業有限公司，2006）。

林大江：《諾貝爾文學獎，獲獎者作品精粹》（合肥：安徽科學技術出版社，2008）。

林曼叔編：《解讀高行健》（香港：明報出版社，2000）。

林幸謙：《生命情結的反思》（臺北：麥田出版有限公司，1994）。

林語堂：《優遊人間》（陝西：師範大學出版社，2007）。

劉大任：《神話的破滅》（臺北：皇冠文化有限公司，1997）。

＿＿＿＿＿＿《走出神話國》（臺北：皇冠文化有限公司，1997）。

劉達文：《大陸異見作家群》（香港：夏菲爾國際出版公司，2001）。

劉小平：《新時期文學的道家話語》（北京：中國社會科學出版社，2007）。

劉心武：《瞭解高行健》（香港：開益出版社，2000）。

劉再復：《滄桑百感》（香港：天地圖書有限公司，2004）。

＿＿＿＿＿＿《放逐諸神-文論提綱和文學史重評》（香港：天地圖書有限公司，1994）。

＿＿＿＿＿＿《高行健論》（臺北：聯經出版事業有限公司，2004）。

＿＿＿＿＿＿《書園思緒》（香港：天地圖書有限公司，2002）。

＿＿＿＿＿＿《思想者十八題》（香港：明報出版社，2007）。

＿＿＿＿＿＿《西尋故鄉》（香港：天地圖書有限公司，1997）。

＿＿＿＿＿＿《現代文學諸子論》（香港：牛津大學出版社，2004）。

＿＿＿＿＿＿《罪與文學》（香港：牛津大學出版社，2002）。

盧洪濤：《中國現代文學思潮史論》（北京：中國社會科學出版社，2005）。

路善全：《中國傳媒與文學互動研究》（北京：中國社會科學出版社，

2007）。

呂淑湘：《現代漢語詞典》（北京：商務印書館，2007）。

魯迅：〈文藝與革命〉《魯迅全集》（上海：人民文學出版社，1981）。

陸揚：《精神分析文論》（濟南：山東教育出版社，1998）。

羅洛編：《外國文學辭典》（上海：中國的百科全書出版，1991）。

Lee, Mabel, trans. Gao Xingjian,,Soul Mountain. Sydney: Harper Collins
      Publisher Inc. ，2000.

_____, ed., *The Case for Literature*.. United Press: Yale University Press,
      2007.

Lynn,Steven（1998）. *Texts and Contexts*, 2nd ed.,. United states: Addson-
      Wesley Educational Publishers Inc.

毛澤東：《毛澤東選集》（北京：人民出版社，1966）。

孟慶文編：《新唐詩三百首賞析》（海口：南海出版公司，1995）。

MeQuail, Denis（1987-1996.）*Mass Communication Theory, An Introduction.*
      London: Sage Publication Inc .

明德編：《有一種心態叫放下》（北京：中國電影出版社，2007）。

牟鐘鑒：《道教通論-兼論道家學說》（濟南：齊魯書社，1991）。

牟宗三：《生命的學問》（臺北：三民書局股份有限公司，2004）。

[英]奈保爾（Naipaul V.S.）著，朱邦賢譯《超越死亡》（Beyond Belief）
      （臺北：聯經出版社事業股份有限公司，2003）。

Napisah Muhammad（2001）. *Penghayatan Novel Puteri Gunung Tahan*. Kuala
      Lumpur: Dewan Bahasa dan Pustaka.

[印]奧修（Osho Sushma）著，黃瓊瑩譯《愛‧自由與孤獨》（Love,Freedom,
      and Aloneness）（臺北生命潛能文化事業有限公司，2007）。

潘耀明編：《大家》（北京：作家出版社，2006）。

Paul Tabori（1972）.*The Anatomy of Exile.* London: George Cr Harrap & Co.
      Ltd.

錢文忠：《玄奘西遊記》（臺北：INK印刻出版有限公司，2007）。

Rahman Shaari（2001）. *Bimbingan Istilah Sastera.* Kuala Lumpur: Utusan Publications & Distributors Sdn Bhd.

任道斌編：《佛教文化辭典》（杭州：西江古籍出版社，1994）。

任繼愈編：《佛教小辭典》（書展上海辭書出版社，2006）。

[美]羅洛‧梅（Rollo May）著，龔卓軍、石世明譯（Freedom and Destiny）（臺北：聯經文化事業有限公司，2001）

Said,Edward W.（1996）. *Reprentations of the Intellectual* . New York: Vintage Books.

＿＿＿＿＿＿＿＿（2003）.*Reflection on Exile and Other Essays.* United States: Harvard University Press.

Shelley O`Hara（2004）. *Nietzsche. Within Your Grasp.* Canada: Wiley, Hoboken，NJ.

沈書萱：《重訪邊城》（臺北：皇冠文化出版有限公司，2008）。

沈從文：《月下小景》（江蘇：文藝出版社，2009）。

聖嚴法師：《禪的世界》（臺北：法鼓文化事業有限公司，1999）。

＿＿＿＿＿＿＿＿《找回自己》（臺北：法鼓文化事業有限公司，2005）。

Simpson, John ed.（2002）. *The Oxford Book of Exile.* New York: Oxford University Press Ins.

Sohaimi Abdul Aziz（2003）. *Teori & Kritikan Sastera-Modenisme. Pascamode nisme,Pascakolonialisme.* Kuala Lumpur: Dewan Bahasa dan Pusaka.

Steven,Lynn（1998）. *Texts and Contexts,* 2nd ed. United states: Addson-Wesley Educational Publishers Inc.

蘇鷹、甘潤遠、李麗：《精神生活的孤獨圖景》（重慶：重慶出版社，2006）。

孫昌武：《佛教與中國文學》（上海：人民出版社，2007）。

T.A. Wahab Ali（1998）. *Kritikan Estetik Sastera.* Kuala Lumpur: Dewan Bahasa dan Pustaka.

譚桂林、龔敏律：《當代中國文學與宗教文化》（長沙：嶽麓書社，

2000）。

覃新菊：《與自然為鄰-生態批評與沈從文研究》（長沙：湖南師範大學出版社，2006）。

Tang Tao ed.（1993）. *History of Modern Chinese Literature.* Beijing: Foreign Languages Press.

Talib Samat（2002）. *Karya Terpilih Sasterawan Negara Dalam Esei Dan Kritikan.* Kuala Lumpur: Penerbit Universiti Pendidikan Sultan Idris.

田本相、劉一軍編：《苦悶的靈魂-曹禺訪談錄》（南京：江蘇教育出版社，2001）。

杜友良編：《簡明英漢世界文學詞典》（北京：中國對外翻譯出版公司，1992）。

Tzvetan Tadorov,（1984）. *Mikhail Bakhtin: The Dialogical Principle.* terj. Wlad Goodrich. Minneapolis: University of Minnesota Press.

Umar Junus terj.（1991）. *Rasa Terbuang: Esei Kesusasteraan Rantau Asia Pasifik.* Kuala Lumpur: Dewan Bahasa dan Pustaka.

萬雲駿編：《新編古代文學精解》（上海：社會科學出版社，1992）。

＿＿＿＿＿《新編古代文學精解》（上海：社會科學出版社，1992）。

王晉光：《高行健短小說結構》（香港：田疇文獻坊，2011）。

王確編：《文學概論》（北京：人民教育出版社，2003）。

王先霈：《文學文本細讀講演錄》（桂林：廣西師範大學出版社，2006）。

王亞蓉編：《從文口述—晚年的沈從文》（北京：商務印書館，2002）。

王業霖：《中國文字獄》（廣州：皇城出版社，2007）。

魏承思：《佛教與人生》（蘭州：甘曙明著出版社，1991）。

魏晉風編：《放下》（北京：中國華僑出版社，2009）。

韋政通：《無限風光在險峰》（臺北：立緒出版社，1999）。

Wolfreys, Julian ed.（2002）. *Introducing Criticism at the 21st Century.* Edinburgh: Edinburgh University Press.

吳承恩：《西遊記》（天安：文學事業有限公司，1980）。

吳秀明編：《中國當代文學史寫真》（杭州：浙江大學出版社，2005）

吳澤編：《中國歷史大辭典》（上海：上海辭書出版社，2000）。

吳中傑：《中國現代文藝思想史》（上海：復旦大學出版社，1996）。

降紅燕：《20世紀西方文學批評理論與中國當代文學管窺》（成都：四川大
　　　學出版社，2006）

蕭依釗編：《21世紀世界華文文學的展望》（《星洲日報》，2003）。

邢濤、紀江紅：《中國通史》（北京：出版社，2003）。

徐光興：《心理禪─東方人的心理療法》（上海：文學出版社，2007）。

許行：《毛澤東神權時代》（香港：開拓出版社，1988）。

楊伯峻譯注：《論語譯注》（北京：中華書局，1980）。

楊煉：《逍遙如鳥》（臺北：聯經出版事業股份有限公司，2012）。

楊詠祁：《禪語今釋》（江蘇：人民出版社，2003）。

伊沙編著：《高行健評說》（香港：明鏡出版社，2000）。

殷國明：《中國現代文學流派發展史》（廣東：高等教育出版社，1989）。

余光中：《敲打樂》（臺北：君文學出版社，1969）。

袁進：《近代文學的突圍》（上海：人民出版社，2001）。

袁行霈：《中國文學概論》（北京：高等教育出版社，2007）。

張瑞芬：《未竟的探訪》（臺北：麥田出版社，2007）。

張華金、鮑宗豪：《自由：追求與迷悟》（上海：社會科學院出版社，
　　　1990）。

張廣明編：《中華小百科全書·文學卷》（四川：辭書出版社、教育出版
　　　社，1994年6月）。

張抗抗編著：《你是先鋒嗎？》（上海：文匯出版社，2002）。

張夢新編：《大學語文》（杭州：浙江大學出版社，2005）。

張人駿、朱永新主編：《心理學人物辭典》（天津：人民出版社，1996）。

趙毅衡：《高行健與中國實驗戲劇》（香港：天地圖書有限公司，2001）。

＿＿＿＿＿＿＿＿《建立一種現代禪劇》（臺北：爾雅出版社公司，
　　　1999）。

趙遐秋、馬相武編：《海外華文文學綜論》（山西：教育出版社，1995）。

趙園編：《沈從文名作欣賞》（北京：中國和平出版社，1993）。

鄭石岩：《悟看出希望來》（臺北：遠流出版公司，2000）。

鄭義、蘇煒、萬之、黃河清編：《不死的流亡者》（臺北：INK印刷出版有
　　限公司，2005）。

《中國近代文學史稿》（復旦大學，1956）。

周曾鈞：《最新漢語大詞典》（吉隆玻：聯營出版有限公司，1994）。

周美惠：《雪地禪思》（臺北：聯經出版社，2002）。

周仁政：《巫覡人文—沈從文與巫楚文化》（長沙：嶽麓書社，2005）。

周怡、王建周：《精神分析理論與魯迅文學創作》（桂林：廣西師範大學出
　　版社，2005）。

莊周：《莊子》（北京：北京出版社，2006）。

莊子：《養生主》（北京：北京出版社，2006）。

雜誌／期刊

陳雅書：《生命中不能承受之重》（明道文藝，5 Mei 2001）。

方梓勳：《你畢竟不是一隻鳥》（明報Jilid 43, April 2008）。

Galik, arian. *Neitzsche`s Reception in China*（1902-2000）. Archiv Orientalini:
　　Quarterly Journal of African and Asian Studies 70, 2002.

Gao Xingjian. "A Writer in Exile: A Voice to be Heard" ditemu ramah oleh
　　Noel Dutrait（French Centre for Research on Contemporary China,
　　CP20,ovember-December.）

黃石：《苗人的跳月》《東方文叢》（臺北：臺灣東方文化供應社，1968）。

黃錫淇：《評高行健〈一個人的聖經〉》*Kangning Xuebao*,No.8, Jun 2006.

金絲燕：《文學與寫作答問》（Soal & Jawab tentang Kesusasteraan dan
　　Mengarang）. *Majalah Dwibulanan Abad ke-21*,Keluaran 62,Disember
　　2000.

Lee, Mable. "Walking Out of Other People's Prison: Liu Zaifu and Gao Xingjian on Chinese Literature in the 1990 s." *Asian African Studies*,5 （1996）.

Lin Kang, "Xiaoshuo Lingshan Yishu Biaoxianshang De Tedian" 《小說〈靈山〉藝術表現上的特點》, 7 Januari 2001.

林貞吟：《逃脫，超越與重生》 *Mingdao* Wenyi, 5 Mei 2001.

劉昌博：《鄧小平三上三下》dlm *Zhongwai Zazhi*, Jilid 73, No 1, Januari 2003.

＿＿＿＿＿＿＿＿《從中國土地出發的普世性大鵬》*Mingbao*, Mac 2005.

＿＿＿＿＿＿＿＿《後諾貝爾時期高行健的新思索》*Lianhe Wenxue*, Jilid. 24，No 7, 11 Mei, 2008.

馬森：《逃亡：追求個人自由的必經之路》*Lianhe Wenxue*, Februari 2001.

＿＿＿＿＿＿＿＿《藝術的退位與復位》*Chunwenxue*，Keluaran 30.

歐宗智：《自由的嚮往與實踐-談高行健的〈靈山〉與〈一個人的聖經〉》 *Keluaran Khas Ulasan buku 62*，Februari 2003.

邱燮友、蔡宗陽、沈謙、金榮華編：《中國現代文學理論季刊》 Taipei: Zhongguo Yuwen Xuehui, 2001.

蘇世明：《從高行健的〈靈山〉看中國的原始精神文化》*Mingdao Wenyi*, 5 Mei 2001.

蘇煒：《穿岩的水滴：劉賓雁的最後時光》*Mingbao Yuekan*, Jilid 40, No 2, January 2006.

Torbjorn Loden." Gao Xingjian De Lingshan Liuyi." 《高行健的靈山六義》 （Enam Maksud Lingshan Gao Xingjian）, terj. Fu Zhengming傅正明. *Mingbao*, November 2000.

王德威：《文學與政治》 dalam *Lianhe Wenxue*, keluaran 179, September 1999.

＿＿＿＿＿＿＿＿《沒有（現代）主義》*Lianhe Wenxue*, Februari 2001.

吳聰敏：《攀越靈山而見日出—論高行健〈靈山〉的小說藝術》*Guowen*

Tiandi, Jilid18, No.3 Ogos,2002.

易小明：《對抗中徹悟人生》 Journal Universiti Jishou, 1991.

永芸：《佛教思想對高行健作品的啟迪》Pumen Xuebao keluaran 15, 2002.

報章

陳若曦：《寫出兩岸的滄桑與希望》 *Sin Chew Daily*, 27 November 2008, 7.

吳婉如：《找尋心中的靈山》dalam *Zhongyang Ribao*, 22 Disember 1995.鄉
人：《作家大失影響力》

Nanyang Siang Pau, 10 September, 2009.

網站資料

北島：http://eolit.hrio.com/hlla/authorbios（diakses pada 5 November 2009.

Brown,Andrea. *Still Mountain,*http://www.wooster.edu（diakses pada 18 Julai
2004）.

陳軍：《高行健訪談節錄》：http://gd.cnread.net/cnread1/gtzp/g/gaoxingjian/
xg/006.htm（diakses pada 17 Julai 2004）.

丹東：《漫談靈山》：http://www.white-collar.net（diakses pada18 Julai
2004）.

"Freud`s Structural and Topographical Models of Personality."

com/psychology 101/ego.html.

高行健："Gao Xingjian Xi Zhuanfang" diinterbiu oleh *Lianhebao*. http://
www.white-collar.net/wx_author/g/gaoxingjian/037.htm（diakses pada 17
Julai 2004）.

高行健：" diinterbiu oleh David Dabyden dan Jonathan Marley." http://www.
interlitq-org/issue4/gaoxingjian/job.php（diakses pada 21 Januari 2009）.

高行健：diinterbiu oleh Ray Suarez. http://www.pbs.org（diakses pada 27 Februari 2001）.

高行健：" A Conversation with Gao Xingjian." ditemu ramah oleh David Der-Wei Wang. http://www.asiasource.org/arts/gao.cfm （diakses pada 18 Julai 2004）.

高行健：" A Conversation With Gao Xingjian." ditemu ramah oleh Torrey L. Whitman, http://www.asiasource.org（diakses pada 18 Julai 2004）.

高行健：" A Writer in Exile: A Voice to Be Heard." ditemu ramah oleh Noel Dutrait. http://www.cefc.com.hk （diakses pada November-Disember 1998）.

高行健：《我與宗教的因緣》：http://www.white-collar.net/wx_author/g/gaoxingjian/039. htm（diakses padaa 17 Julai 2004）.

《高行健自述》：http://www.renyu.net/xdwx/gaoxingjian/xg/008.htm（diakses pada 16 Julai 2004）.

_____." Wcile Zijiu Er Xiezuo." 《為了自救而寫作》（Mengarang Demi Menyelamatkan Diri）. http://www.white-collar.net（diakses pada 18 Julai 2004）.

Gregory Zilboorg. http://www.pep-web.org （diakses pada 28 Mei 2009）.

Gudrais, Elizaberth. 「One Man's Mountain.」 http:www.harvardmagazine.com（diakses pada 18 Julai 2004）.

Gurr, Andrew. http:en.wikipedia.org （diakses pada 6 Mei 2009）.

郭楓：《西洋魔笛與高行健現象-評高行健作品之一》：

http://intermagins.net/Forum/gx13.htm （diakses pada 26 Ogos 2004）.

Ionesco, Eugene. http://en.wikipedia.org （diakses pada 6 Mei 2009）.

Jenner, Bill. " Why I Believe Gao Xingjian Does Not Deserve the Nobel Prize." http:www.timeshighereducation.co.uk（ diakses pada 22 Oktober 2000）.

Joe Basalia. "An All Encompassing Journey." http://www.wooster.edu

（diakses pada 18 Julai,2004）.

Jones, Adair. China's Nobel Laureate. Gao Xingjian's Works Are Born of a Repressive Regime. http://worldliteratures.suite101.com diakses pada 19 Oktober 2008）.

Joyce, James . http:en.wikipedia.org（diakses padaa 6 Mei 2009）.

Lee, Mable. "Nobel in Literature 2000 Gao Xingjian's Aesthetics of Feeling." http:docs.lib. purdue.edu/clcweb/vol 5/iss 1/4

"Literature Makes It Possible to Hold On to One's Awareness of Oneself as Human, interview with Gao Xingjian." diinterbiu oleh Jean-Luc Douin. http://www.diplomatie.gouv.fr （diakses pada 27 Jun 2007. ）

"Literary Form and Ideology." http://www.mcc.muradoch.edu.au/ch17.html, 26 September 2005.

劉小楓：《流亡話語與意識形態》：http://www.renyu.net/xdwx/g/gaoxingjian/xg/012.htm（diakses pada 15 Julai 2004）.

Nagle, Robert. " Gao Xingjian and Soul Mountain : Ambivalent Storytelling."

Nithya Krishnaswamy. "In Search of the Ordinary." http://www.popmatters.com/pm/review/one-mans-bible（diakses pada 21 Januari 2009）.

Shen Congwen. http://people.cohums.ohio-stafe.edu/denton2/c503/scw.htm （diakses pada 5 Mei 2009）.

Tulip, Bryn. "The Lost Man's Path to Soul Mountain." . http://www.wooster.edu （diakses pada18 Julai 2004）

Wang Dan. http:zh.wikipedia.org （diakses pada 23 Jun 2009）.

Where ya gonna run to? http://www.goodshare.org/laborit.htm（diakses pada 16 Mei 2004）.

燕曉東：《名字的退場》：http://www.white-collar.net/wx_author/g/gaoxingjian/041.htm（diakses pada 17 Julai 2004）.

卡耐基：《人性的弱點》http://Zhidao.baidu.com/question/135120136238966725.html

http://baike.baidu.com/subview/136057/7568817.html

https://zh.wikipedia.org/wiki/流亡

莫里斯・邁其納：毛澤東的中國及其後：https://www.marxists.org/chinese/
referencebooks/meisner/mao_china_andafter_18.htm-2015年10月2日

https://zh.wikipedia.org/wiki/四清運動-2015年10月2日

奧地利：精神病學家・林克明譯www.baike.com/wiki/嬰幼兒期性心理

http://baike.baidu.com/view/737932.htm-2015年10月2日

http://ad.163.com/4072913/OSE9MSAM00011258.html

http://data.book.hexun.com.tw/chapter-18268-3-5.html

https://www.marxists.org/chinese/reference-books/meisner/mao_china_and_
after_18htm

www.cuhk.edu.hk/ipro/00i22/c.htm-2015年10月2日

http://baike.baidu.com/view/34282.htm#1_5

http://baike.baidu.com/view/34282.htm-2015年10月12日

秀威經典　　　　　　　　　　　　　　　　新視野28　PG1641

高行健小說裡的流亡聲音

作　　　者／羅華炎
責任編輯／徐佑驊
圖文排版／周政緯
封面設計／葉力安

出版策劃／秀威經典
發 行 人／宋政坤
法律顧問／毛國樑　律師
印製發行／秀威資訊科技股份有限公司
　　　　　114台北市內湖區瑞光路76巷65號1樓
　　　　　電話：+886-2-2796-3638　傳真：+886-2-2796-1377
　　　　　http://www.showwe.com.tw
劃撥帳號／19563868　戶名：秀威資訊科技股份有限公司
　　　　　讀者服務信箱：service@showwe.com.tw
展售門市／國家書店（松江門市）
　　　　　104台北市中山區松江路209號1樓
　　　　　電話：+886-2-2518-0207　傳真：+886-2-2518-0778
網路訂購／秀威網路書店：http://www.bodbooks.com.tw
　　　　　國家網路書店：http://www.govbooks.com.tw

2017年2月　BOD一版
定價：450元
版權所有　翻印必究
本書如有缺頁、破損或裝訂錯誤，請寄回更換

國家圖書館出版品預行編目

高行健小說裡的流亡聲音 / 羅華炎著. -- 一版.
   -- 臺北市 : 秀威經典, 2017.02
    面 ; 公分. -- (PG1641)(新視野 ; 28)
   BOD版
   ISBN 978-986-94071-1-3(平裝)

   1. 高行健 2. 中國小說 3. 文學評論

857.7   105023387

讀 者 回 函 卡

感謝您購買本書，為提升服務品質，請填妥以下資料，將讀者回函卡直接寄回或傳真本公司，收到您的寶貴意見後，我們會收藏記錄及檢討，謝謝！
如您需要了解本公司最新出版書目、購書優惠或企劃活動，歡迎您上網查詢或下載相關資料：http:// www.showwe.com.tw

您購買的書名：_____

出生日期：_____年_____月_____日

學歷：□高中 (含) 以下　　□大專　　□研究所 (含) 以上

職業：□製造業　□金融業　□資訊業　□軍警　□傳播業　□自由業
　　　□服務業　□公務員　□教職　　□學生　□家管　□其它_____

購書地點：□網路書店　□實體書店　□書展　□郵購　□贈閱　□其他

您從何得知本書的消息？

　□網路書店　□實體書店　□網路搜尋　□電子報　□書訊　□雜誌
　□傳播媒體　□親友推薦　□網站推薦　□部落格　□其他_____

您對本書的評價：（請填代號　1.非常滿意　2.滿意　3.尚可　4.再改進）

　封面設計____　版面編排____　內容____　文／譯筆____　價格____

讀完書後您覺得：

　□很有收穫　□有收穫　□收穫不多　□沒收穫

對我們的建議：_____

_____

_____

_____

11466
台北市內湖區瑞光路 76 巷 65 號 1 樓

秀威資訊科技股份有限公司　　　收

BOD 數位出版事業部

．．．

（請沿線對折寄回，謝謝！）

姓　　名：＿＿＿＿＿＿＿＿＿　年齡：＿＿＿＿　性別：□女　□男

郵遞區號：□□□□□

地　　址：＿＿＿＿＿＿＿＿＿＿＿＿＿＿＿＿＿＿＿＿＿＿＿

聯絡電話：(日)＿＿＿＿＿＿＿＿＿(夜)＿＿＿＿＿＿＿＿＿＿

E - m a i l：＿＿＿＿＿＿＿＿＿＿＿＿＿＿＿＿＿＿＿＿＿